NADIE ESTA A SALVO

LOS MISTERIOS DE LUCA
LIBRO 15

DAN PETROSINI

Impreso ISBN: 978-1-960286-31-4
Naples, FL

Translation by: Lilia O'Hara

Serie Los misterios de Luca

Am I the Killer

Vanished

The Serenity Murder

Third Chances

A Cold, Hard Case

Cop or Killer?

Silencing Salter

A Killer Missteps

Uncertain Stakes

The Grandpa Killer

Dangerous Revenge

Where Are They

Buried at the Lake

The Preserve Killer

No One is Safe

Murder, Money and Mayhem

<u>Suspenseful Secrets</u>

Cory's Dilemma

Cory's Flight

Cory's Shift

OTRAS OBRAS DE DAN PETROSINI

The Final Enemy

Complicit Witness

Push Back

Ambition Cliff

desde hace mucho tiempo, y él ha apoyado increíblemente a las víctimas de abusos sexuales".

Ramos se mordió una uña.

Livoti dijo: "¿Quieres un vaso de agua?".

Ramos negó con la cabeza.

"Hablar con Frank es la mejor manera de sacar de las calles al depredador que te atacó. ¿De acuerdo?".

Se encogió de hombros.

"Todo irá bien. Frank es un buen tipo y sabe lo que hace".

Tenía yo cierta formación para tratar con víctimas de violación e incluso podía ser un buen tipo, pero estaba poco preparado para esto. Le dije: "Cuando estés lista. No hay prisa".

Eso no era del todo cierto. Cuanto más tiempo pasaba, más difícil era resolver la mayoría de los delitos. Pero las agresiones sexuales constituyen una categoría aparte. Aunque es imposible conocer la cifra exacta, solo 16 por ciento de las víctimas de violación denuncian la agresión a la policía.

Ramos susurró: "De acuerdo".

Me incliné y ella se encogió, acercándose a Livoti. Me retiré y le dije: "Gracias. Si te sientes incómoda o necesitas un descanso, dímelo. ¿Está bien?".

Ella asintió.

Toqué la grabadora que llevaba en el bolsillo. "Cuéntame lo que pasó, empezando por el principio".

Ella tragó saliva. "Todas las noches doy un paseo por el parque, y él, él me agarró por detrás".

¿Alguien la había estado observando en North Collier Park? "¿No notaste a nadie de antemano?".

"No. Eran más de las siete y el parque estaba tranquilo". Sacudió la cabeza. "No había juegos ni nada".

1

No había cadáver, pero alguien perdió la vida. La habitación estaba oscura y el aire en calma. Lisa Ramos estaba sentada frente a nosotros. Un pervertido había arrebatado la chispa a la joven que familia y amigos describían como vibrante.

Un cerrojo de seguridad, instalado tras la visita de ayer, reflejaba su intenso miedo. Había yo entrevistado a padres y cónyuges cuyos seres queridos habían sido asesinados. Me marcaron, pero este era el más emotivo intercambio de mi carrera.

Ramos no había podido decir gran cosa, pero no quedaba duda de lo mucho que había sufrido. En dos ocasiones, fingí la necesidad de ir al baño para recuperar la compostura.

Sentada a mi lado esta vez estaba Sophia Livoti, consejera del Proyecto Ayuda. ¿Cómo podía esta mujer dormir por la noche luego de trabajar con estas mujeres destrozadas?

Livoti le dijo a Ramos: "Necesitamos que seas fuerte y le cuentes a Frank lo que pasó. Frank y yo nos conocemos

El parque estaba abierto hasta las diez. "Ya veo. Tómate tu tiempo y cuéntame qué pasó cuando te agarró".

"Suelo ir andando hasta los campos de béisbol, pero cuando iba por los de fútbol estaba cambiando la música del móvil y, de repente, me pusieron una bolsa en la cabeza. Me quedé atónita y se me cayó el teléfono...". Cerró los ojos.

Livoti dijo: "Respira hondo, cariño".

Ramos inhaló.

"Bien. ¿Te sientes mejor?".

Ramos asintió.

"Cuando estés lista, continúa".

"Intenté quitarme la bolsa, pero él, me clavó un cuchillo, justo aquí" —se tocó la cadera izquierda—, "y dijo que me mataría si no hacía lo que él decía".

Le dije: "Lo siento. Debe haber sido aterrador".

Frunció el ceño.

"¿Qué tipo de bolsa crees que era?".

Se encogió de hombros. "Como una de tela plástica, algo áspera. ¿Tal vez como una bolsa de supermercado reutilizable?".

"Eso está bien. Ahora, ¿viste su cara?".

"No. No estoy segura, pero creo que llevaba, un pasamontañas o algo así".

"¿Qué te hace pensar eso?".

"Cuando estaba, ya sabes, encima de mí, podía sentirlo en mi cuello. Era como esos gorros que solíamos usar en Michigan".

"Después de que te amenazara, ¿qué pasó?".

"Siguió clavándome el cuchillo y me obligó a salirme del camino... Sabía que iba a ponerse feo...".

"¿Quieres tomarte un descanso?".

9

Esperaba que dijera que sí, pero movió la cabeza. "Necesito terminar con esto".

"Claro. Entonces, te obligan a salirte del camino, y luego…".

"No podía ver realmente adónde iba, pero miraba por debajo de mi nariz, por el fondo de la bolsa, y sabía que íbamos... yendo hacia los árboles... por los campos de fútbol...".

"¿Te obligó a tirarte al suelo?".

Ella asintió. "Me rasgó la ropa como un animal. Yo solo, me desconecté. Como si estuviera allí pero no, ya sabes, como, viéndolo".

Una oleada de náuseas se abatió sobre mí cuando Livoti le dio unas palmaditas en la mano. "Lo siento mucho".

Los labios de Ramos temblaron. Pensé que se le saldrían las lágrimas, pero respiró hondo y echó los hombros hacia atrás. "Gracias. Es difícil recordarlo, pero lo peor fue contarle a mi padre lo que pasó".

El almuerzo me subió por la garganta. "Lo siento".

Ramos moqueó. "Es un marine. Nunca le había visto llorar hasta esto".

Cogió un pañuelo y se sonó la nariz.

"Soy padre y no puedo imaginar lo consternado que estaba".

"Mi padre estará mejor si lo atrapan".

"No es *si*. Es *cuándo*".

Inclinó la cabeza. "Eso espero".

"Sé que esto fue extremadamente traumático, pero ¿hay algo que recuerdes de él?".

"Su aliento. Era repugnante. Como el agua de una pecera que no cambiaste".

Familiarizado con el olor, asentí. "¿Qué puedes decirme sobre el tamaño del atacante?".

"Era fuerte y más grande que yo".

Un cobarde es lo que era. "¿Qué hay de su voz? ¿Algo distintivo?".

Se estremeció. "Nunca lo olvidaré".

"¿Algún acento?".

"No. Pero tenía un tono lento. Y hablaba un poco rudo".

¿Rudo? Si no estrangulaba al bastardo antes de que fuera a juicio, se enteraría de lo rudo que era entre rejas. La satisfacción de que probablemente lo atacaran en la cárcel no aplacó mi ira.

"¿Algo de lo que pasó te recordó a alguien?".

La alarma se apoderó de su rostro. No me malinterpretes, no ha sido culpa tuya. La gente, incluso la que conocemos, tiene razonamientos, digamos, retorcidos. Solo trato de entender si hay alguien que conozcas que pueda ser un posible sospechoso".

Sacudió la cabeza rápidamente. "No. No. No es nadie que conozca".

"Espero que entiendas que tenía que preguntártelo".

Sacudió la cabeza lentamente. Era hora de dejar de pedirle que reviviera el peor día de su vida. "Quiero darte las gracias de nuevo. Sophia se quedará un rato más y yo me pondré a trabajar".

Cazar asesinos es lo que suelo hacer, pero el momento era oportuno; haber atrapado al Asesino de la Reserva significaba que podía centrarme en atrapar al delincuente que agredió a Ramos.

2

Volví a la estación y pulsé la marcación rápida. El sonido de la voz de Mary Ann me alivió un poco. Le dije: "Hola, ¿cómo estás?".

"Estoy bien, pero aburrida".

"¿Has sabido de Jessie hoy?".

"No. Tiene clases. ¿Por qué?".

"Solo preguntaba".

"¿Qué pasa, Frank?".

"Nada. Solo se me ocurrió preguntar".

"¿Nuevo caso?".

Pillado. La puse al corriente.

"No sé cuántas veces tengo que decírtelo; no puedes reflejar cada caso en nuestra familia".

"No estoy haciendo eso. Me estoy asegurando de que tú y nuestra hija estén bien. No es como si acabara de empezar a preocuparme por su seguridad".

"Sé que es duro hacer lo que haces. Hay tanta maldad ahí fuera. No quiero que te veas afectado por ella".

Afectado era mejor que insensible. "Sabes que no lo estoy".

"Solo velaba por ti".

"No es a mí a quien hay que vigilar. Algún lunático está ahí fuera aprovechándose de las mujeres".

"Lo atraparás. Solo no te pierdas en el proceso".

Quería contarle lo que Ramos dijo de su padre. Quizá Mary Ann captaría mi inquietud. "Sé separar mi trabajo del resto de mi vida". En cuanto salió de mi boca, supe que era mentira.

"¿Califica el vigilar a media noche?".

"Uh-".

"Está bien, Frank. Solo bromeaba. ¿A qué hora estarás en casa?".

"Un par de horas, como a las seis y media".

Llamé a Derrick. "Oye, el tráfico es una locura. Voy a pasar por North Collier Park para ver la escena de la violación de Ramos otra vez".

"¿Cómo te fue con ella?".

"Desgarrador. No sé si volverá a ser la misma".

"Es casi imposible. Vive sola, ¿verdad?".

"Sí. Su padre es marine y le afectó demasiado".

"Si alguien toca a mi hija, le meto un montón de plomo en la cabeza".

"Lo sé, pero no cambiaría nada".

"No me importa. Le volaría la maldita cabeza".

"Si pasa algo así, lo principal sería cuidarla y que volviera a vivir su vida".

"Nunca sería la misma".

"Por supuesto que no. Todo lo que pasa afecta a tu vida, y algo como una violación. . . No puedo ni imaginarlo".

"Tenemos que atrapar a este cerdo".

"Lo haremos. Te veré por la mañana".

Manejé por Livingston Road, pensé en recomendarle a Ramos a la doctora Bruno. Pero ella no era especialista en tratar con víctimas de violación. Tal vez ella conocía al mejor terapeuta para esto.

North Collier Park era enorme. En la entrada norte estaba el Museo para Niños Golisano. Tenían un montón de exposiciones prácticas que a Jessie le habían encantado. Al otro lado de la carretera estaba la laguna Sun-N-Fun. Cada vez que íbamos, volvía a casa empapada.

Era un lugar para divertirse, pero nunca podría pensar en el parque sin ver la mirada muerta en los ojos de Ramos. Rodeé el edificio principal: campos de fútbol a la izquierda y una zona boscosa antes de los campos de béisbol.

Me detuve y salí. Había muchos sitios para que un pervertido se pusiera a esperar. Era difícil no pensar en alguien observando a mi Jessie, con los auriculares puestos, dirigiéndose a alguna parte. ¿Llevaba el spray de pimienta que le había dado?

Habíamos entrevistado a los visitantes del parque, pero nadie había visto nada sospechoso. Se dijo que dos varones habían estado cerca de los campos de pelota, pero las edades y las descripciones de los hombres variaban de un testigo a otro. Era decepcionante, pero no inusual; los testigos oculares no eran fiables.

Mirar hacia el área arbolada me trajo de vuelta a la caza del asesino que había colocado a sus víctimas en nuestros parques. Este violador utilizaba la zona salvaje para ocultar su perversión. También era cuidadoso. No había dejado nada obvio.

El parque era frecuentado por cientos de personas al día. Aunque el violador había vigilado a Ramos, parecía que había sido una elección oportunista. A menos que volviera a atacar, iba a ser casi imposible seguirle la pista.

De vuelta al auto, maldije las probabilidades que tenía

ante mí. Ramos vivía con miedo. Tenía que hacer lo que pudiera, darle una medida de alivio atrapando al bastardo.

Mientras conducía de vuelta a casa, no podía quitarme de la cabeza la imagen de esta bestia forzando a Ramos. Para colmo, no teníamos más que su mal aliento y su forma de hablar.

LE DI un beso en la mejilla a Mary Ann. "¿Cómo estás?".

"Bien. ¿Y tú?".

Me encogí de hombros. "La pobre mujer cuenta con nosotros y no tenemos nada".

"Acabas de empezar. Desarrollarás pistas".

Exhalé. "Espero que atrapemos al bastardo antes de que lo haga de nuevo".

"¿Comprobaste su modus operandi?".

"Derrick está repasando los registros de agresiones sexuales y los casi ataques".

"¿Crees que es reincidente?".

"Podría ser. Parece que estaba preparado, pero ya veremos".

"Buena suerte. Sabes, acabo de oír que Dana Foyle se escapó de casa".

"¿Dana Foyle? ¿Quién es?".

"Fue a la escuela con Jessica pero iba dos años detrás de ella".

"¿Hablaste con Jessie?".

"Sí, está bien".

"Bien. ¿Qué sabes de la chica Foyle?".

"Salí a caminar y me topé con Lee —es allegada a la mamá de Dana— quien me dijo que Dana no llegó a casa anoche".

"Y ella tiene, ¿qué, dieciséis años?".

"Sí. Se peleó con su padre y se fue furiosa".

"Oh, probablemente esté haciendo un berrinche. Ya volverá".

"Eso espero. Sus padres deben estar muy preocupados".

"Los chicos no se dan cuenta del efecto que tienen en los padres. Discusión o no, debería haberlos llamado".

"Tienes razón".

El reconocimiento era un buen lugar para terminar la conversación. "Voy a cambiarme".

Caminando hacia el dormitorio, me asaltó la creencia de que los padres de Dana habían llamado a los amigos de su hija, pero la niña seguía desaparecida.

3

Miré el monitor: eran las diez y diez.

"Derrick, ¿dónde están esos archivos de la unidad de delitos sexuales?".

"Dijeron que los traerían aquí".

"Diles que se apuren".

"Crees que es reincidente, ¿verdad?".

"No estoy seguro, pero es un buen punto de partida".

"Pandilla de malditos asquerosos. Deberían castrarlos a todos, como hicieron durante el Imperio Romano".

Dije: "Ya que es una enfermedad mental, y no pueden ser reformados, deberían extender el uso de la castración química, para reducir sus impulsos sexuales".

"La castración obligatoria existe desde hace más de veinte años, pero está muy poco utilizada".

"Eso es porque la American Civil Liberty Union lo combate, lo llama castigo cruel e inusual".

"¿Y cómo demonios le llaman a la violación?".

Fue un gran punto. "No me hagas empezar".

"Me molesta muchísimo. Estos bastardos se ofrecen a la castración química para salir de prisión antes…".

Un becario entró con un puñado de expedientes. "¿Detective Luca? Estos son para usted".

"Gracias".

Le pasé la mitad de la pila a Derrick. "Vamos a dividir estos y empezar a trabajar".

El condado de Collier hacía un buen trabajo rastreando a los delincuentes sexuales, pero había agujeros en el sistema. Si cumplías condena por agresión sexual, te rastreábamos y notificábamos a los vecindarios cuando te mudabas.

Si venías de fuera del condado, estabas obligado a registrarte. Pero eso exigía la cooperación del delincuente. Si venía a la zona a violar a alguien, estábamos ciegos.

Los delincuentes eran estúpidos, pero conducir un par de kilómetros hasta otro condado en busca de anonimato era algo que hasta el más tonto sabría hacer. Creyendo que tendríamos que buscar más allá de Collier, abrí la carpeta superior. Una foto de Jorge Blanco me miró fijamente.

Era difícil ser desapasionado; Blanco, con la cabeza afeitada, tenía una sonrisa en su fea cara. Quitársela no era lo que venía a la mente. Volarle la cabeza en pedazos, sí. Tras cumplir seis años de condena por agredir sexualmente a una mujer del norte de Naples, fue puesto en libertad.

Blanco era más pequeño de lo que Ramos había descrito. Pero era natural creer que su atacante era enorme. A la sensación de impotencia se sumaba el cuchillo con el que la había amenazado.

Lo que lo hacía interesante era que había sido liberado hacía un mes, y su víctima original había salido a dar un paseo por la noche. Como contrapartida, la víctima tenía sesenta y cinco años.

Blanco podría haber pensado que la mujer era más joven, ¿o es que satisfacer su ansia desquiciada hacía que la edad fuera irrelevante? Había que investigarle. Deslicé el expediente de Blanco a un rincón de mi mesa y abrí el siguiente.

John Craven. Si los nombres significaban algo, era nuestro hombre. Craven cumplió cinco años antes de ser liberado hace ocho meses. Seis pies tres y doscientos diez libras, el tamaño de Craven se alineó con la afirmación de Ramos.

Su modus operandi era diferente pero depredador. Una mujer se había quedado atascada en Golden Gate Parkway, cerca de Santa Bárbara Boulevard. Con la excusa de intentar ayudarla, Craven se detuvo. Según el informe, hizo un intento superficial de arrancar el auto antes de ofrecerse a llevar a la mujer a casa.

En lugar de llevarla a su casa, condujo hasta el estacionamiento de una escuela secundaria y la violó. Un conserje tomó el número de matrícula de Craven, y el cerdo fue detenido al día siguiente.

Cinco años antes de ser condenado por violación, Craven fue detenido en relación con una pelea en el bar The Center, en el paseo marítimo de Bonita Springs. Los cargos fueron retirados, pero según testigos, Craven había estado en el bar solo cinco minutos antes de enzarzarse en una pelea con un hombre con el que no había tenido contacto previo.

La decisión precipitada de pelearse tenía similitudes con aprovecharse de una mujer abandonada. Además, estaba armado con un cuchillo cuando fue detenido. Era pequeño, pero un arma al fin y al cabo.

Poniendo a Craven por delante de Blanco, cogí el teléfono y llamé a Mary Ann. "¿Cómo estás?".

"Bastante bien. Acabo de colgar con el Sheraton".

"¿Vamos a alguna parte?".

"No. Tienen un puesto vacante y, en cuanto lo solicité, me llamaron".

"Te lo dije, no quiero que trabajes. No es bueno para tu salud".

"Quedarse sentada tampoco es bueno. Además, tenemos que volver a acumular ahorros".

"Oh, vamos. Eso es ridículo".

"¿Ridículo? ¿Después de lo que estamos gastando en mis inyecciones y lo que cuesta la universidad de Jessica?".

"El seguro está pagando la mayor parte ahora…".

"Sí, pero no tenemos ahorros. Además, me aburro. Siento que me estoy consumiendo".

"¿Qué tipo de posición?".

"Relaciones con los clientes".

"¿Se puede trabajar desde casa?".

"Es un trabajo a distancia, solo tres días a la semana".

"¿Qué han dicho?".

"Creo que me lo van a ofrecer. Ya veremos".

No podía decir que estuviera en su contra. Su esclerosis múltiple estaba en remisión, pero el estrés era un desencadenante. "De acuerdo. Buena suerte".

"Gracias. ¿Qué pasa contigo?".

"Desarrollando sospechosos en el caso de violación".

"Debe ser divertido".

"Sí, después de leer un par de archivos, necesito ducharme".

"Aguanta. ¿A qué hora vas a estar en casa?".

"Sobre las seis".

"Muy bien, que tengas una buena tarde".

"Dime, ¿esa chica, Dana Foyle, apareció?".

"No. Amy me dijo que presentaron una denuncia por desaparición".

"No ha pasado tanto tiempo. Seguro que el sargento lo está investigando".

"Esperemos que solo sea un caso de ella vengándose de su padre".

"¿Hablaste con Jessie?".

"Hoy tiene clases hasta las tres".

"Vale. Te veo luego".

Colgué, envié un mensaje a Jessie y llamé a Bilotti. "Hola, Doc, ¿cómo estás?".

"Bien, Frank. ¿En qué estás trabajando?".

Le puse al corriente del caso de violación.

"Suena feo".

"Lo es, pero llamé por algo diferente".

"Adelante".

"Mary Ann quiere volver a trabajar y me preocupa que el estrés le afecte a la esclerosis".

"El estrés podría precipitar brotes, pero tendría que ser más que el estrés ordinario que producen la mayoría de los trabajos. ¿Qué quiere hacer?".

"Algún trabajo en atención al cliente con Sheraton".

"Hum, si no está recibiendo quejas, debería estar bien.

"¿Ves? Eso es lo que me temo. A la gente le encanta quejarse cuando pagan lo que cuestan las habitaciones. Estoy en contra de eso".

"¿Son las consideraciones financieras?".

"Podemos usar el dinero, seguro, pero ella dice que está aburrida".

"Entonces debería hacer algo. Estar sentada tampoco es bueno para ella. Mantener la mente ocupada es bueno para la salud en general. ¿Es un puesto a distancia?".

"Sí".

"Bien. Solo asegúrate de que no se exceda".

"Lo intentaré, pero ella tiene mente propia".

Se echó a reír. "Sé lo que quieres decir. Antes de que te vayas, quería hablarte de un vino que compré en ABC Wines, en Immokalee. Es de Montsant, España. Es una región relativamente desconocida que rodea al Priorat. Están produciendo buenos vinos".

"¿Qué uva?".

"Garnacha".

"Debería haberlo sabido. ¿Cuánto?".

"Veintidós. Pero al tomarlo se siente como una botella de cincuenta dólares. Te enviaré los detalles por mensaje de texto".

Después de colgar, revisé mi teléfono. Jessie no había respondido. Tomé otro expediente y casi me dan arcadas. Con el pelo grasiento y los ojos brillantes, Tim Bowler era el ejemplo de un pervertido. Al leer los detalles de su ataque, recibí un mensaje de texto.

Pensando que era Jessie, lo abrí. Bilotti había enviado el nombre del vino. Le di las gracias y envié otro mensaje a mi hija.

4

EL SOL SE ESTABA PONIENDO, PERO MI ESTÓMAGO ME TENÍA mirando a Mary Ann a través de las puertas deslizables. Ella estaba al teléfono. Después de años de decirle a Jessie que no podía comer hasta que todos estuvieran sentados, todo lo que pude hacer fue pinchar una papa asada.

Mary Ann terminó la llamada y salió a la terraza. "No tenías que esperarme".

Mientras cortaba una hamburguesa de pavo, dije: "Está bien. ¿Qué tenía que decir Marilyn?".

"Esa Dana se fue en otra ocasión, justo después de entrar a la preparatoria".

"Oh, eso es bueno. ¿Cuánto tiempo estuvo fuera la última vez?".

"Solo una noche".

"Pero es un patrón. ¿Se lo dijeron a los hombres del sargento Gesso?".

"Seguro que los padres habrán dicho algo".

"Deberían saber que no tenemos personal para perseguir fantasmas".

"Han pasado más de dos días".

"Maldición, no me gusta cómo se siente eso".

"Nadie ha sabido nada de ella, ni siquiera su novio".

Eso me molestó. "¿Por qué fue la discusión con el padre?".

"Algo sobre ir a visitar al hermano de su novio en la Universidad Estatal de Florida".

"Eso es un viaje nocturno. Yo tampoco estaría muy de acuerdo. La chica solo tiene dieciséis años".

Suspiró. "No es fácil ser padre".

"El eufemismo del siglo".

Mary Ann dijo: "¿Quieres otra hamburguesa?".

"No, dos es mi límite". Recogí la mesa. "Todavía no puedo creer que Jessie no haya vuelto a llamar".

"Envió un mensaje de texto".

"Eso podría ser de cualquiera".

Puso los ojos en blanco. "Fue Jessica. Sé que lo fue".

"Bueno, ¿por qué no me contestó?".

"No lo sé, Frank. Tal vez se le pasó o pensó que te diría que estaba bien. Está ocupada…".

"Toma un minuto. Eso es todo".

"Voy a caminar un rato con Karen".

"Tengan cuidado, asegúrense de permanecer juntas".

"Eres realmente especial".

"Fuiste policía; deberías saber…".

"Y debes saber que soy consciente de los peligros y sé cómo defenderme".

Ella tenía razón. "Vale, vale, pero ten cuidado".

En cuanto salió de casa, llamé a Jessie. Al cabo de cinco repiques, me mandó al buzón de voz. Dejé un mensaje y envié otro texto. Me dirigí a la terraza, tratando de racionalizar mi ansiedad. Mi violador estaba en Florida, y Jessie estaba en el campus de Princeton, a mil doscientas millas de distancia.

Pero eso no significaba nada; los violadores se cebaban con las mujeres en todas partes. ¿Cuál era la verdadera amenaza? ¿Estaba Jessie metida en líos o solo participaba en la vida universitaria?

Saqué mi teléfono e hice una llamada.

MARY ANN se metió en la cama y yo apagué mi lámpara. A punto de darme las buenas noches, me dijo: "Aún no puedo creer que llamaras a la escuela".

"Estaba preocupado".

"Preocupado es una cosa. Llamar a la policía del campus para ver cómo está Jessica, raya en un trastorno de ansiedad".

"Soy su padre; ¿qué se supone que debo hacer cuando no me devuelve las llamadas?".

"¿No dijiste algo acerca de la limitada mano de obra para perseguir fantasmas?".

"Vale, ya. Solo estoy preocupado".

"Te dije que ella dijo que estaba bien. La avergonzaste, tratándola como a una niña de diez años".

Había muchos jóvenes que se habían ido a la universidad y se habían metido en problemas, pero argumentar mi versión no iba a ser bueno. "Al menos sabe que me importa, ¿verdad?".

"Es adulta y es responsable".

"Siempre será nuestra hija. No quiero que le pase nada".

"Tienes que confiar en ella".

"Confío en ella. Es con el resto del mundo con quien tengo problemas".

AL SALIR de la Ruta 41, en Wiggins Pass, me dirigí hacia el este. John Craven vivía en el Lago San Marino, una comunidad de casas rodantes. No estaba cerrada, lo que me dejaba con una herramienta menos. Un surtido de vehículos, muchos de los cuales necesitaban un remolque para moverse, se alineaban en la calle principal. Craven vivía en Sea Breeze Place. Me detuve delante de una Winnebago blanca con una franja color café a lo largo de un lado.

El vehículo tenía al menos treinta años. Con un cigarrillo colgando del labio, un vecino avivaba el humo de una barbacoa. Había muchos olores, ninguno de ellos procedente del mar.

Oí la televisión por encima del zumbido del aire acondicionado y golpeé la puerta de aluminio. Cerveza en mano, Craven se acercó a la puerta. "¿Qué pasa?".

Sus hombros se hundieron cuando le mostré mi placa. "Me gustaría hacerte un par de preguntas".

"¿Sobre qué?".

"Martes, diez de mayo".

Craven movió su peso. "Yo no hice nada".

"¿Dónde estabas entre las cinco de la tarde y las nueve de la noche?".

"¿Martes?".

"Sí".

"¿A qué hora otra vez?".

Estaba ganando tiempo. "Entre las cinco y las nueve".

"Estaba pescando".

"¿Todo el tiempo?".

"Uh, no. Yo, uh, creo que terminé alrededor de las siete. Tal vez más tarde".

El ataque tuvo lugar a las siete. "¿Estabas solo?".

"Sí, a mis amigos no les gusta pescar".

"Lástima, yo disfruto de la soledad".

"Sí, yo también".

"¿Dónde guardas las cañas?".

"¿Mis cañas?".

Ignoré el ping de un mensaje de texto. "Sí. Yo guardo las mías en el garaje, pero tú no tienes garaje".

"Oh, las dejo en casa de un amigo".

"¿Qué amigo?".

"Ah, vamos, hombre. ¿A qué vienen esas preguntas? Yo no hice nada".

"¿Dónde estuviste el martes?".

"Te dije que estaba pescando".

"¿Dónde?".

"Por la playa, en uh, Wiggins".

"¿A qué hora te fuiste?".

"Como dije, alrededor de las siete".

"Y luego, ¿qué hiciste?".

"Fui por algo de comer".

"¿Dónde?".

"Panera".

"¿Con quién estabas?".

"Con nadie. Compré un sándwich y me fui a casa".

Panera tenía cámaras. "¿Qué Panera?".

"La de aquí, enfrente de Old 41".

"¿Qué hiciste después de comer?".

"Me fui a casa".

"¿Estuviste allí toda la noche?".

"Sí".

"¿Fuiste de pesca, a Panera y luego a casa?".

"Ajá".

Nunca mencionó dejar su caña de pescar. Estaba mintiendo sobre la pesca. Mi móvil sonó. Eché un vistazo; era Derrick. Lo ignoré y me di cuenta de que era él quien había enviado el mensaje. Me llegó otro mensaje. Me estremecí cuando vi el mensaje. "Los Foyle recibieron una nota de rescate".

5

EL SARGENTO GESSO ESTABA SENTADO AL BORDE DE MI escritorio cuando entré. "¿Qué tenemos?".

Derrick dijo: "Esta es una copia de lo que los padres recibieron. El laboratorio está revisando el original".

Gesso dijo: "A mí me parece que sostenían el lápiz con el puño". Levantó la mano como si sostuviera un cuchillo como arma.

Derrick dijo: "No será fácil para los expertos en escritura".

Leí la nota: "Veinte mil en billetes pequeños o no volverás a verla".

Derrick dijo: "Veinte mil no es mucho dinero...".

"Apuesto a que es un drogadicto, probablemente un adicto a la metanfetamina", dijo Gesso.

"Podría ser. Secuestrar por veinte de rescate no corresponde con el riesgo. Parece algo improvisado".

Derrick dijo: "Podría ser un chico estúpido que se metió en un lío y busca una salida rápida".

Un escenario plausible. "Podría ser".

"En cualquier caso, es una cantidad relativamente

pequeña para recaudar, sobre todo cuando tu hija está en juego".

Gesso dijo: "Odio romper el ambiente positivo, pero quien lo hizo sabía lo suficiente como para evitar que su teléfono hiciera ping. Quizá eliminaron a la chica".

Derrick dijo: "¿Crees que la mató?".

Le dije: "Yo no. La nota de rescate es un positivo neto. Tiene que imaginarse que querremos pruebas de que la joven está viva antes de que el dinero cambie de manos".

Gesso dijo: "Esperemos que sí. No creo que necesitemos un negociador profesional, pero he llamado a la oficina del FBI de Fort Myers para que tengan uno a la espera".

"Buena idea. Si esto se intensifica, los involucraremos".

"Muy bien, si necesitas algo, házmelo saber".

"Gracias, sargento. Si puede presionar al laboratorio para procesar la nota, se lo agradeceríamos".

"Entendido". Mientras Gesso desaparecía, dije: "Vamos a hablar con los padres".

De camino al estacionamiento, dije: "Creo que esta chica va a estar bien. Si los padres sobreviven al susto, estará bien".

"¿Tú crees?".

"No quiero salarlo, pero da la sensación de ser amateur. Lo de los billetes pequeños está sacado de una película".

"¿Les vas a decir a los padres que paguen?".

"Noventa y nueve por ciento. Demasiada gente es asesinada por menos, pero con los secuestros, más del setenta por ciento son liberados tras pagar el rescate".

"Entonces vale la pena intentarlo".

"Pedir solo veinte mil me hace pensar que quien la tiene está desesperado por devolverla".

"Cierto".

"Llevemos a esta chica a casa y volvamos a cazar al violador".

———

A TODA VELOCIDAD por la carretera Goodlette-Frank, Derrick aminoró la marcha y giró a la derecha para entrar en una urbanización cerrada llamada Lemuria. Le dije: "Nunca he estado aquí. ¿Y tú?".

"No. Pero Lemuria significa un continente perdido que se hundió bajo el Océano Índico".

"¿Cuándo se supone que ocurrió eso?".

"Hace unos ochenta millones de años".

"¿Lo has visto en el Discovery Channel?".

"No, me lo dijo mi madre cuando era niño y nunca lo olvidé".

"Detrás del auto patrulla".

La casa móvil de los Foyle daba a un lago, como las demás de la pequeña comunidad. Evalué la propiedad. "¿Cuánto crees que cuestan?".

Derrick dijo: "¿Quién sabe? Yo diría que quinientos, pero la subida de los precios…".

"Demasiado bajo. Es más como setecientos u ochocientos ahora".

"No lo dudo".

Antes de que pudiera tocar el timbre, un agente uniformado abrió la puerta. "Detectives".

"¿Cómo estás, Bennett?".

"Bien". Se inclinó hacia delante. "Están en la cocina, pero están bastante agitados".

"¿Están solos?".

"Sí, eché a los vecinos, como dijiste".

"Vale, pero en cuanto acabemos, asegúrate de que tengan gente cerca. Están pasando por un infierno".

Entramos en una planta abierta. La señora Foyle se sonaba la nariz. Su marido salió disparado de su silla. "¡Tienes que traer a Dana de vuelta!".

"Estamos en ello". Me presenté y dije: "Dime cómo recibiste la nota de rescate".

El señor Foyle dijo: "Llegó por correo. Podría haber llegado ayer; nunca recibimos el correo. Estamos como locos desde que se la llevaron".

"¿Venía en un sobre?".

"No. La nota estaba suelta".

"¿Has visto a alguien junto a tu buzón?".

"No, nadie".

"¿Había algún otro correo en el buzón?".

"Sí, como dije, era de ayer".

"¿A qué hora suelen entregarles el correo?".

"Como a las doce".

"¿Te resulta familiar la letra?".

"¿Crees que alguien que conocemos hizo esto?".

"No particularmente, pero queremos reducir quién podría haberlo hecho…".

"Mira, todo eso está bien. Quiero que se pudran en la cárcel, pero ahora mismo, paguemos a esta gente y traigamos a nuestra bebé a casa".

"Sé que es difícil. Tengo una hija un poco mayor que Dana, pero para garantizar su regreso a salvo, necesitamos toda la información posible".

"Vale, vale".

"Tengo entendido que hubo una discusión que originalmente se pensó que causó que Dana se fuera".

"Oh, eso no fue nada".

"¿De qué se trataba?".

"No huyó; fue secuestrada".

Sonó el móvil del padre. Me miró. "No pasa nada. Mantén la calma y contesta".

"¿Hola?".

Su cara se relajó. "Sí, está bien, entra. La policía está aquí". Colgó. "Es *WINK News*".

"No deberías hablar con los medios".

"Mira, tengo que dejar que quien la tenga, sepa que vamos a pagar".

"No es una buena idea".

"No podemos sentarnos aquí y esperar que se pongan en contacto con nosotros. Hay que hacer algo".

"Estamos investigando...".

"No podemos perder el tiempo. Internet dice que el reloj es el enemigo en los secuestros; cuanto más tiempo pasa...".

Eso era cierto, hasta cierto punto. Esconder a un rehén era arriesgado. A veces los secuestradores se doblegaban ante la presión, dañando o matando a su prisionero. "Entiendo tus preocupaciones, pero es mejor si seguimos el protocolo...".

"Con el debido respeto, la policía no salvó a Jessica Lundsford. ¿Lo hicieron? Lo estropearon".

Estaba equivocado. No tenía sentido discutir sobre el asesinato que dio lugar a la legislación llamada Ley de Jessica, que dificulta la reincidencia de los delincuentes sexuales. Pensar que era un depredador sexual me revolvió el estómago.

"Tengo dos preguntas más antes de que hables con un periodista".

"Adelante".

"¿Tu hija ha mencionado alguna vez que alguien se le acercara o la observara? ¿Alguien espeluznante?".

NADIE ESTA A SALVO

"No, intentamos pensar en algo, pero no hay nada. Esto surgió de la nada".

"Vale, sigue pensando en cualquier cosa inusual".

"Créeme, nos estamos devanando los sesos".

"Si, eh, cuando se pongan en contacto, ¿estás preparado para tener el dinero? ¿En billetes pequeños?".

"Sí. Tenemos un amigo en el Bank América. Está reuniendo el dinero y dijo que vendría esta tarde".

6

Una mujer dirigió a un camarógrafo y a un técnico de iluminación al interior de la casa. Derrick dijo: "Creo que es Emma Heaton, de las noticias de las seis".

"Sí, es ella. Mira, no podemos perder el tiempo. Tenemos que sondear a los vecinos, ver si alguien vio u oyó algo".

"La nota probablemente fue dejada tarde en la noche".

"Seguro que fue al amparo de la oscuridad, pero no podemos darlo por hecho".

"Correcto".

Observé el exterior de la casa de los Foyle. "No tienen cámaras".

"Quizá alguno de los vecinos las tenga. Algunas de estas cámaras de timbre captan los autos que pasan por la calle".

"No sé cómo la gente vive con el tintineo, cada vez que pasa un auto".

"Supongo que lo desconectas".

Las palmeras se balancearon al soplar una ráfaga de viento. "Tenemos que echar un vistazo al señor Foyle".

"¿Crees que está involucrado?".

"Solo cubriendo bases. Es quien encontró la nota de rescate y afirma que una discusión hizo que Dana se largara".

"Por eso preguntaste por la discusión".

"Por muy emotivo que sea, tenemos que ser metódicos".

"No consideré que plantara la nota".

"No digo que nadie esté encubriendo un homicidio, pero no nos pueden pillar desprevenidos si esto da un giro".

"Iré a un par de casas y luego investigaré a los padres".

"Vale. Vuelvo dentro".

Con las manos en las caderas, el señor Foyle dijo: "¡Solo elige una!".

Su mujer levantó un marco de fotos. "Se ve bien en esta, ¿verdad?".

"Es perfecta".

Al estudiar a la pareja, me recordé el peligro de hacer suposiciones. Si no tenían nada que ver con la desaparición de su hija, la presión de una jovencita desaparecida convertiría una estatua en gelatina.

Parpadeé cuando el fotógrafo encendió el equipo de iluminación y me hice a un lado. Levantó un monitor. "Está bien".

Emma Heaton asintió y miró a la cámara. "*WINK News* les llega en directo desde la casa de los Foyle. Dana Foyle lleva desaparecida tres días atroces. Sus padres querían hablar directamente con nuestros telespectadores con la esperanza de que eso acelere su regreso a casa".

Se volvió hacia los Foyle. "Sabemos que son momentos muy difíciles para ustedes. ¿Qué les gustaría decir a nuestros espectadores para conseguir su ayuda para que Dana regrese sana y salva?".

Mientras su mujer lloriqueaba, el señor Foyle miró fijamente a la cámara. "Vamos a pagar el rescate. No tienes que preocuparte; todo lo que queremos es que Dana vuelva a casa".

"¿Recibiste una nota de rescate?".

"Sí".

"¿Cuándo? ¿Cuánto piden los secuestradores?".

Sacudiendo la cabeza, di un paso adelante y me pasé un dedo por el cuello. Foyle dijo: "Eran veinte mil dólares, pero no puedo decir nada más".

"¿Crees que Dana será liberada?".

"Sí. Confiamos en que quien se la haya llevado —y no nos importa quién haya sido— en cuanto la liberen, olvidaremos que esto ha ocurrido".

Podría, pero de ninguna manera iba a darle un pase a un secuestrador. El padre también cambiaría de opinión. Todo era relativo. Si su hija era liberada, su atención se centraría en los secuestradores.

"¿Pero no quieres justicia?".

"Todo lo que queremos es a Dana en casa. Gracias". Foyle sacó a su esposa de la vista de la cámara.

Me apresuré. "Sé que haces lo que crees correcto, pero los secuestros son un asunto delicado. Necesitamos tanto control como sea posible".

"Entiendo, detective, pero si son fieles a su palabra, dejarán ir a Dana después de que paguemos".

Estaba depositando su confianza en una peligrosa mezcla de credulidad y esperanza. ¿O estaba actuando a la desesperada como distracción? La periodista dijo: "Nos gustaría mucho cubrir la historia del rescate. ¿Cómo se hizo el contacto?".

Levanté una mano. "Lo siento, señora, pero los Foyle

ya han dicho todo lo que podían. Algo más puede poner en peligro a su hija".

"Pero...".

"El detective tiene razón. Hemos dicho lo que teníamos que decir", dijo el señor Foyle.

Estuvo bien que aceptara, pero en primer lugar estaba reñido con hablar con la prensa. Quería hacerlo público, pero solo hasta cierto punto, lo que nunca funcionaba con los medios de comunicación. Haciendo un gesto con la barbilla hacia una llorosa señora Foyle, le dije: "Atiende a tu esposa. Tan pronto como estén fuera de aquí, hablaremos".

El aire cálido era relajante. Unos treinta vecinos estaban reunidos al otro lado de la calle. Un periodista se me acercó. Le hice un gesto de rechazo con la mano mientras sonaba mi teléfono.

"Detective Luca".

"Siento molestarle, señor. Soy Félix Ramos, el padre de Lisa".

"Hola, señor Ramos. ¿Qué puedo hacer por usted?".

"Lisa dijo que está a cargo de la investigación de lo que le pasó".

"Sí, yo lo dirijo".

"¿Cuál es la situación?".

"No puedo hablar de un caso activo".

"¿Tiene un sospechoso?".

"Es prematuro, pero estamos desarrollando pistas".

"¿Desarrollando? Con el debido respeto, parece que no ha hecho nada".

"No es el caso, señor. Mi compañero y yo estamos trabajando en ello, pero tengo otras responsabilidades en este momento".

"Está claro que el caso de Lisa no es la prioridad que debería ser".

"Ciertamente lo es".

"Entonces muéstrelo, redoble los esfuerzos para atrapar al maleante que, que, abordó a mi hija".

"Tengo entendido que es usted militar".

"Teniente coronel retirado, Cuerpo de Marines".

"Aprecio su servicio, señor".

"Gracias.

"Con su experiencia, es consciente de que, de cara al público, parece que no pasa nada, pero entre bastidores, las cosas están en marcha. Puede que lleve más tiempo del que le gustaría, pero llevaremos ante la justicia a quienquiera que haya sido".

"Es lamentable, y con el debido respeto, no tengo la confianza que usted tiene".

"Entiendo, señor. Solo deme la oportunidad de probarlo".

"Lo haré".

"Gracias. Me tengo que ir".

Observé la calle. La multitud charlaba entre sí. Estaban disgustados y conmocionados por la desaparición de uno de los suyos. Simpatizaban con los Foyle, pero no tenían ni idea de por lo que estaban pasando los padres de Dana. Por muy cerca que estuviera, no podía imaginarme estar en el lugar del señor Foyle.

Un periodista que contestaba al teléfono me hizo volver a pensar en la conversación con el padre de Lisa Ramos. Solo su entrenamiento militar mantenía a raya su ira. ¿Quién podía culparle por presionar para que hubiera una detención? Sin posibilidad de revertir lo ocurrido, era lo único en lo que podía concentrarse.

Sacudiéndome los pensamientos de la cabeza, me dirigí de nuevo a casa de los Foyle para enfrentarme a otro padre angustiado.

7

El olor a ajo hizo que mi estómago rugiera. Mary Ann me vio y terminó su llamada. Le di un beso en la mejilla. Dijo: "¿Tienes hambre?".

"Sí. ¿Qué has hecho?".

"Espaguetis con almejas. Me imaginé que después del día que tuviste, necesitarías algo de comida reconfortante".

Por alguna razón, pensó que era uno de mis favoritos. Estaba bueno, pero cuando se asentaba, se apelmazaba como si estuviera pegado. "Suena bien".

"¿En qué quedó con los Foyle?".

"Es un juego de espera. Gesso tiene un par de oficiales con ellos. Tan pronto como hagan contacto, estoy en movimiento".

"Espero que sea pronto. No puedo imaginar por lo que están pasando".

"La peor pesadilla de un padre".

"Veinte mil es una cantidad extraña para pedir".

"Sí. Algo está mal".

"¿Crees que han dicho que sí demasiado pronto? ¿Y van a pedir más?".

"Sin duda es un riesgo, pero no creo que vaya a ocurrir".

"¿No crees que ella pudiera estar...?".

No tenía sentido preocuparla. "No, no. Probablemente funcionará; solo tenemos que superar la entrega del dinero".

El microondas emitió un pitido y Mary Ann sacó el plato de pasta. Rociándolo con aceite de oliva, dijo: "¿Tienen el dinero listo?".

"Sí, tienen un amigo en un banco".

"¿Vas a marcar los billetes con UV?".

"No, aunque les dije que no se darían cuenta, Foyle dijo que podría poner en peligro a su hija".

Puso las almejas y la pasta delante de mí. "Es invisible".

Tomé los tallarines con el tenedor y los retorcí. "Lo sé. Me hizo pasar un mal rato cuando le dije que teníamos que anotar los números de serie de los billetes".

"Está tenso".

Sonó mi teléfono. Antes de contestar, dije: "Tal vez".

"Hola, Derrick. ¿Qué pasa?".

"¿Estás ocupado?".

Bajé el tenedor. "No, está bien. ¿Qué pasa?".

"Tienes que ver el video de un timbre Ring frente a la casa de los Foyle".

DERRICK SALIÓ de su auto mientras yo me estacionaba detrás de él. Antes de que sacara las llaves, la puerta del vehículo *de WINK News que* estaba al otro lado de la calle se abrió de golpe. Mientras se acercaban, dije: "No comentamos nada".

Seguí a mi compañero hasta una casa de estuco gris, en diagonal frente a la casa de los Foyle. El propietario se conectó a su cuenta de Ring, sacó las imágenes y le entregó su teléfono a Derrick.

Derrick lo puso en pantalla completa y le dio al play. No se veía la puerta principal de los Foyle, pero sí el camino hasta la acera. A los veinte segundos, apareció un hombre caminando por el camino adoquinado de los Foyle hacia la calle.

Susurré: "Parece el señor Foyle".

Hizo una pausa y acercó la imagen. "Eso es lo que pienso".

"El sello de tiempo dice que son las nueve y cincuenta y cinco de la noche. ¿Es exacto?".

Derrick reanudó la reproducción en cámara lenta. "Parece ser".

"Se dirige al buzón".

"Sí, pero espera".

Un segundo después, un camión de UPS bajó por la calle. Redujo la velocidad, obstruyendo la vista de Foyle y su buzón. Cuando pasó, Foyle se había vuelto hacia la casa.

"¡Jesús! No lo tenemos yendo al buzón".

"Podría haber plantado la nota entonces".

"Ponlo otra vez".

Me quedé mirando a Foyle mientras caminaba por el sendero. "Está mirando alrededor".

"Podría estar comprobando si no hay moros en la costa".

"¿Pero por qué no salir en mitad de la noche? ¿En vez de arriesgarse?".

"Tal vez no quería que su esposa sospechara".

Era un buen punto. "Pregúntale al vecino si nos autoriza hacer una copia del video".

El hombre estaba de acuerdo, y Derrick le dijo que pondría en marcha el papeleo. Le dije: "Vamos a hablar con Foyle".

Un oficial con el que había trabajado en un homicidio vehicular, nos dejó entrar. Los Foyle estaban sentados alrededor de una mesa de cristal de la cocina.

Los ojos de la señora Foyle buscaron mi cara. "¿Encontraste a Dana?".

"Todavía no, señora. Nos gustaría hablar con su marido".

El señor Foyle se puso tenso antes de levantarse. "Claro. ¿Qué está pasando?".

Entré en la sala de estar. "Dime qué hiciste anoche".

"¿Anoche?".

"Sí".

"Nada, estaba aquí, con Judy. Estábamos muy preocupados por Dana".

"¿Fuiste a alguna parte?".

"No. Estuvimos en la casa todo el tiempo".

"¿Estás seguro?".

"Sí, seguro".

"Tenemos informes de que saliste de la casa".

"¿Informes? ¿Qué diablos significa eso?".

"Tranquilo. Solo estamos tratando de reconstruir los eventos que llevaron a tu hija a…".

"¿Qué? ¿Crees que tengo algo que ver?".

"No hemos dicho eso".

"Tal vez no, pero seguro que actúas como si ese fuera el caso".

"¿Saliste de casa o no?".

Dudó. "Quiero decir, puede que haya salido a tomar el aire o algo así. O, ya sabes, creo que salí para revisar la calle, ver si Dana estaba ahí fuera".

"¿Fuiste al buzón?".

"¿El buzón? ¿Por qué iba a ir a recoger el correo?".

"Por costumbre…".

El teléfono de Foyle estaba sonando. Lo sacó. "Está restringido".

"Podría ser un teléfono desechable. Contesta".

Foyle dijo: "Hola". Asintió rápidamente, murmurando: "Son *ellos*".

Me incliné hacia él y se apartó el teléfono de la oreja para que yo pudiera oírlo. Dijo: "Han colgado".

"¿Qué han dicho?".

"Que pusiera el dinero en una bolsa de la compra y empezara a conducir. Dijo que tenía que estar solo, y que si había policías o helicópteros, matarían a Dana".

"¿A dónde te dijeron que fueras?".

"Dijeron que volverían a llamar".

Era discutible si estuvo al teléfono el tiempo suficiente para todo eso. "Reúne el dinero".

Foyle se fue, y me volví hacia Derrick. "Esa fue una manera inteligente de jugar esto. Llama a Gesso, y que consiga un par de autos sin marcar en la zona".

"De acuerdo".

"Quédate con la señora. Voy a tratar de seguirlo".

Foyle volvió con una bolsa de Whole Foods cargada de dinero. Le dije: "Tienes que ser extremadamente cuidadoso aquí. No sabemos con quién estamos tratando".

"Me doy cuenta".

"No intentes ser un héroe. En cuanto te llamen, llámame".

"Dijeron que nada de policía".

"No sabrán…".

"Sí, lo harán; lastimarán a Dana".

NADIE ESTA A SALVO

"No voy a estar cerca de ti, pero si las cosas se salen de control, tengo que estar en posición de ayudar".

"Estás poniendo a mi hija en peligro".

"No sabemos con quién estamos tratando. Podrías estar poniéndote en peligro".

"No me preocupo por mí. Solo quiero a Dana de vuelta".

"Mira, tenemos que hacer esto a mi manera. No voy a llamar la atención, pero tengo que estar cerca cuando se haga la entrega. Si algo sale mal, tengo helicópteros preparados. Cerraremos las calles y agarraremos a los bastardos".

"Dijeron que ni aviones ni helicópteros…".

"Están en tierra hasta que cojan el dinero. Todo lo que tienes que hacer es llamarme cuando te den el lugar de entrega y cuando se complete la entrega. ¿De acuerdo?".

Asintió con la cabeza.

"Bien. Vamos a traer a Dana a casa".

Al volante, pensé que teníamos muchas posibilidades de atrapar a quienquiera que estuviera detrás del secuestro. La mayoría de los planes de extorsión, sobre todo los urdidos por aficionados, acababan con su captura.

Mientras Foyle salía de la entrada de su casa, mi mente se llenaba de ideas. Tenía que atrapar a quien se hubiera llevado a una de las chicas de nuestra comunidad.

Que esta noche fuera un éxito o no dependía en gran medida de que Foyle hiciera las llamadas. Pero su miedo a molestar a los captores le haría esperar hasta después de que establecieran contacto. Lo retrasaría hasta que soltara la bolsa de dinero. Su objetivo era recuperar a su hija.

Cuando las luces traseras de Foyle desaparecieron, recordé lo que estaba en juego. Al apartarme, mis hombros se tensaron. Dana tenía que dormir en su propia cama esta noche.

8

LAS LUCES TRASERAS DE FOYLE ERAN PUNTITOS ROJOS. SE
dirigía al norte por la carretera Goodlette-Frank. Había
otros dos autos en la carretera. Yo llevaba los faros apaga-
dos. El auto de Foyle se acercó al semáforo del cruce de
Immokalee Road. Estaba en verde. Probablemente giraría a
la izquierda para llegar a la Ruta 41.

Foyle giró a la derecha. Antes del semáforo. Iba a entrar
en el centro comercial que albergaba la cervecería Bone
Hook. Agarré el volante. ¿Alguien iba a apropiarse de su
auto? ¿Era la nota de rescate una treta para robarle veinte
de los grandes?

Un destello de los faros de Foyle sugirió que giraba en
el estacionamiento, hacia el Hospital Landmark. Intenté
recordar la configuración del centro especializado. Vete-
ran's Park estaba cerca, al igual que el complejo Arthrex y
un par de edificios de oficinas.

Había recibido la llamada pero no me avisó. Cogí la
radio y sonó mi alarma de pipí. Otra vez. Ahora no era el
momento de ir a lo seguro con la vejiga que me habían
hecho los médicos. "Aquí el detective Luca; se necesitan

autos patrulla en la zona del aeropuerto e Immokalee y alrededor de Mercato. Dígales que apaguen las luces estroboscópicas y que se mantengan fuera de vista. Llamaré cuando esté listo".

Foyle apagó las luces. Aparcó al final del estacionamiento del hospital. Fui a la izquierda, estacionando en un lugar en BurgerFi.

Abrazado al edificio, asomé la cabeza por la esquina. Foyle estaba volviendo a su auto. ¿Se le había caído el dinero?

Marqué su número mientras se acercaba a Goodlette-Frank. "¿Te reuniste con ellos?".

"No. Dijeron que dejara el dinero en el último lugar de estacionamiento".

"¿Qué dijeron de Dana?".

"Que estaría en casa en una hora, después de que estuvieran seguros de que no traje a la policía".

"De acuerdo. Vete a casa, te veré allí".

Sin apartar la vista del estacionamiento vacío, consideré si debía establecer controles de tráfico. Alguien venía por el dinero o estaba entre los árboles, esperando para coger la bolsa. En cualquier caso, tendrían que salir de aquí.

Escudriñé los alrededores. Un punto de luz me llamó la atención. Estaba descendiendo. Tardé un segundo en comprenderlo. Era un dron.

Le hice dos fotos y llamé a Gesso. "Sargento, están usando un dron para recoger el dinero de Foyle".

"Maldición".

"Necesito que uno de nuestros drones lo siga".

"Tardaremos diez minutos en poner uno en el aire. ¿Qué tal un helicóptero?".

"No. Lo verán".

"Tienen que bajar el dron en algún sitio. ¿Quieres bloquear calles?".

"No, olvídalo. Localizaré a los bastardos tan pronto como la chica esté de vuelta en casa".

"¿Seguro?".

"Sí. Hablaremos más tarde".

La bolsa de dinero se levantó del suelo. Hice más fotos mientras volaba hacia el este. Flotó justo por encima de la línea de árboles y desapareció de mi vista.

9

ERA MI TERCERA TAZA DE CAFÉ, PERO LOS NERVIOS NO SE debían al café. Los Foyle estaban junto a la ventana de enfrente, esperando a que apareciera Dana. Habían pasado dos horas.

Derrick se inclinó. "¿Crees que va a estar bien?".

"Eso espero. Pero todo el asunto no encaja".

"Lo sé".

"Usar un dron para hacer la recogida fue una buena idea. No concuerda con pedir solo veinte mil".

"Puede que sí; pesa unos seis kilos. Es fácil de transportar para un dron".

"No puede ser de juguete, entonces".

"Correcto. Lo busqué en Google; los recreativos solo aguantan de tres a cinco libras".

"Tenemos que tenerlo en cuenta. Quizá centrarnos en gente que sepa pilotar estas cosas".

"No hace falta mucho para aprender a hacerlo. Uno de nuestros vecinos vio un par de videos de YouTube y en dos días tenía la cosa zumbando por todas partes".

"Simplemente genial".

NADIE ESTA A SALVO

"Odio decirlo, pero todo esto de los drones podría ser una prueba".

"¿Buscas deprimirme?".

Derrick se rió entre dientes. "Siempre dices que nada es imposible. Puede ser difícil pero…".

"¡Aquí viene!".

Exhalé mientras los padres corrían hacia la puerta principal. Cogí a Derrick del brazo. "Démosles un minuto a solas. Pero que venga un paramédico; hay que examinar a la jovencita".

La señora Foyle no soltaba a Dana, y su padre seguía besándole la parte superior de la cabeza. Parecía genuino. Me recordé a mí mismo que el trabajo consistía en examinar todas las posibilidades. El padre era juego limpio, y era un alivio que una situación fea no se pusiera más fea.

La señora Foyle tenía el brazo alrededor de la cintura de Dana. "¿Quieres comer algo?".

"No. Estoy bien".

"¿Te han hecho daño, cariño?".

Ella negó con la cabeza. "No".

"¿Te trataron bien?".

Ella asintió.

"Estaba tan preocupada por ti".

"Está bien, mamá. Ya pasó".

Dana me vio y apartó la mirada. Di un paso adelante. "Hola, Dana. Nos alegra que estés a salvo".

Bajó la mirada, mientras su padre se acercaba. "Ahora no. Acaba de llegar a casa".

"Es mejor que hablemos ahora, mientras todo está fresco en su mente".

"No lo sé".

"Será una charla rápida. Haremos una entrevista completa por la mañana".

Dana frunció el ceño. "¿Tengo que hacerlo?".

El señor Foyle dijo: "Será rápido. No más de diez minutos. ¿Verdad, caballeros?".

"Eso funciona para nosotros".

"De acuerdo. Podemos usar el estudio".

No quería al señor Foyle en la habitación, pero estaba en modo de protección. Tendríamos una oportunidad con ella a solas mañana.

Foyle sacó sillas plegables para nosotros antes de deslizarse detrás de un pequeño escritorio. Dana se dejó caer en una silla de respaldo bajo.

Le dije: "Seguro que estás cansada, pero los recuerdos tienden a nublarse, incluso después de un día".

Dana hurgó en una costura de sus vaqueros. "Estoy un poco cansada".

"Seremos rápidos. Dinos a dónde te llevaron".

"No sé dónde estaba".

"Donde estabas cuando te secuestraron".

"Estaba caminando a casa desde la casa de Carmen. Y acababa de cruzar Goodlette, por la iglesia".

"¿Qué iglesia?".

"La de la esquina, junto a Vanderbilt".

El señor Foyle dijo: "Es la Iglesia Cristiana de Naples".

"Vale, ¿qué ha pasado?".

"No lo sé. Sucedió tan rápido, y esta furgoneta se detuvo, delante de mí, mientras caminaba, me arrastraron, y eso fue todo".

El señor Foyle extendió la mano, apretando el hombro de su hija. "Lo siento".

"¿La furgoneta iba delante de ti? ¿Se detuvo?".

"Sí, algo así como en el corte para llegar a la iglesia".

"¿Viste el número de matrícula?".

"No. Pero creo que era de Georgia o algo así".

"¿De qué color y marca era la furgoneta?".

"Uh, blanca. Estoy bastante segura de que era blanca, pero no sé de autos".

"¿Pero era una furgoneta?".

"Creo que sí".

"¿Tenía una puerta lateral?".

"Sí. Era una furgoneta".

"¿Cuánta gente había dentro?".

"¿Cuántas personas había en la furgoneta?"

"Sí".

"Uh, dos, creo".

"¿Hombres o mujeres? ¿Qué aspecto tenían?".

"Eran hombres. Pero no los vi. Me pusieron una bolsa en la cabeza".

Exhalando, el señor Foyle sacudió la cabeza. "Bastardos".

"Está bien, papá. Ya pasó".

"¿Sabes quién podría haber hecho esto?".

"No. Ni idea".

"¿Qué te dijeron cuando te metieron en la furgoneta?".

"Que me callara, y si lo hacía, no me pasaría nada".

"¿Tenían algún acento discernible?".

"No".

"¿Y sus edades? ¿Qué puedes decirme sobre la edad que podían tener?".

"Pues, definitivamente eran mayores. Un tipo tenía, como, una voz grave".

"¿Hablaron entre ellos?".

"No".

"¿Condujeron en silencio?".

"Sí. Excepto que una vez, uno de ellos llamó Frank al otro".

"¿Uno de los hombres se llamaba Frank?".

"Sí, estoy confundida, pero creo que dijo el nombre dos veces".

La chica pasó por una experiencia traumática, pero ¿por qué no empezó con el nombre de uno de sus secuestradores? "¿Y el otro hombre? ¿Escuchaste su nombre?".

"No lo sé. Estoy confundida. Solo quiero acostarme".

"Entendemos. Descansa. Repasaremos esto en detalle mañana".

De pie, le dije: "No tienes que preocuparte. Vamos a mantener una patrulla al frente, para estar seguros".

El señor Foyle dijo: "¿Cree que estas personas son una amenaza?".

"No. En el peor de los casos, evitará que la prensa te moleste".

Derrick cerró la puerta del auto. "La chica ha pasado por mucho, pero no tiene sentido".

"Te oigo alto y claro".

10

EL SHERIFF BILL REMIN SE ACERCÓ AL PODIO. NO HABÍA NI
una arruga en su traje. "Buenos días".

La sala llena de periodistas se calmó. "Gracias por
venir. Nos complace informar que Dana Foyle ha sido liberada y está en casa con su familia".

La sala se llenó de aplausos.

"Antes de aceptar preguntas, quería darles las gracias a
todos ustedes y a los miembros de la prensa que no están
hoy aquí. Apreciamos su cooperación, siguiendo nuestras
directrices, en la cobertura de este secuestro. Espero que
podamos aprovechar este éxito y trabajar juntos para
mantener a salvo a los residentes y visitantes del condado
de Collier. Ahora, ¿quién tiene una pregunta?".

Casi todas las manos se alzaron. Reconociendo que
WINK News había jugado a la pelota con la oficina del
sheriff, Remin señaló a la reportera que cubrió la carta de
rescate. "Emma Heaton, *WINK News*. ¿Cómo va la investigación sobre los secuestradores?".

"No puedo comentar sobre una investigación en curso,
pero puedo decirles que no se escatimarán recursos para

capturar a los responsables. Los hombres y mujeres de este departamento se asegurarán de que se enfrenten a la justicia".

"¿Tienes un sospechoso principal?".

"Lo siento. Por mucho que quisiera, no puedo responder a eso".

Remin se dirigió a un hombre que llevaba un saco amarillo. "Earl Hening, del *Naples Daily News*. Dado el corto periodo de tiempo entre el secuestro y el pago del rescate, ¿le preocupa que el secuestro sea utilizado por algunos como una forma rápida de hacer dinero?".

"No. La extorsión no es una forma rápida ni fácil de ganar dinero. Y puedo prometerles que este departamento permanecerá vigilante para hacer frente a todas las amenazas contra la seguridad y el bienestar de nuestros ciudadanos y de quienes nos visitan.

Remin era político por naturaleza, decía mucho sin decir nada. Divagó durante diez minutos más antes de cerrar la rueda de prensa.

Le seguí hasta la antesala. Me dijo: "Cuento contigo para resolver esto rápidamente".

En lugar de decir, entonces por qué me haces perder el tiempo escuchándote parlotear, dije: "Voy a entrevistar a Dana Foyle en una hora, y Derrick está investigando los archivos".

Repasando la rueda de prensa, giré hacia Vanderbilt Beach Road. ¿Tenía razón el reportero al insinuar que pagar un rescate motivaría a otros a recoger a la gente de nuestras calles?

Esto era Estados Unidos, no México o Nigeria, donde

un par de personas al día eran secuestradas para pedir rescate. Me retorcí en el asiento; la riqueza de Naples facilitaba que los cretinos idearan esquemas para hacerse ricos rápidamente. Una solución rápida aseguraría que cualquier semilla en ese sentido no se regara.

Al girar hacia Lemuria, divisé las antenas parabólicas de las furgonetas de noticias. Esperaba que los Foyle respetaran nuestras instrucciones y solo hablaran con los medios después de entrevistar a Dana.

Un puñado de periodistas se concentró en mi auto. Salí y les dije: "Hoy no voy a hacer declaraciones, así que les agradecería que nos dieran espacio a mí y a la familia".

Tarareando para acallar las preguntas que me gritaban, saludé a los agentes que estaban estacionados delante y toqué el timbre.

Estreché la mano del señor Foyle. "¿Cómo está Dana hoy?".

"No es ella misma. Supongo que le llevará tiempo superar lo que pasó".

"Quizá quieras buscarle ayuda. Sería bueno para ella hablar con un profesional".

"No sé nada de eso".

"Créeme; un terapeuta puede hacer mucho bien. Conozco a alguien excelente, si te interesa".

"Te avisaremos".

Asentí con la cabeza. "¿Cómo está la señora?".

"Está bien, pero lo creas o no, sigue durmiendo. Supongo que el estrés la afectó".

"Sin duda. Tú mismo no eres inmune a eso, sabes".

"Estoy bien. No te preocupes por mí".

"Yo solía decir lo mismo. Ten cuidado".

"Lo haré. Déjame buscar a Dana. Está sentada afuera, ha estado hablando por teléfono sin parar".

Sonreí. "Sé todo sobre eso. Tenemos una hija mayor que Dana".

"Estos chicos están pegados a sus teléfonos".

Asentí con la cabeza. "Mira, tienes derecho a sentarte, pero creo que es mejor que hablemos a solas. Puede que se contenga si estás allí".

Dudó. "¿Tú crees?".

"Confía en mí sobre esto".

Asintió y se fue. Un minuto después, Dana, en chanclas y pantalones cortos, siguió a su padre. Apenas saludó, y los seguí hasta el estudio.

"Dana, solo nosotros dos vamos a hablar".

Sus ojos se desviaron hacia su padre, que dijo: "No pasa nada. El detective Luca está aquí para ayudar".

"Queremos asegurarnos de que tú y tu familia están a salvo. Si en algún momento te sientes incómoda, puedes interrumpir la entrevista".

"De acuerdo".

Cogí la misma silla plegable que la noche anterior. "Es bueno estar en casa, ¿no?".

"Sí".

"¿Dónde te retuvieron?".

"Uh, creo que era un sótano o algo así".

Había menos sótanos en el sur de Florida que marcianos. "¿Segura que era un sótano?".

"Uh, tal vez no. Me confundí, porque pusieron una bolsa en mi cabeza".

"¿Era una bolsa de papel o de tela?".

"Algún tipo de material. Era muy áspero".

"¿Te la dejaron puesta todo el tiempo?".

"Sí. No querían que los viera".

Su rostro no mostraba signos de irritación. "Volvamos a

cuando sucedió. Sé que me lo contaste anoche, pero te agradecería que volvieras sobre ello".

Se ciñó a su historia, pero parecía un guion. "¿Y estás segura de que era una furgoneta? ¿Una blanca?".

"Sí, lo pensé, y definitivamente era blanca".

"Y los hombres, eran mayores, dijiste".

"Definitivamente. Tenía miedo de que fueran, ya sabes, a… ya sabes…".

Lo sabía. No podía contarle lo de la violación en la que estaba trabajando. "Gracias a Dios, no lo hicieron".

Se encogió de hombros.

"¿Dónde dormiste?".

"Uh, en un sofá".

"¿De qué color era?".

"Azul. Era…".

Se dio cuenta, pero era demasiado tarde. "Adelante".

"Vi algo de eso, sabes. Me quité la bolsa de la cabeza. Quiero decir, era difícil respirar".

"¿Qué más viste?".

"Uh, nada. Estaba oscuro".

"¿Estabas sola?".

"Sí, pero creo que tenían cámaras o algo".

"¿Qué te hace pensar eso?".

"No lo sé. Sentí como si estuvieran mirando".

"¿Estabas atada? ¿Restringida de alguna manera?".

"No. Pero no podía escaparme, quería pero…".

"¿Tenías miedo?".

"Fue realmente aterrador".

"¿Te preguntaron si tus padres tenían dinero para pagar un rescate?".

"No era tanto dinero".

"¿Te dijeron la cantidad?".

"No sé si lo hicieron ellos o mi padre. Pero eran como treinta mil dólares, ¿no?".

"Veinte".

"Oh, claro".

"¿Qué comiste mientras estabas cautiva?".

"¿Comer? ¿Para qué quieres saber eso?".

"Sé que es una pregunta estúpida, pero nos obligan a preguntar".

"Comimos pizza".

"¿Comieron contigo?".

"No. La pusieron en la habitación en la que estaba".

Era curioso que usara "nosotros" si no comían juntos. "¿Cómo sabes que comieron pizza?".

"Solo me lo imaginaba".

"¿De dónde sacaron la pizza?".

"Rosedale… Creo. Estoy cansada y me estoy confundiendo. Quiero acabar con esto".

"Solo una pregunta más, ¿de acuerdo?".

"De acuerdo".

"Dijiste que uno de ellos se llamaba Frank".

"Sí, al tipo se le escapó y dijo su nombre".

"¿Conoces a alguien llamado Frank?".

"No. Nadie". Se puso de pie. "Estoy muy cansada".

Mi experiencia con secuestros era limitada, pero en cualquier caso, fue una entrevista extraña.

MIENTRAS ESPERABA LA OPORTUNIDAD DE SALIR A LA carretera Goodlette-Frank, saqué mi teléfono para llamar a Derrick y vi un mensaje de voz. Le di al *play:* "Detective Luca, soy Félix Ramos. Dijo que me mantendría informado. Estoy buscando una actualización. Por favor, llámeme".

Me quedé mirando el teléfono. Mi promesa era más bien una forma de hablar. Tenía la esperanza de que no esperara que me reportara a diario. Mientras un auto me rodeaba, llamé a Derrick.

"Hola, Frank. ¿Cómo te fue?".

La chica merecía el beneficio de la duda, pero dejé mi paternidad a un lado. "Su historia tenía más agujeros que un colador de macarrones".

Se rió entre dientes. "¿Qué ha dicho?".

Le puse al corriente y dije: "¿El hecho de que no mencionara el nombre de Frank de buenas a primeras y afirmara no conocer a nadie llamado Frank? No me lo creo. Ni siquiera trató de pensar en alguien que pudiera conocer, la joven simplemente dijo que no".

"¿Una respuesta preparada?".

"Seguro que sonó así. La pregunta es ¿por qué?".

Derrick dijo: "Algo huele mal".

"Se refería a ellos como 'nosotros', como si los conociera".

"Y dijiste, ¿un minuto tiene la bolsa puesta y luego se la quitan?".

"Sabe quiénes lo hicieron y quiere protegerlos".

"¿Tú crees?".

Pisé el acelerador y salí de Lemuria. "No puedo descartarlo".

"Hablé con sus amigos. Nadie podía pensar en nadie. Parecían buenos chicos y hablaban bien de Dana, excepto que a nadie parece gustarle su novio".

"¿Qué dicen de él?".

"Bradley Richter es su nombre. Es un año mayor que ella y dicen que es controlador".

"¿Cuánto tiempo llevan saliendo?".

"Unos dos años".

"¿Dos años? ¿Por qué no estaba con la familia?".

"Buena pregunta".

"¿Sus amigas mencionaron algo sobre que se pelearon o algo así?".

"Pregunté, pero me dijeron que no".

"De cualquier manera, necesita escrutinio".

"Voy a verlo ahora. Vive cerca de la Escuela Secundaria Golden Gate".

"Vale. A ver qué tiene que decir. Mándame un mensaje con sus datos; investigaré sus antecedentes cuando vuelva".

"Hablamos más tarde".

Colgué y giré a la derecha en Vanderbilt Beach Road, tirando hacia la hierba. Esta llamada no podía esperar a un semáforo en rojo. "Señor Foyle, soy el detective Luca".

"Oh. ¿Pasa algo?".

"No particularmente, pero el novio de Dana, Brad Richter…".

"¿Qué pasa con él?".

Su tono cambió. "Tengo entendido que llevan dos años de relación. Uno pensaría que él habría estado en la casa, con usted y su esposa…".

"Bradley no es bienvenido en esta casa".

"Comprendo. ¿Puedo preguntarle por qué razón?".

"No es lo suficientemente bueno para Dana".

Era un lamento común de los padres. Uno del que yo era culpable. Durante mucho tiempo, me negué a aceptar a cualquiera con quien Jessie tuviera una cita. Ella no traía a nadie a casa, lo que empeoraba las cosas. Todavía no confiaba en su juicio al cien por cien, pero Mary Ann comentó que había hecho progresos. "¿Hay algo particular en él?".

"No. Eso es todo".

"¿Hubo algún incidente que empeorara las cosas?".

"Desde el primer día, no me gustó la forma en que Dana estaba con él. Ella cambió desde que lo conoció".

"¿Dirías que es controlador?".

"No sé qué pasa entre ellos dos, pero él no es bueno para Dana".

"Comprendo. Perdón por traerlo a colación".

"No pasa nada. Por mucho que no me guste Brad, no creo que tenga nada que ver con el secuestro".

No podía decirle a nadie que me decepcionaba que no fuera el novio. Una solución rápida haría que me concentrara solo en la violación de Ramos.

Luego de subir las fotos que había tomado del dron, llamé al laboratorio. "Hola, Charlie, acabo de enviarte las imágenes del móvil del dron usado en el secuestro de Foyle".

"Espera. Déjame ver".

Golpeó un teclado. "Sí, las veo".

"Necesito ayuda para identificar el tipo y dónde se venden".

"Mi hijo tiene uno parecido. Lo voy a volar y a hacer comparaciones".

"No tengo que decir que es prioritario, ¿verdad?".

"¿No es ese tu segundo nombre?".

Colgué. Iba a ser un día largo y necesitaba un estimulante.

La cafetería estaba vacía. Bajé la palanca y, mientras el café humeante caía en mi taza, oí unos pasos. "Hola, Frank. ¿Cómo estás?".

"Bien, Brian".

"Hey, ¿cómo está la chica Foyle?".

"Parece estar bien".

"Bien. Mira, tuvimos un intento de violación a principios de este…".

"¡Ay!" Solté la palanca y me sacudí el café de la mano.

Brian me pasó un puñado de servilletas.

"Gracias". Me limpié la mano y el mostrador. "Háblame del intento".

"No sé mucho pero supe que llevabas el del parque North Collier cuando te metieron en el caso Foyle".

Puede que el padre de Ramos tuviera razón. "Estoy trabajando en los dos. En Jersey, tenía diez casos al mismo tiempo".

"Hombre, no me lo puedo imaginar".

"¿Qué ha pasado?".

"Esta mujer, Joan Samus, está en la ciudad visitando a su madre y fue atacada cuando se dirigía a su auto".

"¿Qué hora era?".

"Después de la una de la madrugada".

"¿Dónde ocurrió?".

"Estaba estacionada en la Tercera Avenida, cerca de la escuela secundaria".

Era un reto conseguir un sitio de estacionamiento cerca de la Quinta Avenida. "¿Cómo se escapó?".

"El tipo la arrastraba hasta la pista e intentó ponerle algo en la cabeza cuando ella le mordió. El asqueroso la soltó y ella se largó hacia la tienda CVS".

"Podría ser el mismo tipo; también cubrió la cabeza de la última víctima".

"Eso es lo que recordaba".

"Hablaré con el sargento, pero hazme un favor y tráeme el informe cuanto antes".

12

Joan Samus, de 38 años, era de Lake George, Nueva York. Visitaba a su madre y había salido hasta tarde, quedándose en el bar Vergina's hasta la hora de cierre, las dos de la madrugada.

Las calles estaban desiertas a esa hora. La mayor parte de Naples ya había dormido cuatro horas cuando la señora Samus salió del restaurante de la Quinta Avenida. Habíamos acudido allí a un par de reyertas provocadas por el alcohol, pero nunca a un delito grave.

Pensaba yo si un cliente la había estado vigilando cuando Derrick entró en la estación. "¿Adivina quién creo que hizo el secuestro?".

"¿Qué has averiguado?".

Sonrió. "Adivina. No te lo vas a creer".

Ya no tenía dieciséis años ni la paciencia de antes. "Solo dime lo que averiguaste".

Su sonrisa se desvaneció. "Dana y su novio, Bradley Richter, se lo inventaron todo".

Salté de mi silla. "¿Qué te hace pensar eso?".

"El novio mentía y era inconsistente. Le pregunté dónde

estaba cuando Dana desapareció y dijo que estaba en casa. Pero su madre dijo que no llegó a casa hasta tarde y que se había perdido la cena".

"¿Hablaste con la madre por separado?".

"Sí, ¿y sabes cuál fue la mejor parte?".

"¿Te hizo galletas?".

"Lo siento, no puedo evitarlo".

"Confía en mí, lo sé. ¿Y la madre?".

"Bradley negó tener un dron, pero su madre dijo que le compraron uno hace un mes después de que expresara un repentino interés por ellos".

"¿De qué tipo era?".

"Ella no lo sabía y dijo que suele estar en el garaje, pero que hacía un par de días que no lo veía".

"Tenemos que averiguar qué compraron".

"Iba a preguntarle a su marido. Dijo que fue él quien lo compró".

"Has hecho un gran trabajo aquí. Estoy orgulloso de ti".

"Gracias, Frank. Solo hago mi trabajo".

"¿Qué te pareció el novio? ¿Fácil de doblegar, si lo presionamos?".

"Se hizo el duro, pero es un niño".

"Envié fotos al laboratorio. Conseguimos una confirmación del modelo que se alinea con lo que él tiene y nos traemos a ambos".

"Tenemos un plan".

Me senté. "¿Escuchaste que hubo un intento de violación en el centro?".

"Sí. Iba a decírtelo, pero supongo que me emocioné después de hablar con el novio".

"No te preocupes". Ugh, odiaba usar esa frase. "Creo que está relacionado. El atacante trató de cubrirle la cabeza".

"Podría ser".

"Ella lo mordió".

"Se lo merece el bastardo. Espero que le haya sacado una buena tajada".

"Yo también, será algo que buscar en un sospechoso".

EN DIRECCIÓN ESTE por la 41, giré a la derecha en Thomasson Drive, en el lado opuesto del Tamiami Trail. Se llamaba Rattlesnake Hammock Road. Era otra carretera que cambiaba de nombre, confundiendo a visitantes y residentes.

Reduje la velocidad al acercarme al parque comunitario del este de Naples. Había oído hablar de las sesenta y pico pistas de pickleball que había allí. Naples era la capital estadounidense de este deporte en auge. Diez minutos antes de mi cita, giré a la izquierda para entrar al parque.

Tras un rápido recorrido, salí de ahí. Me sorprendió que la mayoría de las pistas estuvieran ocupadas. Parecía divertido. Tal vez Mary Ann y yo podríamos intentarlo.

La madre de Joan Samus vivía en una nueva comunidad de departamentos de alquiler cerca del parque. Una valla de dos metros rodeaba la propiedad, pero la puerta sin vigilancia estaba levantada.

Toqué el timbre de la unidad de la planta baja. "¿Quién es?".

"Detective Luca, de la Oficina del Sheriff del Condado de Collier".

"¿Tiene identificación?".

"Sí, señora".

"Póngala en la mirilla".

Hice lo que me pedían y la puerta se abrió. "Lo siento. Tengo que tener cuidado estos días".

"Hizo lo correcto".

Me sorprendió la facilidad con que la gente dejaba entrar en su casa a alguien que decía ser policía o funcionario. El noventa por ciento de las veces que enseñaba mi placa, la persona echaba un vistazo rápido. Con la calidad de las falsificaciones de hoy en día, eso era un error.

En innumerables ocasiones, le dijimos a Jessie que si alguien llamaba a la puerta diciendo ser un agente, o si la paraba un auto sin matrícula, llamara a la policía para verificar la situación.

"Joanie está en la habitación de invitados. Ha estado allí desde que sucedió. Asustada de salir".

La seguí hasta una puerta cerrada. La madre llamó a la puerta. "Cariño, el policía está aquí".

La puerta se abrió lentamente. Vestida con un forro polar, Joan Samus parecía un pájaro. Era un milagro que fuera capaz de defenderse de su atacante. "Hola, Joan". Extendí mi mano. "Soy el detective Frank Luca".

No me cogió la mano. "Hola".

"Tengo algunas preguntas sobre lo que le pasó. Me doy cuenta de que está conmocionada, pero es mejor que hablemos hoy".

"De acuerdo". Se sentó en la cama, abrazándose las rodillas.

"Cuénteme todos los detalles que recuerde. Estaba en el bar de Vergina, así que empiece por ahí".

Tragó saliva. "Solo estaba disfrutando de la música y tomando una copa".

"¿Estaba sola?".

"Sí. Se me acercaron un par de hombres, pero no fue nada".

"¿Alguien que pudiera haber sido el atacante?".

Meneó la cabeza.

"¿Notó a alguien allí que pudiera haberle estado observando?".

"No, había mucha gente. Pero me gustaba la música; el DJ era bueno".

"¿A qué hora se fue?".

"Cuando dijeron 'última llamada'".

"¿Cuánto bebió?".

"Tomé dos copas en toda la noche".

Probablemente eran cuatro, y para su tamaño, más de dos de cualquier cosa la afectaría. "Cuando se fue, ¿se dio cuenta de que alguien la seguía?".

"¡No! No habría ido a mi auto si alguien me seguía".

"¿Por dónde caminó?".

"Derecho, a través de la plaza".

"¿Así que pasó a la izquierda del Teatro Sugden?".

"Sí, por ese restaurante, Truluck's".

Había un puesto de valet en la calle por la que salió. Tal vez alguien vio algo si estaban allí tan tarde. "Entonces, ¿qué pasó?".

"Estaba caminando y revisando mi teléfono, y lo siguiente que sé es que este hombre me agarra por detrás".

13

TODO ESTABA LISTO. PERO EN LUGAR DE SENTIR UN hormigueo de expectación, me sentí confundido. No quise alterar la temperatura de ninguna de las dos habitaciones. No tenía sentido empeorar la situación de ambos padres.

Derrick se reunió conmigo en el pasillo. "Sería bueno convencer a los padres para que nos dejen entrevistarlos sin ellos en la habitación".

"Me parece bien. Puede que nos beneficie".

"¿Cómo es eso? No van a admitir nada delante de sus padres".

"No lo sé. Puede que se abran con papá en la habitación. Puede ser embarazoso si lo hicieron, pero con su padre allí, pueden sentirse protegidos. Da más miedo estar solo y admitir algo ante un policía".

"Espero que tengas razón".

"Yo también. Mira, quiero hacerlo yo mismo. Con dos de nosotros en la habitación, puede ser demasiado aterrador".

"No te preocupes. Ya intimida bastante".

Me alegro de que no se ofendiera. Dejé pasar la estúpida frase de "no te preocupes".

"Muy bien, vamos a ver a dónde va esto".

Llamé a la puerta de la sala de interrogatorios 1. "Buenos días, soy el detective Luca".

Dio un codazo a su hijo mientras se levantaba, el señor Richter tendió la mano. "Frank Richter".

Bradley asintió con la barbilla.

Puse una gruesa carpeta sobre la mesa y la cuadré. "Esto no es una entrevista formal, pero sigo obligado por las normas, lo que me obliga a grabarla".

El hijo se hurgó una cutícula mientras el señor Richter decía: "Lo entendemos".

Pulsé el botón de grabar, declaré quién estaba en la habitación. "Muy bien, veamos si podemos aclarar lo que le pasó a Dana".

"Se lo dije, no sé nada".

Abrí la carpeta y saqué un puñado de imágenes. Colocándolas en forma de baldosa, el señor Richter dijo: "Esa es nuestra casa. ¿Has estado vigilando nuestra casa?".

"Su hijo conoce bien a Dana. Es el procedimiento habitual".

Coloqué las fotos del dron que recogió la bolsa de dinero. Junto a ellas, coloqué fotos de la web del modelo que Richter le había comprado a su hijo.

Tocando el dron que llevaba el rescate, dije: "Aquí se hace la recogida".

El señor Richter sacudió la cabeza. "Es una locura". Brad se retorció en la silla.

"Y Bradley, este es el dron que tienes. Es exactamente el mismo".

"¿Y? Hay un montón de ellos por ahí".

"Es menos que eso. Para ser exactos, se vendieron

ciento cuarenta y ocho en el condado de Collier, y solo trece en Tech World, en Naples Boulevard".

"Disculpa, eso debe ser una coincidencia. Espero que no estés tratando de decir que, porque tenemos un dron como el que se usó, mi hijo estuvo involucrado".

"No creo en las coincidencias".

"¿Crees que mi hijo tuvo algo que ver?".

"Por lo que nos ha dicho Dana, parece que sí".

Bradley se levantó como un rayo. "¿Qué ha dicho?".

"No puedo revelarlo hasta que se cierre el acuerdo con ella".

El señor Richter dijo: "¿Qué tipo de acuerdo?".

"Uno de cooperación. La absolverá de cualquier…".

"¡Eso es mentira! Quiero un abogado".

"¡Bradley! ¡Cuidado con lo que dices!".

"¡Pero papá!".

"Sin peros. Cállate". El señor Richter se volvió hacia mí. "¿Necesito conseguir un abogado para mi hijo?".

"No puedo responder a eso, pero tiene derecho a un abogado".

Frunció los labios. "¿Puedo tener unos minutos a solas con él?".

Me puse de pie. "Claro". Detuve la grabación y dije: "No tienes que preocuparte; nadie está escuchando. Te daré media hora y te traeré algo de beber".

Derrick estaba fuera de la puerta. "Dos a uno a que consigue un abogado".

"Probablemente. Voy a ir por Foyle".

REMIN SE ENDEREZÓ LA CORBATA. "Frank, ¿estás seguro de que no quieres responder a las preguntas de la prensa?".

"Prefiero hacerme una endodoncia".

Remin se rió. "No es para tanto. Hay que saber tratarlos. Dales lo que quieres que la gente sepa y pueden ser una ventaja".

"Ésto va a recibir más atención de la que merece. Hay más interés ahora que cuando desapareció la chica".

"Se esfumará en un par de días. Vámonos".

Remin atravesó la puerta de la sala de prensa y se dirigió al podio. Yo mantuve la puerta abierta y observé a los periodistas. Emma Heaton estaba sentada en primera fila, otro asiento de primera.

"Espera, Frank".

"Hola, sargento. ¿Qué tal?".

"El señor Ramos está aquí. Le he dicho que estás ocupado, pero no quiere irse".

La buena sensación que tenía pasó tan rápido como el mensaje positivo de una galleta de la fortuna. "Deja que Derrick se encargue de él".

"Se negó a hablar con Dickson. Dijo que solo hablaría contigo".

"Muy bien, muéstrale mi oficina".

Ver a Ramos me hizo echar los hombros hacia atrás. Aquel tipo debía de tener un tablón en la espalda. Llevaba zapatos relucientes, rebotaba sobre las puntas de los pies pero tenía ojeras.

"Señor Ramos".

"Detective Luca. Lamento insistir en verle pero…".

"Está bien. Como dije, el caso de su hija es prioritario".

"¿Cuál es la situación?".

"No hay cambios, pero no lo tome como algo negativo. Estamos desarrollando hilos que conducirán a personas de interés".

"Mientras tanto, este cretino está en la calle; mi hija está atrincherada en su casa, y yo no puedo dormir".

"Lo siento. Lo siento por ella y por usted".

"No tiene ni idea del desgaste que esto nos está causando".

"Tiene razón. Pero yo también tengo una hija, y sé que tiene que ser…".

"Si fuera su hija o la de otro policía, seguro que todo el mundo estaría buscando a ese bastado".

"Eso no es cierto. Tratamos a todas las víctimas de delitos con la misma urgencia y cuidado".

"Sin faltar al respeto, detective, pero por lo que he visto, eso no es suficiente. No puedo descansar sabiendo que está ahí fuera".

"Créame, señor Ramos, estamos en ello y puedo decirle que me comprometo a encontrar al culpable y llevarlo ante la justicia".

"Tráiganmelo. Le haré justicia".

14

AL ENTRAR EN CASA, ME ENVOLVIÓ EL AROMA DE CEBOLLAS y ajos salteándose. Deberían hacer una colonia para después de afeitarse con ese aroma. No importaba lo que hubiera para cenar, estaba abriendo un buen vino tinto.

Miré a través de las puertas deslizables, la mesa de la terraza estaba llena de copas de vino. Esta mujer tenía un sexto sentido. Mary Ann salió del dormitorio. "Hola".

Besé su mejilla. "Huele muy bien".

"¿Yo o la cena?".

"Ambas". Le froté los hombros. "¿Qué estás haciendo?".

"Tú estás asando camarones. Publix tenía jumbos, y derroché, ya que ambos tenemos algo que celebrar".

"¿Qué está pasando?".

"Empiezo el trabajo el lunes".

"Genial. Pero no te pases".

"No lo haré. Dime qué pasó con Dana. Vi la conferencia de prensa, pero dieron pocos detalles".

"Déjame primero traer una botella de vino".

"Oh, espera".

"¿Qué?".

"El padre de Jan, Freddie, murió hoy".

"Estaba muy grande".

"Noventa y cuatro".

"¿Qué ha pasado?".

"Murió mientras dormía".

"Era un buen tipo, hizo lo correcto".

"¿Hacer qué?".

"Vivir mucho y morir rápido".

Botella en mano, salimos a la terraza. Mary Ann dejó un *tupper* con camarones marinándose. Puse la parrilla y agarré el sacacorchos.

"Hermosa noche. ¿Qué clase de vino es?".

"Es de España. Bilotti dijo que los 2020 son muy buenos".

"¿Caro?".

Descorché. "No. Para nada. Toma, pruébalo".

"Solo un poco, para celebrar".

Llené su vaso hasta la mitad y me serví un buen trago. Brindé con su vaso y agité el mío. "Mira el color; es morado oscuro". Inhalé: "No tiene mucha nariz".

"¿Nariz?".

"El aroma".

"Estás muy metido en esto, ¿verdad?".

"Es divertido. Además, me pone juguetón".

Besé su cuello.

"Oye, ahora no".

"¿Más tarde?".

"Si eres un buen chico".

"Te lo prometo. Incluso lavaré los platos".

Se rió. "Pon los camarones y cuéntame lo que pasó con Dana. Todavía no puedo creerlo".

"Teníamos a Dana en una habitación con su padre, y al

novio y a su padre en otra. Puse un montón de fotos de sus casas y de ellos. Hacía que pareciera que los teníamos vigilados".

"No sé si me gusta eso. ¿De dónde has sacado esa idea?".

"¿Recuerdas esa serie policíaca francesa que estábamos viendo?".

"¿La de los subtítulos?".

"Sí, ambientada en París".

"Los subtítulos me hacen dormir".

"De todos modos, el novio no quiso confesar, pero Dana no duró mucho. Dijo que a Brad se le ocurrió fingir su secuestro para ganar dinero".

"Pero estaba robando a su propia familia".

"Lo sé. Dijo que sacó la idea de un video de YouTube de Inglaterra donde los perros eran arrebatados a sus dueños para pedir rescate".

"¿Por qué aceptaría algo así?".

"Según ella, le tenía miedo y no podía decirle que no. Él dijo que necesitaba el dinero para un auto y le prometió que harían un viaje".

"Es increíble. Él la tiene bajo su pulgar. Leí un artículo en internet, decía que un cuarto de las chicas de preparatoria estaban en relaciones abusivas".

"Asqueroso, pero me lo creo. Me sentí mal por ella. Lloraba como un bebé, y su padre estaba en shock".

"Terrible, pero lo bueno es que es el fin de Dana y Brad".

Puse los camarones en la parrilla y dije: "Espero que tengas razón. Estas relaciones son más pegajosas que el pegamento Krazy".

"¿Se van a presentar cargos?".

"El señor Foyle no quiso presentar una denuncia por

robo, y los chicos del reformatorio tienen ahora el caso. Parece que ambos recibirán servicio comunitario, si hacen que el condado pague los gastos en que incurrimos".

"Qué vergüenza para los Foyle. Tendría que mudarme, si nos pasara a nosotros".

"Los adolescentes no son las creaciones más brillantes de Dios".

"No puedo imaginar por lo que están pasando los padres. ¿Qué pensó Remin al respecto?".

"Se alegró de que tuviera un buen final para el departamento. Remin no tiene hijos y no entiende el lado emocional del asunto".

Al darle la vuelta a los camarones, pensé en Ramos. El padre intentaba mantener la compostura, pero las tensiones eran evidentes. Si no había solución, podría meterse una bala en la cabeza.

Quería contarle a Mary Ann lo del caso Ramos pero necesitaba un descanso de la negatividad. Además, quería mantener vivas mis posibilidades para la hora de acostarme. Tomé un sorbo de vino. "Te sientes bien, ¿verdad?".

"Sí, ¿por qué?".

Besándole la mejilla, le dije: "Solo me aseguraba. Sabes que hiciste una promesa antes".

Se rió. "Tienes una mente unidireccional".

"Soy hombre. ¿Qué esperabas? Háblame del trabajo".

Como no quería estropear mis posibilidades de hacer el amor, accedí a ver otra película de Hallmark, incluso conteniéndome de hacer comentarios sarcásticos. Al terminar, dije: "Muy bien, vamos a la cama".

"Espera un par de minutos; las noticias están a punto de empezar. Quiero ver qué dicen de los Foyle".

Se desplazó a *WINK News,* y el presentador dijo:

"Buenas noches. Esta noche tenemos un reportaje sobre el feliz pero extraño final de la desaparición de Dana Foyle".

Una pantalla dividida mostraba a Dana a la izquierda y la casa de los Foyle a la derecha.

"El sheriff Remin, del condado de Collier, ha celebrado hoy una rueda de prensa en la que ha confirmado la denuncia de que la desaparición fue un engaño. Dana Foyle y su novio, Bradley Richter, escenificaron el secuestro en un intento de extorsionar veinte mil dólares de la familia de Dana.

"Aunque sin confirmar, las fuentes nos dicen que Richter planeó la fechoría, presionando a Dana para que siguiera adelante con el plan. En lugar de ser sacada de la calle por dos hombres en una furgoneta, como se dijo en un principio, Dana se escondió en casa de la abuela de Bradley, que estaba de crucero durante dos semanas.

"Los vecinos, que salieron en apoyo de los Foyle, se sorprendieron al descubrir la verdad. Hablamos con una, que solía cuidar a Dana, que se sintió traicionada.

"El caso ha sido remitido al Departamento de Justicia Juvenil de Florida, y les ofreceremos más detalles a medida que vayan surgiendo".

La imagen detrás del locutor cambió a dos personas enmascaradas huyendo de una casa. "En un robo descarado en Livingston Estates, dos personas entraron en una casa aislada. Pero no eran joyas o dinero en efectivo lo que buscaban. Si se fijan bien en la persona de la izquierda" — la cámara hizo zoom—, "estos ladrones se llevaron un querido terrier que pertenecía a los dueños de la casa".

Mary Ann dijo: "Dios mío. ¿Están robando perros?".

"El último informe de Interpol que leí, mencionaba una racha de robos de mascotas en Inglaterra. Con los precios de algunas de estas razas, están vendiendo los robados en el mercado negro".

"Es un delito de robo".

"Sí, pero seguro que los tribunales no imponen penas severas".

"No a menos que el juez sea un amante de los perros".

"Hablando de amantes...". Me levanté del sofá y le puse las manos en los hombros. "¿Podemos ceñirnos a la clase humana?".

"Ah, eso se siente bien".

"Solo estoy empezando".

15

La chica Foyle hizo algo estúpido, pero estaba a salvo y en casa. Fue una gran noche. Dormir seis horas fue un extra.

El sol brillaba y la humedad era baja. Se acercaba a la perfección, pero había una nube oscura: el caso Ramos.

Crucé el estacionamiento hasta la oficina y me dije que, con el caso Foyle fuera del camino, nos centraríamos en la violación. Atravesé la puerta y entré en mi despacho.

Derrick miró por encima de su monitor. "Buenos días, Frank. ¿Cómo estás?".

"Bien". Cogí el café que me había comprado. "Gracias".

Mi compañero levantó el *Naples Daily News*. "¿Ves el periódico? Es todo sobre los Foyle".

"Vi las noticias anoche".

"¿De dónde sacan estos titulares? 'El dron de un chico se estrella'".

"Sé que los adolescentes cometen errores, pero no me imagino a mi Jessie haciendo algo así. Yo dimitiría y me mudaría a Idaho".

"Me gustaría pensar que eso no les pasa a los chicos de nuestra línea, pero ¿recuerdas a McKloskey?".

"Cuando hay drogas de por medio, todo se va al garete. Alguien enganchado robará a su abuela".

"Más vale que este país controle el fentanilo o nos matará".

"La mayor parte procede de México y China. Deberíamos obligarles a dejarlo".

Un oficial mayor, empujando un carrito de correo, se detuvo junto a la puerta. Recogió una pila de ligas elásticas y entró. "Aquí tienen, caballeros".

"Gracias, Judd. ¿Cómo estás?".

"Muy bien. Cincuenta y seis días hasta las vacaciones permanentes".

"Magnífico".

"Se acabaron las tonterías, como perseguir a los secuestradores de perros".

"Una locura, ¿no?".

"He oído que han pedido un rescate".

"¿Qué?".

"Sí, Tommy D me lo dijo".

Negué con la cabeza y me dijo: "Hasta mañana".

"Derrick, investiga si eso es cierto".

"¿Crees que vamos a conseguir el caso?".

"De ninguna manera. Pero apuesto a que estos tipos están copiando de la chica Foyle. Los padres pagaron el rescate hace un par de días ¿y ahora esto?".

"Tiene que ser una coincidencia".

Alcé las cejas.

Me dijo: "Sé que no te van las coincidencias, pero ¿has visto el video *El detective de perros*?".

¿"*El detective de perros*"? No, nunca lo vi".

"Está en YouTube. Es bastante bueno. Uno de esos

inspectores británicos persigue a gente que roba perros valiosos y los vende".

"Algo así estaba en el *feed* de la Interpol. Los están vendiendo con descuento a los precios locos que alcanzan algunas razas".

"Conseguirían más, rescatando al dueño. La gente quiere a sus mascotas y paga lo que sea. Lynn llevó a nuestro perro a hacerse una limpieza dental y fueron cuatrocientos dólares, más de lo que cobran por nuestro niño pequeño".

"Lo sé. Un vecino pagó nueve de los grandes por una cosa de cadera con su perro. Creo que tenía cáncer".

"La gente está loca. ¿Cuántos ves en los restaurantes hoy en día? Se nos está yendo de las manos".

"Los ladrones son buenos en una cosa: identificar un punto débil. Si los propietarios pagan, veremos más. Averigua si es verdad, y luego pongámonos con el caso Ramos".

Derrick descolgó el auricular. "Tengo un par de nombres más de la Unidad de Delitos Sexuales cuando llegué esta mañana".

Ya no esperaba mis indicaciones tanto como antes. Estaba orgulloso de él, pero no era fácil ver cómo mi importancia se desvanecía poco a poco. Estiré los dedos e inhalé; había un violador suelto.

Era hora de leer las notas sobre John Craven. No solo había mentido sobre la pesca, sino que lo había hecho mal. No era propio de mí dar crédito a un criminal, pero normalmente inventaban una excusa para cubrir sus huellas. Craven no lo hizo, lo cual era negativo en el juego de los sospechosos.

Sin embargo, en este caso, se trataba de un violador. Los expertos decían que los violadores no tienen ningún trastorno mental o de conducta. También afirmaban que no existe ninguna condición que pudiera obligar a alguien a cometer una violación.

En su mundo, probablemente tenían razón, pero yo era policía, no psicólogo. Puede que no sea el mejor enfoque, pero para mí lo que funcionaba era ver a los violadores como personas con una enfermedad mental. Eso significaba que el pensamiento racional quedaba descartado. Se trataba de la necesidad de poder y la incapacidad de controlar sus impulsos animales.

Era una perspectiva carente de matices, pero difícil de argumentar que estuviera fuera de lugar.

Craven era el punto natural para empezar. Pero estaba el otro delincuente sexual, que había aparecido inmediatamente: Jorge Blanco. Atrapados por el engaño de Foyle, no habíamos investigado sobre él.

Estaba mirando fijamente al depredador sexual cuando Derrick colgó. "Es verdad. Los dueños recibieron una llamada pidiendo tres mil dólares".

"¿Qué clase de perro?".

"Uno corriente".

"Eso es una locura".

"No tienes perro. No importa la raza. Son parte de la familia. Especialmente con la gente cuyos hijos se han mudado; son algo para cuidar".

"Supongo que tienes razón. Nunca tuve un perro, mientras crecía, pero me gustan".

"Definitivamente eres una persona de perros. Cada vez que vienes, Prince va directo a ti".

"Es mono. ¿De qué raza es?" El teléfono de mi escritorio sonó. "Detective Luca".

"Es Félix Ramos".

Este tipo era un pitbull. "Hola, ¿qué puedo hacer por usted?".

"Sabe por qué le llamo. Quiero saber qué demonios está pasando con el caso de Lisa".

"Estamos trabajando en ello. Y, de hecho, vamos a entrevistar a dos personas de interés".

"¿Dónde viven?".

"No puedo decirle eso, señor".

"Oh, solo preguntaba para ver si viven donde, uh, sucedió".

"Tenemos que ponernos en marcha. Que tenga un buen día, señor Ramos".

"¿Es el padre de Lisa Ramos otra vez?".

"Sí. Lo siento por el hombre. Su única hija pasó por la experiencia más traumática y deshumanizadora que se puede vivir, y él no puede hacer nada para mejorarlo. Lo peor para cualquier padre es sentirse impotente".

"Le cubrimos las espaldas. Le haremos justicia".

Estaba más seguro de sí mismo que yo. No me sirvió de nada recordarle que en dos tercios de las violaciones denunciadas a la policía no se practicó ninguna detención. "Mira bien cada uno de los nombres que te han dado esta mañana y elabora una lista de prioridades. Voy a ver a este sorete, Blanco".

Me desvié por la Ruta 41. Menos mal que eran las diez de la mañana. De lo contrario, habría pasado por LowBrow Pizza por un par de rebanadas. Al contemplar la posibilidad de ponerle a un restaurante un nombre con connotaciones negativas, sonó el teléfono. Era Derrick.

"¿Qué pasa?".

"¿Puedes hablar?".

"Sí, estoy a unas manzanas de la casa de Blanco. ¿Qué pasa?".

"Gesso acaba de llegar, dice que otra joven ha desaparecido".

"¿Dónde ocurrió esto?".

"No están seguros. El padre llamó esta mañana y Gesso envió un auto. La joven se fue a dar una vuelta en bici y no volvió a casa".

"¿Cuántos años?".

"Dieciséis".

Igual que Dana Foyle. "¿Qué vecindario?".

"El nombre de la niña es Debbie Holmes. Vive en

Briarwood, cerca de Livingston. Fue vista por última vez cerca de Wyndemere, a unas tres millas al norte".

"Es tranquilo ese tramo por la noche".

"Eso es lo que pensé. Pero sabes, podría ser un imitador. Otro chico que piensa que puede conseguir dinero rápido".

"¿Recibieron los padres una nota de rescate?".

"Todavía no".

"Es temprano. Probablemente aparecerá. Me sorprende que Gesso haya acudido a ti. ¿Quiere que lo investiguemos?".

"Todavía no. Quería hacérnoslo saber, dado que manejamos a Foyle".

"¿Cree que es otro engaño?".

"No lo dijo, pero ese es el mensaje que recibí".

"Otro par de padres cuyo proceso de envejecimiento acaba de acelerarse".

"¿Quieres que haga algo?".

"No en este momento. Quédate con Ramos".

"De acuerdo, hablamos luego".

"Espera un segundo".

"¿Qué?".

"¿Encontraron la bicicleta que supuestamente conducía esta chica?".

"No. Ha desaparecido en este momento, pero ya sabes, si esto es una estafa, se la habrían llevado".

"No necesariamente. Una bicicleta abandonada podría reforzar el caso de que fue un secuestro".

"Alguien podría haber pasado por allí, vio la moto y se la llevó".

"Cierto. Veamos qué nos deparan las próximas veinticuatro horas. Probablemente aparecerá".

Incluso un condado tranquilo como Collier, tenía más

de trescientos menores desaparecidos al año. La mayoría eran fugitivos que regresaban o eran localizados. Perseguirlos restaba valiosos recursos a la lucha contra la delincuencia.

Giré por Bamboo Drive y la tomé hasta Mango Drive. Jorge Blanco vivía en una casa grande. La casa, de tejado metálico, había sido construida en los años ochenta, pero estaba en buen estado. Una palmera solitaria adornaba el jardín. Era ralo, pero estaba bien cuidado.

La grava crujía bajo mis pies, parecía que alguien se alejaba de la ventana. Toqué el timbre y escudriñé la calle. Había silencio. Conté hasta treinta y aporreé la puerta.

Un segundo después, se abrió. Allí estaba Blanco. Una pequeña costra estropeaba su cabeza rapada. "Perdona, hombre. Estaba al teléfono con un cliente".

Levanté mi placa. Blanco inhaló. "¿Qué pasa?".

"Necesito hablar contigo. ¿Puedo entrar?".

Dudó. "Estoy trabajando".

"¿Qué tipo de trabajo?".

"Atención al cliente de Southwest Airlines. Es todo a distancia".

Mary Ann estaba empezando el mismo tipo de trabajo. Se me cayó el estómago. ¿Uno de sus compañeros de trabajo podría ser un delincuente sexual? "Esto solo tomará unos minutos. Si tienes que hacer una llamada, esperaré".

Frunció el ceño. "Nos califican por nuestro tiempo de respuesta".

¿Dando rodeos, o era una preocupación legítima? "Podemos hacer esto en la sede, si lo prefieres".

Se hizo a un lado. "Adelante".

La habitación delantera le servía de despacho. La habitación principal de detrás estaba amueblada con un sofá de cojines a cuadros y un sillón reclinable de pana amarilla.

No solo vivía solo, sino que cualquier gusto que tuviera estaba presente en todo.

Golpeó el teclado. Sus manos no tenían marcas de mordiscos. "Tome asiento".

Me senté en una vieja silla de mimbre. Blanco se giró. "He firmado para ir al baño".

"Bonito lugar tienes aquí. El trabajo debe estar bien pagado".

"En realidad no. Mi papá me dejó la casa, solía ser sus padres. Nos mudamos con ellos después de que mamá se fue".

¿Que su madre se fuera era su excusa para dominar a las mujeres? "¿Dónde estabas el martes 10 de mayo, sobre las siete de la tarde?".

"En casa".

Respondió demasiado rápido. "¿Cómo recuerdas eso?".

"No salgo mucho. Sobre todo, entre semana".

"¿Y el sábado por la noche. El catorce de mayo".

"Estaba con un amigo".

"¿Dónde?".

"Comimos algo y luego tomamos un par de copas".

"¿En el centro?".

"No. En The Cabana en Bayfront".

Hizo como si no estuviera a poca distancia de la Quinta Avenida. "¿A qué hora te fuiste?".

"No lo sé. El lugar cierra a las once. Nos quedamos unos quince o veinte minutos y nos fuimos. ¿Pasó algo?".

"Hubo un intento de violación en la zona".

"No fui yo. ¡Lo juro!".

No podía ser él. Juró que no lo era. "¿Con quién estabas?".

Se encogió de hombros.

"Dame el nombre del amigo con el que estuviste el sábado por la noche".

La cabeza le brillaba de sudor. "No estaba con nadie".

"¿Por qué mentiste al respecto?".

"No es divertido decir que no tienes a nadie con quien salir".

Era fácil entender por qué a un delincuente sexual convicto le costaba hacer amigos. "¿Dónde fuiste después de que The Cabana cerrara?".

"A ninguna parte. Caminé un poco y me fui a casa".

"¿Cómo llegaste a casa?".

"Yo conduje".

"¿Condujiste después de beber?".

"Tomé una, una copa y media. Eso es todo, lo juro".

"¿Dónde te has hecho ese corte en la cabeza?".

¿"Eso? Oh, me hice un rasguño afeitándome".

No podía imaginarme afeitándome la cabeza. Mantener mi cara limpia ya era suficiente tarea. "De acuerdo. Gracias por tu tiempo".

Salió disparado de su silla. "Claro. Cuando quieras".

Joan Samus había luchado contra su atacante. Necesitaba preguntar si ella podría haberle arañado. También necesitábamos mostrar fotos de Blanco en el centro de la ciudad cuando se produjo el ataque. Quizá alguien reconociera a Blanco.

17

El sol me tostaba la cara mientras caminaba hacia el edificio de oficinas. Antes de entrar, me fijé en una masa oscura de nubes en el horizonte. Si llovía, quería que fuera ahora. A la hora de cenar, estaría soleado y tendríamos a la gente normal de la Quinta Avenida para ver la ficha policial de Blanco.

Derrick dijo: "¿Cómo te fue?".

"No estoy seguro. No hay marcas de mordeduras, pero le pillé mintiendo. Tenía un rasguño en la cabeza. Tenemos que ver si Samus pudo haberlo arañado".

"Eso sería formidable".

"Dijo que el sábado estuvo a un par de manzanas en Bayfront, que estaba solo y se fue a casa después de un par de copas en The Cabana. Lleva algunas fotos de él a Gesso, y pídele que envíe un par de tipos a la Quinta, y veamos si podemos conseguir una identificación".

"Me ocuparé de ello. ¿Y dónde estaba cuando violaron a Ramos?".

"Dijo que estaba en casa, que no salía durante la semana".

"¿Te lo crees?".

"Preguntaremos a sus vecinos. Y quiero enseñar su foto a los habituales del parque North Collier. Si averiguamos que va allí, le presionaremos".

"Ya tenemos plan".

"¿Y el video de Panera?".

"He vuelto a llamar. Dijeron que el departamento jurídico aún no había dado el visto bueno".

"¿De qué demonios tienen miedo?".

"Los malditos abogados tienen a todos asustados".

"No los sueltes".

"Ahí estaré".

"¿Cómo va esa lista?".

Derrick se levantó sosteniendo un pedazo de papel. "Bien. Tengo tres nuevos nombres".

Me entregó la hoja. Mientras leía los nombres, Delvin Cooper, Ricky Shaw y Bernie Lyle, Derrick dijo: "Todos son delincuentes sexuales convictos. Cooper y Shaw salieron de la cárcel en los últimos tres meses, y Lyle se trasladó desde Orlando, registrándose en el condado hace una semana".

"¿Lyle? ¿El tipo de barba?".

"Sí. Delitos Sexuales está sacando los expedientes de estos canallas. Pasaré por ahí después de llevar la foto de Blanco a Gesso".

La lógica no funcionaba con hombres como estos. ¿Por cuál empezar? ¿Cooper —o Shaw— no pudo contenerse por más tiempo; o Lyle se trasladó a Collier, donde era desconocido, y atacó antes de que la información sobre él se difundiera?

Teníamos leyes que obligaban a crear un registro de delincuentes sexuales cuando se cambiaban de casa. El problema era difundir esa información vital entre la comunidad. Era sencillamente imposible llamar a la puerta de todo el mundo para avisarle. Podías inscribirte para recibir una alerta por correo electrónico, pero si no lo hacías, y la mayoría no lo hacía, estabas ciego. El condado publicó la información en un sitio web, pero no se hizo nada más.

Era un equilibrio difícil para alguien que había cumplido condena, supuestamente pagando su deuda con la sociedad. Mi problema era la creencia de que los depredadores sexuales eran esencialmente irreformables, a menos que fueran castrados.

Mi bandeja de entrada tenía treinta y ocho correos electrónicos. Acabé con diez antes de que Derrick volviera con un par de carpetas. "Acabo de oír que el perro fue devuelto".

"¿Pagaron el rescate?".

"Sí. Encontraron al perro en el patio de un vecino".

"No te sorprendas cuando veamos más de esto".

"Podría haber sido peor. Podrían haber cogido el dinero y vendido el perro".

"Al menos alguien es feliz hoy".

"Por supuesto. Gesso dijo que conseguiría que se mostrara la foto".

"Bien. ¿Qué pasó con esa chica Holmes? ¿Apareció?".

"Todavía no. Pero mi instinto me dice que los padres recibirán una nota pidiendo rescate al final del día".

"Vale, Sherlock, ya veremos". Me reí entre dientes. "Mientras esté a salvo, estoy bien".

Levantó los expedientes. "¿Cuáles quieres?".

"El primero, y tú tomas lo que te apetezca".

Me entregó el expediente Cooper. Lo abrí. La inicial del segundo nombre de Cooper era B. "Cooper tiene el mismo nombre que el tipo que secuestró un avión y se salió con la suya".

"Nunca he oído eso".

"Creo que fue en 1971. Un hombre llamado Daniel Cooper embarcó en un vuelo de Portland a Seattle. Después de despegar, mostró a la azafata una bolsa con palos rojos y cables, diciendo que tenía una bomba".

"Hombre, eso nunca pasaría hoy".

"Quizá. Entonces, Cooper les dice que quiere doscientos mil dólares en efectivo y cuatro paracaídas. El piloto lo pide por radio y, cuando aterrizan, Cooper consigue lo que quería y deja bajar a los pasajeros. Luego les dice a los pilotos que lo lleven a la Ciudad de México, pero que se mantengan a menos de diez mil pies".

"Parece que sabía lo que hacía".

"Así es, porque en algún lugar entre Seattle y Reno, se pone los paracaídas, coge el dinero y salta".

"Mierda".

"Sí. Y a pesar de una persecución masiva, nunca lo encontraron ni a él ni a sus restos".

"Vaya. Se salió con la suya".

"Eso parece. Creo que el FBI aún lo tiene como uno de sus principales casos sin resolver".

"Menuda historia".

"Sí. Bueno, abrochémonos el cinturón y veamos qué tenemos".

Estaba releyendo el expediente Cooper cuando sonó el teléfono en la mesa de Derrick. Contestó y dijo: "Es la señora Samus".

Levanté el auricular. "Hola, señora Samus. Soy Frank Luca. Gracias por devolverme la llamada".

"No me sentía bien antes".

"Lo siento. ¿Está mejor ahora?".

"Un poquito".

"Tengo una pregunta rápida. Cuando luchó contra su atacante, ¿cree que podría haberlo arañado?".

"Podría haberlo hecho. Por instinto. No estoy segura de lo que hice".

"¿Notó algo de sangre en usted? ¿Algún rastro?".

"Me sangró un poco la nariz; me la golpeó intentando ponerme la bolsa encima".

"¿Y debajo de alguna de sus uñas? ¿Había sangre?".

"No... no lo sé".

"Está bien. ¿Por qué no lo piensa un poco? No hay ninguna presión".

"De acuerdo".

"Si se le ocurre algo, avíseme".

"De acuerdo".

"¿Ha decidido volver a casa?".

"El jueves. Tengo un vuelo a las diez".

"Ir a casa será bueno para usted".

"Eso espero. Tengo miedo de que pase algo. Es una tontería pero...".

"Todo irá bien. No se preocupe, se lo prometo".

Colgué. "Esta pobre mujer está muerta de miedo".

"Tenemos que atrapar a este bastardo".

"Amén. Pero no creo que sea Cooper. Como requisito para su libertad condicional, aceptó ser castrado químicamente".

"También Shaw".

"Empezaremos con Lyle".

"Tengo una pista sobre él, está sirviendo mesas en Iguana Mia".

Le lancé las llaves. "Conduce tú. Quiero leer las transcripciones".

18

AL ACERCARNOS A IGUANA MIA, DERRICK DIJO: "¿Has comido aquí alguna vez?".

"Hace mucho tiempo. No me gusta mucho lo mexicano".

"¿Por qué no?".

"No encuentro un vino que combine".

Derrick entró en el estacionamiento del restaurante color verde lima. Se colocó junto al cartel en forma de cactus. "Por eso bebo cerveza. Combina con todo".

"De ninguna manera podría tomar una cerveza con pasta".

Derrick se rió. "Tienes razón. Un Chianti y comida italiana. Me está entrando hambre de pensarlo".

"Es más que eso. La comida y los vinos son regionales en Italia. Bilotti me dice que cada zona tiene sus propios alimentos y vinos que los acompañan".

Me di la vuelta y examiné el terreno.

"¿Qué pasa?".

"Se siente como si alguien nos estuviera observando".

Inspeccionó la zona. "No veo nada".

NADIE ESTA A SALVO

"De acuerdo. Vámonos".

La entrada estaba llena de bancos para la gente que esperaba sentarse. No se admiten reservas. El local estaba medio lleno de gente disfrutando de un almuerzo tardío. La anfitriona fue a buscar a Bernie Lyle.

Dije: "Este lugar sí que es festivo".

Derrick señaló un sombrero que colgaba del techo. "Compré uno cuando fuimos a Cancún. No sé en qué estaba pensando. Qué desperdicio de dinero".

"¿Demasiadas margaritas?".

"Culpable. Fue el primer viaje que hicimos Lynn y yo".

Limpiándose las manos en el delantal que colgaba de sus caderas, Bernie Lyle nos miró. Aminoró la marcha, reconociendo que éramos policías.

Lyle tenía barba de dos días y no me miró a los ojos. "Nos gustaría hablar contigo. ¿Quieres salir?".

Miró por encima del hombro. "Estoy trabajando. Acabo de conseguir este trabajo".

Señalé a una mujer. "¿Es tu jefa?".

"Por favor. No necesito problemas".

"Está bien". Lyle gimió mientras me alejaba.

"Señora. Siento mucho molestarla, pero necesitamos hablar rápidamente con el señor Lyle. Él no hizo nada; buscamos información sobre alguien que vive cerca de él".

"Siempre cooperamos con nuestros amigos de las fuerzas de seguridad". Sonrió. "Además, es entre el almuerzo y la cena".

"Gracias, señora".

Le di el visto bueno a Lyle y Derrick le condujo fuera. El zumbido del tráfico en la Ruta 41 me hizo levantar la voz. "¿Qué estás haciendo en el condado de Collier?".

"¿Qué quieres decir?".

Las manos limpias, tenía un rasguño que recorría su antebrazo derecho. "¿Por qué has venido aquí?".

"Me cansé de Orlando. Todos los malditos niños y turistas de allí. Te afecta, ¿sabes?".

"¿Por qué Naples?".

"Mi hermano vive aquí. Lleva aquí siglos".

"¿De dónde sacaste el rasguño?".

"¿Esto? Uh, estaba trabajando en mi auto".

"¿Seguro?".

"Ajá".

"¿Dónde estabas el sábado por la noche? ¿Tarde, digamos de once a dos de la mañana?".

"Trabajo los sábados. Este sitio está a reventar".

"¿Qué tal el martes diez de mayo, entre las seis y las diez de la noche?".

Sus ojos destellaban miedo. "Estaba aquí, trabajando. Es un trabajo nuevo. Necesito la plata".

"Claro. ¿Qué estabas arreglando en tu auto?".

"¿Mi auto?".

"Sí. Estabas trabajando en ello".

"Oh, sí. Nada grande. Estaba cambiando el parabrisas, estaba como, la goma estaba destrozada, hombre. No podía ver nada".

"¿Te has portado bien?".

"Oh sí".

"Asegúrate de mantenerte así".

Asintió con la cabeza. "Sabes, no tengo un problema como ellos creen, pero voy a esas cosas de asesoramiento, como dos veces por semana. Ayuda".

El asesoramiento era genial, pero la perversión no podía arreglarse. Si estuvo trabajando esas noches, no era nuestro hombre. Podríamos comprobarlo ahora, pero socavaría lo que le dije a la gerente, y no tenía sentido arruinar nuestra reputación. Además, Lyle podría huir si supiera que estábamos tras él.

Subimos al auto. Derrick dijo: "¿Qué te pareció?".

"Cuando lleguemos de vuelta, llamas a Iguana Mia y corroboras si Lyle que estaba trabajando".

"Espero que sí. Sé que es un depredador, pero parece que lo está intentando. Quiero decir, atender mesas a los cuarenta y dos no puede ser fácil".

"O suficiente para pagar tus facturas en estos días".

"Tal vez su hermano le está ayudando".

"Podría ser. Volvamos. Antes de perder tiempo con Cooper y Shaw, asegurémonos de que reciben las inyecciones de mantenimiento para mantenerlos castrados".

SALIMOS del auto y nos dirigimos a la estación. El sol me sentaba bien en la espalda. Sonó mi móvil. "Es Mary Ann, adelante. Te veré dentro".

"Salúdala de mi parte".

Desapareció cuando contesté. "Hola, Mary Ann".

"Hola, ¿puedes hablar?".

"Claro, ¿qué pasa?".

"Nada, solo quería avisarte que iba a hacer el seminario web de formación para el trabajo dentro de un rato. Mi teléfono va a estar apagado. Cuando vuelvas a casa, estaré en el estudio, así que por favor estate callado".

"Claro. No hay problema. ¿Quieres que recoja algo para cenar?".

"No. Ya he hecho escarola y frijoles".

Uno de mis platillos favoritos. ¿El resto del día iba a ir cuesta abajo? "Suena bien".

"¿Hay alguna novedad sobre la chica Holmes que desapareció en Livingston?".

"No. ¿Por qué?".

"Estaba viendo las noticias, y había un informe de que encontraron su bicicleta".

Se me oprimió el pecho. ¿Qué significaba? Si era un montaje, ¿la niña sacrificaría su bicicleta con lo que cuestan hoy en día? Necesitábamos saber qué tan vieja era la bicicleta.

"¿Frank?".

"Oh, solo pensaba".

"¿Crees que podría ser otro falso secuestro?".

"Resulta que Debbie Holmes y Dana Foyle son buenas amigas".

"¿En serio?".

"Sí. Puede que lo hayan planeado juntas. Derrick dijo que podríamos tener una racha de secuestros".

"Dios mío. ¿Quién lo hubiera pensado?".

"No puedes inventar esto. Dime, ¿has hablado con Jessie hoy?".

"No. El miércoles es su día ocupado. Tiene clases hasta las cinco".

"Oh, sí. Bien, buena suerte con el entrenamiento. Te veré más tarde".

Salí de la luz del sol y entré en nuestro edificio. Había un murmullo de actividad, pero nada que ver con la imagen que ofrecía la televisión de las comisarías de policía. Derrick estaba al teléfono. Miré mi buzón de correo electrónico. ¿Dónde estaba Debbie Holmes?

Derrick se levantó y colgó el auricular. "Lyle mintió. Trabajó el sábado pero tenía libre el martes".

19

ME LEVANTÉ DE LA SILLA. "¿ESTÁN SEGUROS DE ESO?".

"Sí. Mintió, es equiparable a encubrir el delito".

¿"Equiparable"? ¿Es esa tu palabra del día?".

Sonrió. "La de ayer. No tuve oportunidad de usarla".

"No soy un experto, pero no la usaste bien".

"¿En serio?".

"Volvamos a Lyle".

"Bueno, solo tiene un día libre a la semana y es el martes".

"¿Pero trabajaba el sábado?".

"Sí, la gerente dijo que los sábados por la noche todos tienen que trabajar".

"¿A qué hora cierran?".

"A las diez los sábados, pero la gente se queda haciendo limpieza. Dijo que se iban a medianoche".

"¿También Lyle?".

"Ella no sabía a qué hora se fue, pero dijo que nadie se va antes de las once".

"A esa hora de la noche, podría haber llegado al centro en veinte minutos".

NADIE ESTA A SALVO

"Con mucho tiempo para atacar a Samus".

"Por supuesto. Incluso tuvo tiempo de cambiarse, aunque en el trabajo viste de negro".

"Tal vez alguna chica en el restaurante lo excitó. Se excitó y…".

Gesso entró. "¿Cómo vas con el caso Ramos?".

"Estamos acercándonos, sargento. Una persona de interés mintió sobre su coartada, encaja con la hora de la violación de Ramos. Y salió del trabajo con tiempo suficiente para atacar a Samus".

"Tráelo. Sería perfecto si pudieras acabar con esto. Los quiero a los dos en lo de la chica Holmes".

"Oí que encontraron su bicicleta".

"Sí, pero no fuimos nosotros; nos lo perdimos. El grupo de búsqueda de los padres la encontró".

Sabía la respuesta, pero pregunté de todos modos. "¿El sheriff está buscando algo para alimentar a la prensa?".

"Oh, vamos, Frank. Eso está fuera de lugar".

Gesso era muy directo, pero su evasiva me dijo todo lo que necesitaba saber. "No tiene importancia. Es una chica desaparecida. Haremos lo que podamos, pero no podemos apresurar la investigación de Ramos".

"Por supuesto que no".

"Mantennos al corriente; te ayudaremos".

"Estamos consiguiendo una orden para ver los registros telefónicos de la chica".

"Bien".

"¿Vas a traer a ese sospechoso de violación?".

Encogiéndome de hombros, dije: "Tengo que pensarlo. Tal vez sea mejor buscar por ahí primero".

Gesso se fue y Derrick dijo: "¿Viste a los padres Holmes en las noticias de anoche?".

"No".

"Fue desgarrador; ninguno de los dos podía mantener la calma. Si resulta ser un trabajo interno...".

"Tendrían que enviarla a una escuela militar para que recibiera una dosis de realidad".

"Es una locura pensar que tu propio hijo haría algo así. ¿No saben la carga que ponen en su madre y en su padre?".

"No piensan en nada más que en el dinero".

"Deberías haber visto a la madre. Vestida con una bata, parecía que no se había duchado en semanas".

Miré la hora. "Voy a dar una vuelta para ver a Foyle. Tal vez pueda sacarle algo sobre Holmes".

"Vale. Te veré por la mañana".

"Voy a llegar tarde mañana. Tengo algo que hacer".

———

LA SEÑORA FOYLE llamó a su marido. "Está bien, puedes hablar con Dana, pero solo sobre Debbie".

"Gracias, señora".

"¡Dana!".

Con una sudadera de Miami que le quedaba grande y pantalones cortos, Dana se escabulló en la cocina. "El detective Luca necesita preguntarte sobre Debbie".

Puso los ojos en blanco. Su madre dijo: "Papá dijo que tienes que hablar con él".

"Vale, vale, ya".

Mientras se desplomaba en una silla de la cocina, le pedí a la madre que nos dejara solos.

"Dana, estoy tratando de localizar a Debbie Holmes. Tengo entendido que ustedes dos eran buenas amigas".

"No es mi mejor amiga, pero me cae bien".

"¿Sabía ella lo que tú y Bradley iban a hacer antes de que lo hicieran?".

"No".

"¿Estás segura?".

Ella agachó la cabeza. "Bradley dijo que no podíamos decírselo a nadie".

"Eres popular en la escuela, ¿verdad?".

Una sonrisa apareció y desapareció.

"¿Es Debbie el tipo de chica que te seguiría?".

"No lo sé, tal vez. Pero todo el mundo quiere encajar, ¿sabes?".

La presión de grupo era un factor enorme. "Claro que sí. Fui joven una vez".

Me miró como si le dijera que antes era un caballo.

"¿Crees que es posible que Debbie viera lo que tú y Brad hicieron y lo copiara?".

"Supongo que podría haberlo hecho". Bajó la cabeza y la voz. "Sé que necesitaba dinero".

"¿Te dijo que necesitaba dinero?".

Ella asintió.

"¿Dijo para qué era?".

"Un auto. Todo el mundo quiere uno bonito, ya sabes. Pero son, como, precios locos ahora. Incluso los usados, subieron mucho, de la noche a la mañana".

Tenía razón. La inflación estaba afectando todo. "Digamos que Debbie quería fingir su secuestro. ¿A quién le pediría ayuda?".

Frunció el ceño. "Jason".

"¿No te cae bien?".

"Es mandón. Se cree mucho".

"¿Cuál es su apellido?".

"Reedy".

"¿Hay algo que puedas decirme sobre dónde podría estar Debbie?".

"No lo sé. Jason probablemente sí".

Frente a la casa de los Foyle, me senté en mi auto. Era difícil entender si Dana me estaba contando todo lo que sabía. ¿Se estaba conteniendo porque había compartido su plan con Debbie Holmes antes de hacerlo? Si era así, su reputación sufriría otro golpe.

La forma en que dijo que Jason probablemente sabía dónde estaba me inclinó a pensar que era un engaño repetido. Excepto, que no había habido ninguna nota de rescate o contacto.

¿Qué le habrá pasado? Me alejé y, al acercarme a la entrada, aminoré la marcha, agarrando el volante. Aunque Debbie Holmes era más joven que Ramos o Samus, necesitaba comprobar su complexión y tono de piel. Las dos víctimas anteriores no eran gemelas, pero ambas eran menudas y tenían el pelo castaño corto.

¿Podría esta pobre chica haber sido el objetivo del mismo animal que había atacado a Ramos y Samus?

Terminé el último sorbo de café, giré a la derecha en la Ruta 41. Dos minutos después, me detuve en la acera. Caminando hacia un edificio, giré sobre los talones. No pude detectar a nadie que me siguiera.

Despabilándome, llamé a la puerta. "¿Quién es?".

"Detective Luca".

La puerta se abrió de golpe. "¿Por qué está aquí? ¿Atraparon al hombre que lo hizo?".

"Todavía no, señora Samus. Sé que a su hija le preocupa que aún no le hayamos detenido".

"Seguro que sí".

"Pensé que si la llevaba al aeropuerto, se sentiría un poco más cómoda".

"¿De verdad? ¿La llevaría?".

"Sí, señora. Pensé que les daría a ella y a usted algo de tranquilidad".

"Pase. ¿Joan? El detective Luca está aquí. Va a llevarte al aeropuerto".

TIRÉ mi saco en una silla. Derrick dijo: "¿Todo bien?".

"Sí, llevé a Samus al aeropuerto".

"¿Qué?".

"Está muerta de miedo y no había salido del piso de su madre desde el ataque".

"Vaya vacaciones".

Sacudí la cabeza. "Saca el expediente de Debbie Holmes. Quiero compararla con Ramos y Samus. Ver si hay alguna similitud física".

Golpeando el teclado, dijo: "¿Crees que es el mismo tipo?".

"No lo sé, pero no podemos descartar nada".

"Aquí está. Parece mayor de dieciséis años. Cabello castaño, como las otras, y es de complexión delgada".

Me acerqué a su mesa. "Hum. No se parecen tanto".

"Todos los casos ocurrieron de noche".

"Cierto, pero ella es veinte años más joven".

"Podría haber pensado que era mayor".

"Pero Holmes iba en bicicleta".

"No lo sé. Déjame ver algo".

Derrick se desplazó hacia abajo. "Llevaba vaqueros. Pensé que tal vez ella podría haber estado en ropa de ejercicio".

Pensar era la marca de un buen detective. "Buen intento". Hablemos con Lyle. Le presionaremos por mentir sobre el trabajo y comprobaremos dónde estaba la noche que Holmes desapareció".

"Claro. Tal vez podamos almorzar mientras estamos allí".

No me gustaba la comida mexicana, pero eso no me motivó a decir: "Esperemos a que termine la comida. A la una tengo que filmar el anuncio público. No llevará mucho tiempo. Iremos a las dos, y si no le sacamos nada importante, estará limpiando mesas durante la cena".

ESTABA delante de una pantalla con el emblema del sheriff del condado de Collier. El camarógrafo estaba ajustando la iluminación. Le dije: "¿En qué han estado ocupados? Quería esto hace días".

"Sí, hemos estado ocupados".

"¿Haciendo qué? Esto solo lleva cinco minutos".

"Pues, nos tenían haciendo, algo, uh-".

"Lo entiendo. Remin no quería la publicidad".

Se encogió de hombros.

"Fingir que no ocurre es lo que ha metido en problemas a Nueva York y California".

Asintió con la cabeza. "¿Estás listo?".

Filmé la petición de ayuda. La línea directa recibía llamadas de personas que decían tener información sobre quién había atacado a Ramos y Samus, y las clasificábamos con la esperanza de que alguna diera resultado.

CERCA DE LA RUTA 41, le dije: "No pierdas de vista a ese Hyundai. Ha estado detrás de nosotros desde Immokalee".

Derrick giró. "¿El blanco?"

"Sí. Un conductor, parece una mujer".

"¿Seguro? Sí, a menos que sea un tipo con el pelo largo".

"Sigo teniendo la sensación de que nos siguen".

"La próxima vez que salgamos, lo haremos en autos separados. A ver si hay alguien".

"Olvídalo. Concentrémonos".

Derrick frunció el ceño al entrar en el estacionamiento de Iguana Mia. Entramos. La gerente estaba detrás del podio. Su sonrisa desapareció. "¿Puedo ayudarle?".

"Nos gustaría hablar con el señor Lyle de nuevo. Pero recuerde, solo buscamos información que él pueda saber".

Lyle caminó hacia nosotros.

Me puse las gafas de sol. "Vamos afuera".

Lyle dijo: "No sé por qué estás encima de mí, carajo. Yo no hice nada".

Derrick dijo: "Mentiste. No estabas trabajando el martes. Quería llamar a tu oficial de libertad condicional, pero mi compañero, dijo que te diera otra oportunidad para confesar".

No habíamos ensayado la rutina del policía bueno y el policía malo. "Quería arrestarte por obstrucción. Si no empiezas a decir la verdad, no podré ayudarte más".

Lyle negó con la cabeza. "No he hecho daño a nadie. No quiero volver a entrar".

"Si no hiciste daño a nadie, dinos dónde estuviste el martes de seis a ocho de la noche".

"Pero me van a encerrar por ello".

"¿Fue violento?".

"No, no, hombre".

"¿Fue sexual?".

"No, no".

"Dímelo".

Lyle dudó y Derrick sacó su teléfono. "Ya está. Vas a volver por una violación de la condicional".

"Espera, hombre. Estaba... en un club en Fort Myers".

"¿Qué club? ¿Haciendo qué?".

"Es un lugar de apuestas. ¿Conoces a Johnny Griffin? Él lo dirige".

Griffin era un personaje metido en el juego y la prosti-
tución. También era un informante que facilitaba datos al
condado de Lee para evitar ir a la cárcel. ¿"Griffin"? No.
¿Dónde está su casa?".

"En Unity, detrás de Popeye's Louisiana Kitchen".

"¿Quién estaba allí esa noche?".

"Un montón de gente".

"Si vuelves a mentir, te juro que yo mismo te llevaré a
la cárcel".

"Yo miento. Puedes comprobarlo".

"¿Qué estabas haciendo allí?".

"Jugando a los dados. Pasé una buena noche".

Comprobaríamos su nueva coartada, pero el problema
era la gente con la que decía estar. No eran ciudadanos
honrados. Conseguir que diez de ellos respaldaran a Lyle
valía menos que una maleta llena de fichas de feria. Griffin
era un informante, pero conocido por jugar en ambos lados
de la calle.

"Vamos a comprobarlo. Pero no te hagas ilusiones. Voy
a llamar; vamos a tener ojos sobre ti, veinticuatro siete, así
que acostúmbrate a la compañía".

"Eso está bien, eso está bien para mí, hombre. No
quiero problemas".

"Vuelve al trabajo".

Mientras Derrick y yo caminábamos hacia el auto,
susurré: "No seas obvio. A la izquierda, es el Hyundai".

"Yo tomo los tres primeros números de la placa, tú toma
los últimos".

"Se van".

El auto salió chirriando de un sitio. Apunté mi teléfono
y tomé fotos de la parte trasera del vehículo.

"¿Lo tomaste?".

Separando los dedos en la pantalla, "Sí. Llama y pide

que rastreen el número de matrícula".

21

EL SEMÁFORO DE WIGGINS PASS SE PUSO EN VERDE Y PISÉ el acelerador. Derrick estaba al teléfono y preguntó: "¿Estás seguro?", antes de colgar.

"No vas a creer esto. ¿Adivina de quién era el auto?".

"¡Solo dímelo!".

"Félix Ramos".

"¿Qué demonios hace siguiéndonos?".

"Tal vez quiere asegurarse de que estamos en el caso de su hija".

Me desvié hacia un carril de giro. "Este tipo está planeando tomar el asunto en sus propias manos".

"¿Tú crees?".

"No podemos esperar hasta que sea demasiado tarde. Está al límite".

Me detuve en Piper's Grove. Estaban cambiando los colores de la antigua comunidad de durazno a blanco. Ramos vivía en una sección de autocaravanas, sin garajes. Vi su auto.

El sol estaba alto en el cielo, pero esa no era la fuente del calor que desprendía el capó del Hyundai. Había una bolsa en el suelo del espacio para los pies del pasajero. Probablemente contenía la peluca que Ramos llevaba mientras nos seguía.

Cuando Derrick llamó al timbre, le dije que yo me encargaría, lo que lo hizo fruncir el ceño. La puerta se abrió. La cara de Ramos vaciló. "Eh, detective Luca. ¿Tiene noticias?".

"¿Por qué nos sigue?".

"¿Siguiéndole? ¿Qué le hace decir…?".

"Déjese de tonterías. Le vimos en Iguana Mia e investigamos su placa".

"Solo quería ver que se hacía algo. Por el bien de Lisa. Se está desmoronando".

"Entiendo su preocupación. De verdad, lo entiendo, pero le digo que se mantenga al margen. Déjenos hacer nuestro trabajo. Usted cuide de su hija".

"Lo siento. Tiene razón".

"Lo atraparemos, lo prometo. Solo denos un poco más de tiempo".

"¿Es Bernie Lyle?".

"No puedo hablar de eso".

"El bastardo cree que puede mudarse aquí y salirse con la suya…".

"¿Le ha estado investigando?".

"Es información pública".

Le miré a los ojos. "Asumo que, como marine, ¿posees un arma de fuego?".

"Sí, tengo una".

"¿Tiene permiso para portar armas?".

Dudó. Añadí: "Puedo averiguarlo".

"Sí. ¿Por qué?".

"Hágase un favor y guárdala bajo llave en casa".

Antes de que pudiera responder, me di la vuelta y nos alejamos.

MARY ANN SE ESTABA SECANDO. Salí a la terraza. "¿Hiciste tus vueltas?".

"Sí. Hoy estaba tan ocupado que tuve que trabajar dos horas extra".

"No exageres".

"¿Qué tal el día?".

"Lo de siempre, pero al menos descubrí que no me estaba volviendo loco".

"Eso es discutible".

"Ja, ja, muy gracioso".

"¿Qué ha pasado?".

"El padre de la pobre chica que fue violada en Livingston, me estaba siguiendo".

"¿Qué? ¿Por qué?".

Me encogí de hombros. "Es padre y marine".

"Y un maniático del control".

"Espero que eso sea todo".

"¿Qué está pasando con el caso de su hija?".

"Tengo que ir a Fort Myers más tarde para investigar una coartada".

"¿Esta noche?".

"Sí, lo siento".

"Está bien. Cogeré otra hora de trabajo".

"Sabes que el estrés no es bueno para ti".

"No es estresante. Disfruto con el trabajo".

Las negaciones siempre sonaban convincentes.

UN CONTACTO de Fort Myers dijo que era inútil llegar al club antes de las nueve. La doble jornada y el trasnochar hacían que los años se hicieran aparentes más de lo necesario.

Una docena de jóvenes pasaban el rato frente a Popeye's. La mitad fumaba y los demás sacaban pollo frito de cubetas. Los cardiólogos tendrían un suministro constante de pacientes. Entré en el estacionamiento de un edificio verde, tomé un sorbo de café y salí.

Golpeé una puerta de metal negro. Una losa de granito abrió la puerta. "¿Qué quieres?".

Mi placa estaba a centímetros de su cara. "Necesito hablar con un par de personas sobre Bernie Lyle".

"No hay nadie aquí".

El estacionamiento estaba lleno de vehículos *bajos.* "¿Y esto es para el valet?".

"El lugar está cerrado".

"No me importa lo que pase dentro. O me dejas entrar, o hago que el sheriff del condado de Lee cierre este lugar y lo mantenga así hasta que estés en Medicare".

"Espera aquí".

Desapareció y, un minuto después, apareció un negro flaco con una cruz más grande que mi mano colgada del cuello. "¿Qué puedo hacer por la *poo-leze?"*.

Di un paso adelante. "Déjame entrar, ahora".

"Sonny no quiere problemas".

"No conseguirá nada. Hazte a un lado".

El lugar hacía que el Casino Immokalee pareciera el Bellagio de Las Vegas. Seis mesas de Costco estaban llenas de jugadores de póquer y blackjack. Los crupieres vestían camisetas y pantalones cortos, en lugar de chalecos negros y pantalones de vestir.

Un rugido procedente de una mesa, rodeada de apostantes que se daban palmadas en la espalda, captó mi atención. Alguien tiró siete u once. Saqué una foto de Lyle y me dirigí a la mesa de dados.

Las cabezas se giraron, pero volvieron a la acción. El tirador lanzó. El público aplaudió. Debía de tener la mano caliente. Un hombre hispano con un rayo grabado en el pelo se alejó de la mesa.

Le tendí la foto. "¿Conoces a Bernie Lyle?".

"No".

"Viene mucho por aquí".

"Es la primera vez que estoy aquí". Se alejó.

Pregunté a otros siete, todos negaron conocer o ver a Lyle. No podían ser vistos ayudando a un policía. El tipo de la cruz no me quitaba la mirada de encima. Me acerqué. "Necesito hablar con Sonny".

"No está aquí".

"Mira, sé que está aquí. Si no lo traes, los arrastraré a los dos por dirigir una operación de juego ilegal".

Su ojo se crispó. "Espera, hombre".

Sonny Griffin salió rebotando de la trastienda. Me señaló con el pulgar. Cuando me acerqué, cerró la puerta y se apoyó en ella. Su camisa de seda color morado era la única señal de que era un gánster.

"Bonito lugar tienes aquí".

"No es mío. Solo vengo de vez en cuando".

Bajé la voz. "Detective Luca de Collier. No tienes nada de qué preocuparte. Solo quiero saber si Bernie Lyle estuvo aquí el martes 10 de mayo".

"¿Ese chico en problemas otra vez?".

"Podría ser. Dijo que estuvo aquí esa noche".

"He oído que todos piensan que violó a esa chica en Naples".

Confiábamos en él para obtener información. ¿Alguien lo estaba alimentando? "¿Quién te dijo eso?".

Sonny sonrió.

"Mira, Lyle dijo que estuvo aquí, jugando a los dados la noche del martes 10 de mayo. ¿Estuvo?".

"Yo estaba en la parte de atrás esa noche. Tuve una dulce cita".

"¿Y no le viste jugar esa noche?".

"No, pero a ese chico le gustan los dados. El problema para él, es que no es bueno en eso".

22

LA COLONIA DE DERRICK FLOTABA EN EL PASILLO. ENTRÉ en la oficina.

"Buenos días".

"Hola, Frank. Pensé que llamarías anoche. ¿Cómo te fue?".

"Se hizo tarde y no había nada que informar".

"¿Qué quieres decir?".

"Nadie, incluido Griffin, respondería por Lyle".

"¿Mintió otra vez?".

"Difícil de decir. A esta gente no le gusta hablar con nosotros".

"Es un enigma".

Parecía usar la palabra correctamente. "Sí, uno del que cuelga el destino de Lyle".

"Si no estaba allí, lo hizo. Si no, ¿por qué mentir?".

"No tener una buena coartada le perjudica, pero le necesitamos en la escena".

"A menos que consigamos que confiese".

"No lo veo a estas alturas. Se iría hasta que cumpla los requisitos para entrar en el club de los octogenarios".

"Podríamos intentar ofrecer un trato".

"Por mucho que quiera que esto se resuelva, no voy a darle un trato a un pervertido".

"Te escucho. Solo una lluvia de ideas".

"¿Sabías que la lluvia de ideas no funciona?".

"¿En serio?".

"Sí, leí algo hace una semana, decía que las personalidades, la presión de grupo y el pensamiento de grupo hacen que sea menos eficaz. La gente se deja influenciar por las personalidades dominantes y guarda sus ideas, ir va con lo que otros dicen".

"Nunca lo había pensado así".

"No importa. De todas formas, nosotros no hacemos lluvia de ideas. Hacemos llovizna de ideas".

Derrick se rió. "Más bien niebla".

Le di un sorbo a mi café. "¿Algo sobre la chica Holmes?".

"Gesso dijo que sigue desaparecida".

"Esto no me gusta".

"A mí tampoco".

"¿Por qué no ves qué llamadas llegaron tras el anuncio público?".

Se levantó. "Vuelvo enseguida".

Sesenta y cuatro correos electrónicos llenaban la bandeja de entrada. Parecía que cada día había más que el día anterior. La tecnología había proporcionado a las fuerzas del orden herramientas increíbles, pero no podíamos resolver los delitos sentados en la estación. Responder a los correos nos quitaba tiempo para salir a la calle.

Al hacer clic en el icono de la papelera, me pregunté cuánta formación en diversidad puede aguantar alguien. Abrí el siguiente correo electrónico. Se refería a la posibilidad de que los detectives tuvieran que llevar cámaras corporales.

Documentar la interacción con el público tenía mérito, pero no para el trabajo que yo hacía. Haría que cualquier persona con la que habláramos, especialmente informadores y testigos, se negara a abrirse.

No se había presentado ni una sola denuncia contra un detective desde que yo estaba aquí. Partí el lápiz en dos. ¿De dónde demonios venía esto?

Derrick entró a la oficina de un salto.

Le dije: "¿Ves esta tontería de llevar cámaras corporales?".

"Sí, es una estupidez y contraproducente".

"La falta de confianza me quema. No puedo ver que esto se ponga en juego".

"Entonces, ¿por qué agravarnos?".

"Si pasa algo, Remin podrá decir que está listo para rodar las cámaras corporales en cuanto haya financiación".

"Se está cubriendo las espaldas".

"Podría haber inventado el término".

"Irreal".

"¿Ha llegado algo que merezca la pena?".

"La mayoría eran los habituales. Incluido nuestro amigo Bruce Noon, que llamó dos veces".

La gente quería ayudar, pero no se daban cuenta de que hacernos perseguir sus imaginaciones entorpecía una investigación. "Tienes que amarlo".

"Ah, y ese vidente de Everglades City dijo que el hombre que se llevó a Holmes está en la página siete del *Daily News*".

Sacudí la cabeza.

"Lo revisé de todos modos; era Alfie Oakes".

"Caramba. ¿Hubo algunas llamadas interesantes?".

"Una señora dijo que su hijo estaba en el parque y vio a un hombre que le asustó. Dijo que cuando vio al niño, corrió hacia una zona boscosa".

"¿Qué hora era?".

"Supuestamente, a las siete menos cuarto".

"Hum. ¿Qué otra cosa podría ser algo?".

"Un tipo que va al parque regularmente, navega uno de esos botes a control remoto, llamó. Dijo que estuvo allí la tarde de la violación y vio un auto estacionado en un sitio raro, como si lo estuvieran escondiendo".

"¿Vio a alguien?".

"El informe no lo dice".

"Necesitamos algo con lo que trabajar. Toma un mapa del parque, y vamos a ver al chico, y al tipo del barco".

MIKE SAMUELS VIVÍA en Livingston Lakes. La comunidad estaba a unos pasos del parque. Samuels vivía en la planta baja de un ordenado edificio de ocho viviendas. Mi valor estimado de cuatrocientos mil me pareció correcto cuando Samuels abrió la puerta.

En sus sesenta años, Samuels era de aspecto anodino, con los hombros caídos. "¿Quieren pasar?".

"Gracias". El lugar tenía un plan de piso abierto. Una unidad interior con la luz que inunda desde las puertas deslizables y una ventana en una zona de comedor.

Se dirigió a la mesa de la cocina. "¿Está bien aquí?".

"Perfecto".

Derrick señaló la terraza. Un par de veleros de juguete estaban sentados en sus bases. "¿Los ha hecho usted?".

"Son kits, pero los personalizo. ¿Ve la quilla? La he

alargado para mayor estabilidad y yo mismo construí las bases".

"Bonitos. ¿Los navega a menudo?".

"Cuatro, cinco veces a la semana. Por eso llamé".

Le dije: "Díganos lo que vio".

"Había un auto aparcado fuera de la vista, como si intentaran esconderlo".

"¿Qué le hace decir eso?".

"Estaba estacionado en un lugar donde se supone que no debe estar, demasiado cerca al lado de un edificio".

Desplegué un mapa del parque. "Muéstreme dónde".

"Verá, aquí está el lago en el que navego. Y estas son las plazas de estacionamiento". Movió el dedo. "Y aquí es donde estaba el auto. Estaba protegido por este edificio, y tienen una unidad móvil; creo que bombea agua para el tobogán, justo aquí. El conductor habría tenido que rodearla para llegar a donde estaba".

"¿Qué tipo de auto?".

"No soy bueno con los autos. Diría que es extranjero, probablemente japonés".

Eso no hizo nada para reducir las posibilidades. "¿De qué color?".

"Un tono plateado".

"¿SUV? ¿Dos puertas, cuatro puertas?".

"No un SUV, pero no podría decir más; quizá era de cuatro puertas".

"¿Vio la parte trasera del vehículo?".

"Sí".

"¿Placas de Florida?".

"Creo que sí. Habría destacado si no".

"De acuerdo. Mire, estoy seguro de que ya lo hizo, pero ¿puede intentar recordar lo que vio?".

"No lo pensé mucho, pero cuando le vi en las noticias, me di cuenta y llamé a la línea directa".

"¿Hay algún detalle del auto que recuerde... una abolladura, o una calcomanía?".

Samuels negó con la cabeza. "Tiene que darse cuenta de que no estaba atento. Lo vi cuando mi barca se quedó enganchada en los juncos y caminé hacia la izquierda, por aquí".

"¿Qué hora era?".

"Seis veinte".

"Es una hora precisa. ¿Qué tan seguro está?".

"Salgo de casa a las cinco y cuarenta y cinco, y mi barco está en el agua no más tarde de las seis. Rodeé el lago varias veces y empecé a practicar maniobras al límite, bordeando el contorno".

"¿Había alguien más en la zona?".

"No. Creo que el pronóstico puede haber alejado a la gente".

Hicimos un par de preguntas más antes de irnos. Derrick dijo: "Bonito vecindario aquí".

"Sí, me gusta. Me pregunto qué impacto tendrá el paso elevado de Immokalee Road en este lugar".

"Tienen que hacer algo, pero sería una pena que afectara a este lugar".

Sonó mi móvil. Antes de cortarlo, la conversación me dio una idea. "Soy el detective Luca".

"Hola, detective, soy el teniente Morris de la Oficina del Sheriff del Condado de Lee".

"Hola. ¿Qué pasa?".

"¿Fuiste a ver a Sonny Griffin anoche, preguntando por un tal Bernie Lyle?".

"Sí fui. ¿Por qué?".

"Yo manejo esa fuente; él no habla con nadie más que conmigo".

"De acuerdo".

"Dijo que Lyle estuvo allí el martes 10 de mayo, pero llegó tarde, y cree que podría ser el tipo que estás buscando".

"¿Qué le hace pensar eso?".

"Sonny dijo que Lyle le dijo que necesitaba una coartada, y Lyle estaba actuando extraño".

23

COLGUÉ. "ERA UN TENIENTE DE LEE; DIRIGE A SONNY Griffin. El soplón le dijo que Lyle le pidió que fuera su coartada y llegó tarde la noche que violaron a Ramos".

"Prueba inequívoca de que es Lyle".

Dejé pasar la última palabra del día. "No hay pruebas contundentes, no hay conocimiento de primera mano. La palabra de un soplón no es suficiente para un tribunal".

"Tienes razón. ¿Quieres ir a ver a Lyle?".

"¿Qué tipo de auto conduce?".

"Un Ford gris".

"El color está cerca. Samuels pensó que era japonés, pero no podemos confiar en eso".

"Deberíamos traerlo. Presionarlo y ver qué sale".

"Necesitamos más. Hablemos con el chico que vio algo en el parque".

"¿Por qué? Podríamos tener suerte".

"Cuanto más trabajemos, más suerte tendremos".

Sereno Grove estaba situado en las profundidades de Livingston Road. Era una comunidad unifamiliar discreta, sin servicios.

"Este lugar es tranquilo. Ni un alma en las calles".

"Está aislado".

Los aspersores de la casa de los Kirk estaban encendidos. Esperamos a que pasaran y corrimos hacia la puerta principal.

Derrick tocó el timbre y Carol Kirk nos evaluó antes de abrir la puerta.

Era de piel clara, pelirroja y de ojos color avellana. Esperaba un tono irlandés, pero no llegó. Kirk nos condujo a una cocina luminosa y dijo: "Voy a buscar a Tommy".

Descalzo y con una gorra de béisbol con un rayo, Tommy, de doce años, tenía las pecas de su madre. "Estos policías quieren oír lo que viste en el parque".

Le tendí la mano. "Gracias por ayudar, Tommy. Te lo agradecemos".

Enderezó los hombros y me cogió la mano. "Hola, señor".

"Vaya agarre que tienes ahí".

"Mi padre me dijo que diera fuerte y que mirara a alguien a los ojos cuando diera la mano".

"Tu padre tiene razón. Ahora, dinos qué viste el martes diez de mayo".

Se subió a un taburete de la cocina. "Iba en mi patinete por el camino, el que va junto al paseo marítimo".

"¿Estabas solo?".

"Sí, Jimmy se fue a casa; cortó por el camino de su barrio".

"¿Vive en Wilshire Lakes?".

"Ajá".

"¿De qué hora se trataba?".

"Como, un poco después de las seis. Tengo que estar en casa para la cena, y normalmente comemos como a las seis y media. ¿Verdad, mamá?".

"Así es, cariño".

"Entonces, ¿tu amigo se va y tú ibas camino a casa?".

"Sí. Yo estaba, como, más allá de la parte del paseo marítimo, y veo en el bosque, este hombre. Él era, uh, aterrador. Tan pronto como lo vi, se dio la vuelta, como si estuviera tratando de esconderse".

"¿Qué aspecto tenía?".

Tommy se bajó del taburete y levantó la mano. "Era así de alto. Y llevaba una sudadera con capucha".

"¿Qué tipo de pantalones?".

"Creo que vaqueros".

"¿Y su cara? ¿Qué aspecto tenía?".

Arrugó la nariz. "No lo sé".

"¿Tenía barba o vello facial?".

"No. Pero creo que, tal vez era calvo".

"¿Qué te hace decir eso?".

"Sabes, con la capucha puesta, puedes ver algo de pelo pero yo no vi ninguno".

"¿Qué edad crees que tenía?".

"Más joven que papá. Tal vez treinta o algo así".

"¿A qué distancia estaba de ti?".

Señaló por la ventana. "Como donde está la palmera de atrás de la piscina".

Unos cincuenta pies. "¿Qué hay de la forma en que caminaba? ¿Alguna cojera o algo que sobresaliera?".

"No, pero se alejó a toda prisa. Al principio, pensé que iba a venir a por mí…".

"¿Por qué pensaste eso?".

"Me miró y sentí como... No sé, como si le molestara que estuviera allí o algo así".

"¿Crees que has visto a este hombre antes?".

"No, fue la primera vez".

Quería enseñarle al chico una foto de Lyle, pero había

que presentarla con otras, o la desestimarían por prejuiciosa. "¿Crees que reconocerías al hombre si lo vieras de nuevo?".

Miró a su madre antes de decir: "No lo sé. ¿Me vería?".

"No. No tendrías que conocerlo. Se haría en secreto, si es que lo hacemos".

"No quiero que arrastren a mi hijo a esto".

"Entiendo, señora. Tommy, has sido de gran ayuda. Realmente apreciamos tu cooperación".

El chico sonrió. Me volví hacia su madre. "Señora, ¿podríamos hablar en privado?".

Tommy se marchó y yo le dije: "Comprendo su reticencia a involucrar a su hijo, pero la joven violada está traumatizada. Y la persona que lo hizo sigue ahí fuera".

"Lo sé, todos en el vecindario se están quedando en casa".

"Podemos atraparle y meterle entre rejas para que no vuelva a hacer daño a nadie, pero necesitamos ayuda".

"Primero tengo que hablar con mi marido".

"Claro. Avíseme". Le entregué mi tarjeta.

En cuanto se cerró la puerta del auto, Derrick dijo: "Parece que podría haber sido Lyle".

"La misma altura y sin pelo, además de lo que dijo Sonny Griffin".

"Y el auto que vio el tipo del barco se parece en color".

Mi móvil sonó. Era Gesso. "Hola, sargento. ¿Qué está pasando?".

"Dos cosas: El teléfono de Deborah Holmes sonó por última vez en una torre al sur del Golden Gate, y los Holmes acaban de dar una rueda de prensa. Dicen que no nos importa que su hija esté desaparecida y que no hacemos lo suficiente para encontrarla".

"Eso es mentira".

"Te escucho, pero Remin quiere más atención, así que prepárate".

"Gracias por avisarme".

"¿Cómo vas con el caso de Ramos?".

"Estamos a punto de traer a nuestro principal sospechoso".

"¿Tienes suficiente para conseguir una acusación?".

Mi teléfono vibró con otra llamada. "Todavía no, pero nos estamos acercando a él. Tengo que correr, es Remin llamando".

24

ENTRÉ EN CASA A TROMPICONES. LA PUERTA DEL ESTUDIO estaba cerrada. Mary Ann estaba trabajando. Otra vez. Abrí la puerta de golpe para que supiera que estaba en casa.

El almuerzo había sido un sándwich de una máquina expendedora hecho cuando los pantalones de campana estaban de moda. No había nada en la cocina ni en el horno. Abrí el refrigerador, cogí una lata de duraznos y cerré de un portazo.

La fruta no fue suficiente. ¿Dónde estaba la comida reconfortante que Mary Ann siempre parecía tener lista cuando la necesitaba? Ella quería trabajar. Yo entendía su necesidad de estar ocupada, pero la jubilación no estaba lejos para mí. Mi visión de nosotros dos, pasando el tiempo juntos, yendo a la playa y haciendo viajes cortos se estaba enturbiando.

Mary Ann salió del estudio. "Lo siento".

Le di un beso en la mejilla. "No pasa nada. ¿Estás bien?".

"Sí. El sistema ha estado cayendo y funcionando todo el día. Pareces agotado. ¿Ha sido una mala jornada?".

"Remin me da veinticuatro horas para resolver la violación de Ramos. Me asigna el caso Holmes".

"Vi a los padres en la televisión. La madre estaba inconsolable".

"Lo he oído".

"¿Dónde estás en lo de la violación?".

"Necesitamos algo que ponga a Lyle en el parque cuando ocurrió el asalto".

"¿Hay algo prometedor?".

"Espero hacer una identificación fotográfica con un testigo mañana. Solo tiene doce años y la madre no quiere que se involucre. Lo está consultando con su marido".

"Espero que decidan participar".

"Yo también. Si no, voy a tener que traer a Lyle y ver qué podemos conseguir".

"Atraparás al canalla".

"Ya veremos".

"Oh, ¿te has enterado de los otros secuestros de perros?".

"No. ¿Acaba de pasar?".

"Sí. Recibí un mensaje de última hora y había dos en Port Royal".

Los ladrones estaban intensificando su juego apuntando al enclave rico. "¿Razas caras?".

"Creo que ambos eran mezclas, *malty-poos* o algo así. Pero no importa, la gente adora a sus perros".

"Si van a venderlos, importa".

Recordé lo que dijo Derrick sobre la racha de mascotas secuestradas en Inglaterra. Ninguno fue rescatado. Venderlos era menos arriesgado que interactuar con los dueños para que devolvieran los perros.

"Supongo que sí. Me siento mal por la gente.

¿Recuerdas cuando murió el perro de Carol? Tardó meses en superarlo".

"¿Carol? ¿Quién es?".

"Solía patrullar como parte de la unidad escolar. Se jubiló hace unos años".

"Ah, sí". Estaba luchando contra un cáncer de vejiga cuando ocurrió, y fue duro concentrarme en la muerte de un perro mientras luchaba por mi propia vida.

———

MIRAMOS EL VIDEO. Lyle se mordía las uñas. Le dije a Derrick: "En este momento, todo lo que tenemos es a él mintiendo dos veces sobre su coartada".

"Ojalá dejaran al chico identificar a alguien en la alineación".

"Desear no va a resolver ningún caso. Trabajaremos con lo que tenemos".

Brotó de nuevo el ceño fruncido.

"Déjame empezar esto solo. Tú espera fuera. Cuando veas una oportunidad de ser el policía bueno, entra".

"Ya está sudando. Sería un salvador, bajándole a la temperatura".

Sonreí, poniendo la mano en el pomo de la puerta. "Más poder para ti".

Lyle se quitó el dedo de la boca mientras yo me deslizaba en una silla frente a él. Prendí la grabadora y recité las formalidades, incluido su derecho a un abogado.

"No necesito ningún abogado. No he hecho nada".

El número de personas a las que interrogamos y que rechazaban la oportunidad de llamar a un abogado era asombroso. Yo estaba agradecido, pero no tenía sentido, especialmente como persona de interés en un delito.

La mayoría pensaba que no pedir un abogado les hacía parecer inocentes. Otros eran arrogantes y creían que podían ser más listos que alguien entrenado para interrogar.

"Te hemos dado varias oportunidades para sincerarte pero sigues mintiendo".

"No. Ya te dije que la primera vez fue un error. Temía que si te decía que estaba jugando, me trajeras".

"Mentir a un agente de la ley, podría interpretarse como obstrucción. No tengo que decirte que eso califica como violación a tu libertad condicional".

"Fue un error, hombre. Lo siento. Estaba apostando en el lugar de Sonny, como te dije".

"¿Seguro que quieres seguir con eso?".

Sus ojos se abrieron de par en par cuando me puse en pie.

"Es verdad. Estuve allí".

"Mejor llama a Iguana Mia y diles que no irás en mucho, mucho tiempo".

"¿Qué quieres decir?".

Antes de llegar a la puerta, se abrió de golpe. Derrick dijo: "Vamos a tomarlo con calma aquí. Podemos arreglar esto". Le dio una botella de agua a Lyle.

"Gracias".

Le dije: "Estás perdiendo el tiempo. Este tipo no es más que un mentiroso. Va a volver a la cárcel".

"No, no es verdad. No me cree. Estaba jugando a los dados".

Derrick dijo: "Pareces un buen tipo y quiero creerte. Pero hay un problema. ¿Puedes aclarármelo?".

"Sí, claro. ¿Qué?".

"Fuimos allí y nadie con quien hablamos lo verificó".

"Eso es mentira, hombre. No quieren involucrarse, eso es todo. Habla con Sonny. Él te lo dirá. Yo estaba allí".

"Este es el asunto, señor Lyle; Sonny Griffin dijo que estabas allí pero llegaste tarde".

"No era tarde. No sabe de qué está hablando. No puede recordar, eso es todo".

"¿Y sabes qué más dijo?".

Los ojos de Lyle se abrieron de par en par. "¿Qué?".

"Dijo que le pediste que fuera su coartada".

"Deja de jugar conmigo".

"No estamos jugando. Eso dijo".

"¿Por qué diría eso?".

Le dije: "Porque es verdad".

"No, hombre. Mira, le debo diez de los grandes. Solo intenta joderme. Tienes que creerme".

25

Derrick dijo: "¿Qué te parece?".

"Que todo lo que tenemos es una mala coartada. Lyle tiene cero credibilidad, pero Griffin no es el Dalai Lama".

"Sí, pero si Lyle está entre rejas, ¿cómo va a conseguir Griffin su dinero?".

"Podría estar enviando un mensaje: si no pagas, te va a joder".

"No lo sé".

"Griffin dijo que Lyle era un mal jugador; que deba dinero encaja. Lo otro es que dijo que Lyle estaba allí".

"Sí, ¿y?".

"Hablé con algunas personas, y ninguna dijo que Lyle estaba allí. Creo que Griffin puede haber dicho algo".

"No sé, es una conspiración bastante grande para mantenerla unida".

"Estabas en DC. La pandillas matan gente a diestra y siniestra y nadie dice una palabra sobre quién lo hizo".

"Tienen miedo de cooperar".

"Retengamos a Lyle. Tenemos un día para tratar de resolver esto".

NADIE ESTA A SALVO

"Necesitamos a alguien que lo ubique en el parque".

"Exactamente. Iré arriba y le diré a Remin dónde estamos con Lyle".

Southwest Florida Insurance tenía su sede en un edificio de dos plantas en Vanderbilt Collections, un centro comercial de lujo que estaba en expansión.

Me quité las gafas de sol y entré en un despacho. Todo el mundo estaba al teléfono. Esperé a que la recepcionista pasara la llamada en la que estaba a un agente. Me presenté y tomé asiento.

Un hombre pulcramente peinado con camisa blanca entró en el vestíbulo. "Detective Luca".

"Siento molestarle en el trabajo, señor Kirk".

"No hay problema. ¿En qué puedo ayudarle?".

"¿Podemos salir?".

"Claro".

Estábamos a la sombra de una palmera real. "Esa es una oficina ocupada".

"El mercado de seguros de aquí necesita una reforma. Demasiados abogados pueden demandar por cualquier cosa. Las empresas se retiran para limitar su riesgo, y nosotros nos desvivimos por encontrar una cobertura razonable para los clientes".

"Le tendré en cuenta".

"Gracias. ¿En qué puedo ayudarle?".

"Nos gustaría mucho que su hijo revisara unas fotografías".

Sacudió la cabeza. "Solo tiene doce años. No queremos que se vea involucrado en algo así. Podría dejarle cicatrices".

"Lo entiendo, señor Kirk, pero hay otra familia —en realidad, dos en este momento— que busca justicia".

"Lo siento por ellos, de verdad…".

"Señor, estamos reteniendo a un hombre pero no tenemos suficiente. Puede ser el responsable de los ataques".

Apretó los labios. "Lo siento, pero no quiero que mi hijo se involucre".

"Podemos hacerlo con fotos y yo iré a tu casa. No habrá presión sobre su hijo. Necesitamos saber si tenemos al depredador. Odiaría liberarlo y descubrir que ha violado a la hija de otro".

"No tendrá que testificar, ¿verdad?".

Podríamos necesitarlo, pero dije: "No. De ninguna manera. Necesito saber si debemos seguir reteniendo a este hombre".

"De acuerdo, aceptaré, pero quiero estar allí".

"Está bien. ¿Podemos hacerlo hoy más tarde?".

"Claro".

Llamé a Derrick. "Oye, buenas noticias; el padre accedió a que el chico haga una ronda de reconocimiento".

"Excelente. Nos estamos acercando".

"Eso espero". Mi teléfono vibró. "Me tengo que ir, es Mary Ann".

"Hola, ¿todo bien?".

"Sí. Solo quería felicitarte por atrapar al violador".

"¿Qué? Nosotros no…".

"Salió en las noticias de última hora".

"Maldita sea".

"¿Qué pasa?".

"Alguien, y apuesto a que fue Remin, filtró que trajimos a Lyle". Mi teléfono volvió a vibrar; era Félix Ramos.

"Cariño, tengo que irme. El padre de la víctima está llamando. Hablamos luego".

"Hola, señor Ramos".

"Veo que atrapó al bastardo".

"Eso no es exacto".

"Pero salió en las noticias".

¿Por qué la gente creía todo lo que decían los medios a pesar de los innumerables ejemplos de que no se podía confiar en ellos? "Eso es desafortunado. En este momento estamos hablando con una persona de interés".

"Es Lyle, ¿verdad?".

"No puedo hablar de una investigación en curso".

"Tiene que decírmelo, ¿es Lyle?".

"No puedo decir nada más que, cuando lo sepamos, usted y su hija serán los primeros en saberlo".

"¡Eso es mentira! Usted lo detuvo y no nos dijo ni una palabra".

"Créame, señor Ramos, no querrá involucrarse en los detalles del caso".

"Bueno, quiero involucrarme".

"Eso no va a pasar. Tengo que irme, señor Ramos. Que tenga un buen día".

Tecleé el número del sheriff pero no pulsé llamar. Por muy mala que fuera una filtración de información, meterme con Remin antes de saber si Lyle era nuestro hombre, era malgastar energías que no tenía.

Tomé el sobre que contenía las seis fotos generadas por el laboratorio. Como era de esperar, tenían la misma forma y tamaño. Cinco eran agentes de policía y Lyle. Todos llevaban la cabeza afeitada o eran calvos por naturaleza. Además, tenían menos de diez años de diferencia.

El señor Kirk abrió la puerta y olí el aroma de las cebollas salteadas. "Gracias por aceptar hacer esto".

"A mi mujer no le hace gracia".

Le seguí hasta la cocina. "Comprendo. Solo serán unos minutos".

"Voy a buscar a Tommy".

El niño entró descalzo en la habitación. Me vino a la mente Tom Sawyer. "Hola, Tommy. Me alegro de volver a verte".

Me agarró la mano. "Igualmente, señor".

"Voy a enseñarte un par de fotos. Míralas detenidamente, a ver si reconoces a alguno como el hombre que viste en el parque".

"Vale. Lo intentaré".

"Aquí no hay presión. Si lo ves o no lo ves, no pasa nada. No hay problema. ¿Entendido?".

"Sí, señor".

Desenganché una hoja del exterior del sobre. "Antes de que veamos las fotos, tengo que hacerles saber que el hombre que buscamos puede o no estar en la alineación de fotos que van a ver.

"No asumas que sé cuál es el hombre. Quiero que te centres en las fotos y no pidas ayuda a nadie de la sala para hacer una posible identificación.

"Si identificas a alguno, te preguntaré hasta qué punto estás seguro de esa identificación.

"Debes saber que tanto si haces una identificación como si no, nuestra investigación va a continuar. Sea cual sea la ayuda que nos prestes, es solo una pequeña parte del trabajo que hacemos. ¿Entiendes todo lo que te he dicho?".

Miró a su padre. "Sí, señor".

"Bien. Voy a pedirle a tu padre, como tu tutor legal, que firme el formulario de consentimiento y las instrucciones".

El señor Kirk escaneó el formulario y lo firmó. Rompí el sello del sobre y puse los dedos sobre las fotos. El laboratorio había barajado las imágenes. El procedimiento dictaba que no tenía ni idea de cuál era Lyle, y adiviné mentalmente que sería el segundo.

Al desplegar las fotos delante de Tommy, me llamó la atención cómo Lyle, el cuarto, destacaba como malvado. Era otro ejemplo de nuestros prejuicios en el trabajo y la razón por la que las fuerzas del orden desarrollaron protocolos para evitar que se filtraran a un testigo.

Tommy se inclinó sobre la alineación, moviendo lentamente la cabeza mientras observaba los rostros. Cogió la primera y la dejó en el suelo. Luego repitió la operación con la tercera foto. Se detuvo en la de Lyle. Yo esperaba que dijera que era él, pero siguió adelante.

"¿Puedo volver a verlos?".

"Claro. Tómate tu tiempo. No hay necesidad de apresurarse".

Al cabo de dos minutos, Tommy señaló una foto. "No estoy seguro, pero éste se parece al hombre que vi en el parque".

26

Remin llevaba una camisa blanca de manga larga y el ceño fruncido. ¿Le había llegado la noticia? "¿Qué tienes en mente?"

"Quería que supieras que vamos a liberar a Lyle".

"Qué decepción. ¿Qué ha pasado?".

"No tenemos más que una mala coartada y las insinuaciones de un informante al que Lyle debe dinero".

"Ya veo. ¿Lo estás exculpando?".

"No tenemos pruebas de que Lyle estuviera en el parque. El testigo, que vio al hombre que creemos que fue el atacante, no pudo elegirlo en una ronda de reconocimiento".

"Ese testigo era menor, y el sospechoso es un delincuente sexual".

"Sí. Pero no tenemos nada más sobre él".

Remin cogió un bolígrafo y tamborileó sobre el escritorio. Lo dejó en el suelo y dijo: "Te necesito a ti y a Dickson en el caso Holmes".

"Podemos trabajar en ambos casos".

"Sé que pueden. El público parece preocupado por qué

NADIE ESTA A SALVO

tan en serio nos estamos tomando el caso Holmes. Es una tontería, pero agradecería que se supiera que tú y Dickson están trabajando en la desaparición, para tranquilizar al público".

"Entiendo. Una declaración del departamento podría ser la forma de darlo a conocer".

"Eso es lo que estoy planeando".

"Bien".

"Vale, vuelve al trabajo".

Bajé las escaleras y me detuve en el despacho de Gesso para recoger los últimos informes sobre Debbie Holmes. Derrick estaba mirando su pantalla cuando entré en la oficina. Dijo: "O'Rourke recogió el video de Panera".

"Por fin. ¿Ves a Craven?".

"Todavía no. Estoy en medio de la hora adecuada, pero no lo veo".

"Parecía que estaba mintiendo, pero ya veremos".

"¿Qué pasa con esta gente que cree que puede darnos una coartada de mierda?".

"Cuentan con que no lo verifiquemos".

"Mejor decir que estaban solos en casa que inventar algo que podamos comprobar".

Blanco dijo que estaba en casa. ¿Era el más listo de los depredadores? ¿Cómo podríamos verificar la coartada de Blanco?

"Tal vez. La verdad tiene una forma de aparecer. Solo desearía que no tardara tanto".

"Quizá con la tecnología podamos dejar atrás los detectores de mentiras y conseguir un medidor de la verdad que funcione. Algo sacado de *Star Trek*, cuando alguien miente, sonaría una campana".

"Podríamos quedarnos sin trabajo con algo así".

¿Vivir en un mundo en el que incluso las mentiras

piadosas salieran a la luz? La gente tendría que endurecerse a la hora de pedir opiniones a amigos y familiares.

"No veo a Craven. ¿Tienen un servicio en auto?".

"No que yo sepa".

"Volveré sobre él y veré en un modo más lento. Puede que no lo haya visto".

"De acuerdo. Me estoy poniendo al día con Holmes".

Era difícil seguir pensando que la niña había sido secuestrada para pedir rescate. No había habido contacto de nadie diciendo que la tenían. La entrevista con Jason Reedy, el novio de Holmes, no concordaba con lo que Dana Foyle había dicho de él.

Sara Gullo era la mejor amiga de Debbie Holmes. No tenía mucho que decir, pero mencionó a un chico mayor que ella que había expresado un interés inusual por ella hacía un año. El chico, Javier López, se había ido a la universidad poco después de apremiar a Holmes a pesar de que ella le había dicho que no estaba interesada. No había nada en el expediente que documentara que alguien le hubiera hecho un seguimiento.

"Frank, repasé esto tres veces. Craven nos dio una línea de mierda. No estaba en Panera".

"Y donde él vive, no tienen portal".

"Siempre me he preguntado si los delincuentes lo tienen en cuenta".

"Si fueran listos lo harían, pero normalmente no lo son". Me levanté. "Voy a verle".

Le entregué a Derrick el expediente de Holmes. "Hazme un favor e investiga a este chico, Javier López. No parece que nadie hablara con él. Estaba intentando salir con Holmes, pero ella le rechazó".

"Lo veré con Gesso. Si no hubo contacto, lo localizaré".

———

UNA IMPRESIONANTE CASA rodante estaba aparcada dos parcelas más abajo de la casa de Craven. Me recordó a una que había visto en una revista. La gente estaba vendiendo sus casas y comprando casas móviles que tenían todas las comodidades. No era para mí, pero la idea de no tener que pagar impuestos era convincente.

Craven tenía los ojos inyectados en sangre. Se puso rígido cuando me vio. "¿Qué pasa?".

"Mentiste".

"¿Qué quieres decir?".

"No fuiste a Panera".

"P-p-podría haber mezclado las cosas o algo así. Dime otra vez cuáles eran las fechas".

"Martes, diez de mayo".

Se acarició la barba incipiente. "Oh sí, estaba pescando".

"¿Sin caña de pescar? Mira, ponte los zapatos. Te vienes conmigo. Dejaré que tu oficial de libertad condicional…".

"Oh, vamos, hombre. Yo no le hice nada a nadie".

"¿Dónde estabas?".

Sus hombros se hundieron. "Key West".

"¿Cuándo?".

"Me fui el lunes por la tarde".

"¿Manejaste?".

"No, tomé el ferry de Fort Myers. Puedo conseguir el recibo".

"¿Cuándo volviste?".

"Fui a ver a mi hermana".

"Lo averiguaré de todos modos, así que será mejor que me digas cuándo volviste".

"Se suponía que tenía que volver, tenía un boleto para el miércoles, pero mi hermana estaba muy enferma, vomitando y todo eso".

"¿Cuándo volviste?".

Murmuró: "El jueves por la noche".

"¿Y mentiste porque no te registraste en el condado de Monroe?".

Asintió con la cabeza.

Tenían cuarenta y ocho horas para registrarse. Conseguir video del ferry fue fácil. "Enséñame los boletos y hablaré con tu hermana. Si se corrobora, te daré un pase".

"Oh, hombre. ¿Lo harás?".

"Voy a vigilarte. Si te saltas una señal de alto, tu agente de la condicional sabrá de tu viaje".

"Lo entiendo. Espera, voy por los boletos".

Guardé los boletos en el bolsillo, tomé los datos de su hermana y me fui. Al entrar en la Ruta 41, la radio graznó: "Diez treinta y dos. Diez treinta y dos".

Un hombre con una pistola.

"Todas las unidades en las inmediaciones del 111 de Ozark Lane deben responder".

La dirección me sonó. Muy fuerte. Cogí la radio, toqué la sirena y pisé el acelerador.

27

Con la sirena a todo volumen, bajé a toda velocidad por Ozark Lane. Mi memoria no había fallado; la dirección era la casa de Bernie Lyle. Las casas se enfocaron: un hombre golpeaba la puerta principal con el puño izquierdo. En la mano derecha sostenía una pistola.

Me acerqué a la acera y toqué el claxon. No surtió efecto. Saqué mi revólver y abrí la puerta del auto. Ramos seguía gritando: "¡Sal de aquí, bastardo!".

"¡Señor Ramos! Baje el arma".

Ramos lanzó un disparo al aire.

"Señor Ramos, soy el detective Luca. ¡Baje su arma!".

Se apartó de la puerta y se acercó a una ventana.

"Félix. ¡Manos arriba!".

Cuando un auto patrulla se detuvo, Ramos disparó. La ventanilla delantera estalló.

Poniéndome a cubierta detrás de una palmera maciza, disparé una bala al aire. "¡Ramos! Suéltala o disparo".

Apunté con mi arma mientras Ramos se giraba. "¡Usted! ¡Dejó ir al bastardo!".

"No fue Lyle, lo exoneramos. Tenía una coartada sólida".

La pistola se le cayó de la mano. Corriendo hacia él, le quité la pistola de una patada y empujé a Ramos al suelo.

LA TELEVISIÓN ESTABA ENCENDIDA. Mary Ann se reunió conmigo a mitad de camino en el pasillo. "Siento que hayas tenido un día tan malo".

"Ha sido duro, pero estoy bien".

"¿Quieres un vaso de vino?".

"Yo sí, pero si me tomo uno, me duermo".

"No puedo creerlo. Ramos perdió la cabeza".

"Un violador es como un volcán, vomitando destrucción por todas partes".

"Lo sé. Nos centramos en la víctima, y sin duda debemos hacerlo, pero como cualquier delito, también afecta a las personas de su entorno".

"Es un maldito desastre".

"Las noticias dicen que exculpaste al hombre que perseguías".

"Lo hicimos. Me siento tan mal como se puede por un delincuente sexual como Lyle. Ahora va a tener que dejar la ciudad. No es que eso sea malo".

"Espero que se vaya a Rusia".

Un depredador menos era bueno, pero no tenía sentido recordarle que había un millón de delincuentes sexuales en las calles. Y esos eran los que conocíamos.

"Es de lo más bajo que hay. Solo digo…".

"Sé lo que quieres decir. Pero la pobre chica que fue violada, ahora su padre está entre rejas".

"Es muy triste. El tipo era marine. Perdió a su mujer

hace siete años y luego a su hija. Es deprimente. No me extraña que perdiera la razón".

"El hecho de tomar el asunto en sus propias manos lo empeoró, y mucho. Debería haber buscado ayuda".

"La gente cree que tiene todo controlado. Especialmente nosotros, los hombres".

No era fácil hablar con alguien de tus sentimientos y de la situación en la que te encontrabas. Me alegré de haberme obligado a ir. Podría haber sido el estrés que me afectaba tras recuperarme del cáncer, pero la decisión de ser padre me había paralizado. Tener a alguien con quien hablar como la doctora Bruno me salvó la vida.

"¿Y a dónde lo llevado el comportarse como toro macho? ¿Ahora su hija tiene que lidiar con esto?".

"Espero que se lo tomen con calma".

"Disparó a una casa. Pudo haber matado a alguien".

"Lo sé pero, ¿sabes qué? Estoy frito, no puedo hablar más de esto".

"Lo siento. ¿Quieres comer algo?".

Sacudí la cabeza. "Derrick recogió un par de burritos, y mi estómago está haciendo de las suyas".

"Vale. Cámbiate para que puedas relajarte un poco".

MARY ANN RONCABA SUAVEMENTE. Era hora de procesar los acontecimientos del día. Por descabellado que fuera, comprender lo que hizo Ramos era fácil desde el punto de vista de un padre. Su pequeña había sido violada de la forma más grotesca.

Lo que hizo fue irracional, empeorando las cosas para ella. Su ira y su frustración le obligaron a actuar. Los marines estaban entrenados para ser estoicos, pero eso no significaba que no tuvieran emociones.

Lo más duro para cualquiera, militar o no, era sentirse impotente cuando un ser querido estaba en apuros.

Ramos cometió un error, perjudicando a la persona a la que creía ayudar. Pagaría un precio, pero esperaba que su abogado pudiera conseguir una declaración de culpabilidad, limitando el tiempo de cárcel. Aceptar ir a terapia para controlar la ira podría ayudar. Los asuntos legales no dependían de mí. Todo lo que podía hacer era esperar un acuerdo que fuera fácil para Lisa Ramos.

Pero pasara lo que pasara en el tribunal, mi trabajo consistía en hacer justicia a una mujer que había sufrido más de lo que nadie debería haber sufrido.

Cada pista que seguíamos se estrellaba contra un callejón sin salida. Intentando encontrar una forma de avanzar, me quedé dormido.

El *bbzzztt* de mi móvil vibrando me despertó. Lo tomé. Era Gesso. "¿Hola?".

"Frank, siento llamar tan tarde, pero los Holmes han recibido una llamada de alguien diciendo que tienen a su hija".

28

AL CONDUCIR POR LIVINGSTON ROAD, ERA DIFÍCIL NO pensar en Lisa Ramos. La violación ocurrió en un parque de esta vía principal. Era la misma ruta donde Debbie Holmes fue vista por última vez. Giré en Briarwood, y conduje hasta Tivoli Lane.

Dos autos patrulla estaban delante de la casa de los Holmes. Era la primera vez que entraba en la comunidad. Un agente jugaba con su teléfono ante la doble puerta blanca de la casa. A pesar de la razón por la que estaba aquí, calculé el valor de la casa.

Tras un paréntesis de diez años, el sector inmobiliario volvía a ser el tema número uno en Naples. Tras tener en cuenta la rápida subida de los precios, lo cifré en novecientos mil mientras un agente abría la puerta.

Era tarde y la baldosa beige absorbía la luz. Percibí el olor a café cuando me llevó a la cocina.

La pareja Holmes tenía tazas en las manos. Presentándose, el marido se puso en pie. "Soy Fred Holmes, y esta es mi mujer, Laura".

De aspecto atlético, el señor Holmes sobresalía por

encima de mí. Tenía cicatrices en ambas rodillas. ¿Baloncesto universitario? Nos estrechamos. "Encantado de conocerle".

Sin maquillaje, Laura Holmes ofreció una rápida sonrisa antes de decir: "Le he visto en las noticias".

Me encogí de hombros. "Solo hago mi trabajo, señora. Ahora, háblame de la llamada".

Se le quebró la voz. "Estábamos empezando a perder la esperanza, ya sabe…".

El señor Holmes le puso la mano en el hombro. "Siéntate, cariño". Se volvió hacia mí. "Recibí la llamada".

"¿En su móvil?".

"No, en la línea de la casa".

Cada vez menos gente las tenía. "¿Tiene identificador de llamadas?".

"No".

"¿Cuánto duró la llamada?".

"Un minuto, máximo".

No hay forma de rastrearla. "Dígame todo lo que él o ella dijo".

"Era un hombre. Preguntó si yo era el señor Holmes. Le dije que sí, y me dijo que tenía a Deborah y que la liberarían si pagábamos cien mil dólares. Acepté. Luego dijo que me daría un día para conseguir el dinero y que volvería a llamar mañana con instrucciones. Le pregunté cómo estaba Debbie, pero colgó".

"¿Es Deborah el nombre oficial de tu hija?".

"Sí, pero nadie lo usa. Ni siquiera nuestra familia".

"¿Había algo en el fondo que pudiera definir desde dónde estaba llamando?".

"No, pero sonaba como si estuviera en un túnel o algo así".

"¿Era joven o viejo?"

"Yo diría que joven, pero con voz grave y algún tipo de acento británico".

"¿Usted o su hija conocen a alguien que hable así?".

"No. Pero lo he oído. Solo que no puedo ubicarlo. Aunque no es australiano ni inglés".

"¿Dijo a qué hora volvería a llamar?".

"A las tres. ¿Qué hacemos? Tenemos que traer a Debbie a casa".

"¿Tiene los medios para pagar el rescate?".

"Haré lo que tenga que hacer para conseguir el dinero. Si cien mil dólares la traen a casa, estaré encantado de pagarlos".

"Es mucho dinero".

"Lo conseguiré. No se preocupe".

"Vale, pero yo no pagaría hasta que estemos seguros de que quien ha llamado la tiene y de que está bien".

Me miró como si hubiera leído un anuncio de exención de responsabilidad de Big Tech. "¿Qué quiere decir?".

"Tenemos que tener cuidado; esto podría ser una estafa".

"¿Quiere decir que no tiene a Debbie?".

La señora Holmes gritó: "¡Oh, no!".

"Por favor, no nos adelantemos. Todo lo que estoy tratando de decir es que tenemos que tomarlo con calma…".

"¿Con calma? ¡Ha estado desaparecida ocho días!".

"Me refería a la petición de rescate. Generalmente, sobre todo, con grandes sumas de dinero, el protocolo es exigir pruebas de que tienen al rehén y de que está en buen estado, antes de pagar".

"Lo entiendo. De verdad que lo entiendo. Solo queremos a Debbie en casa, y no sé qué hacer".

"Lo comprendo. Soy padre de una hija y lo siento por

usted como padre, pero tenemos que tener en cuenta la posibilidad de que esto sea una estafa. Eso es todo lo que digo".

"Es la segunda vez que dice eso. Sabe, es gracioso, hace un par de días, ustedes nos decían que no había pruebas de que estuviera secuestrada, ni contacto ni petición de rescate. Ahora las tenemos, ¿y no lo creen?".

"Demos un paso atrás. Me levanté de la cama para estar aquí. No es una queja; es mi trabajo. Y me lo tomo en serio, incluida la llamada que recibió. Tenemos que trabajar juntos. ¿Tiene sentido?".

Holmes asintió. "Sí, supongo que estoy demasiado nervioso".

"Lo entiendo. Ambos queremos a Debbie en casa, donde pertenece. Solo tenemos que estar seguros de que quien está llamando, realmente la tiene".

"¿Qué sugiere?".

"Que te deje hablar con ella".

"¿Y si no lo hace? ¿Entonces qué?".

"Deberíamos insistir. Así sabremos que está bien".

"No quiero enfadar a esta gente. ¿Y si se niegan?".

"Necesitamos que nos digan algo que un estafador no sabría".

"¿Como un secreto familiar?".

"Podría ser".

La señora Holmes dijo: "Tiene una marca de nacimiento en el trasero. Parece un conejo".

"Perfecto".

"¿Usted cree?".

"Sí. Ahora vamos a preparar un plan para la llamada de mañana".

29

Derrick llegó a casa de los Holmes a las nueve. Él iba a correr acentos por el señor Holmes para ver si podíamos reducir un mundo infinito de sospechosos.

Tenernos a los dos allí todo el día era un desperdicio de mano de obra. Estar de pie esperando era algo que mi cuerpo no toleraba bien. Estar en casa con ambos padres era demasiado para soportarlo, y había terreno que cubrir en el caso Ramos.

Derrick confirmó el viaje de Craven a Key West. Estaba fuera de la lista, lo que significaba que no teníamos casi nada. Blanco era otro mentiroso, pero nadie a quien hubiéramos mostrado su foto podía situarlo cerca del intento de violación. No podía eliminarlo totalmente. Había que volver a lo básico.

Tomó quince minutos el llegar a Bamboo Drive. Jorge Blanco vivía a 400 metros de LowBrow Pizza. Ninguna de las casas tenía cámaras. Era decepcionante, pero había un lado positivo.

El olor a pizza me llenó la boca de saliva. Camiseta

manchada de harina, el chico detrás del mostrador me reconoció. "Hola, ¿qué tal?".

"Bien".

"¿Qué le sirvo?".

"Una pizza margarita. Que esté bien cocida".

"Entendido".

"Necesito revisar tu grabación de vigilancia exterior del 10 de mayo. Es una posibilidad remota, pero agarra la intersección de la 41".

Metió una pizza en el horno y dijo: "No hay problema. Johnny está atrás. Él te la traerá".

Solo tardó diez minutos, pero el auto olía a pizza, y fue glorioso.

Jim Haney había llamado después del anuncio público. Era la primera de dos paradas antes de dirigirse a casa de los Holmes. Haney parecía una U de lado. Debía de padecer una enfermedad de la columna vertebral.

"Señor Haney, contactó usted la línea directa sobre la violación en North Collier".

"Sí. ¿Por qué ha tardado tanto?".

"Tenemos que priorizar, y dijo que vio a una mujer".

"Era una mujer".

"¿Está seguro? ¿Podría haber sido un hombre vestido de mujer?".

"Sé lo que vi. Tenía senos y todo. No era un disfraz".

Me describió su aspecto. Le di las gracias por llamar y volví al auto. No fue fácil no tocar la pizza, pero no podía presentarme en casa de los Holmes con salsa en la camisa.

La siguiente visita a alguien que llamó también sería rápida. Bruce Noon había respondido a casi todos los anuncios que habíamos hecho. Noon vivía en un pequeño departamento en Wild Pines. Se le iluminaron los ojos. "¡Detective Luca! ¿Cómo te va? ¿Atrapando a los malos?".

"Hola, Bruce. Todo bien. Quería preguntarte sobre tu llamada a la línea directa sobre la violación en North Collier Park".

"Uh, yo, uh, oh sí. Me acuerdo. Verás, había un hombre; era espeluznante. Lo vi allí".

"¿Qué hacías allí?".

"Estaba visitando a alguien que vive allí".

Era lo mismo que decía en cada llamada. "Ya veo".

"¿Por qué fuiste al parque si estabas de visita?".

"Ellos tienen el atajo. Viven en Wilshire Lake. Es genial estar conectados con el parque".

Tal vez sí vio algo. "Dime lo que viste".

"Bueno, vi en las noticias... Veo *WINK*. Me gusta mucho. ¿Lo ves?".

"Sí. Por favor, dime…".

"Sí, te vi en la tele". Sonrió. "Estabas muy elegante".

"¿Qué has visto?".

"Bueno, cuando te vi, empecé a intentar averiguar si había visto algo. Ya me conoces. Me gusta ayudar a la policía".

No era ayuda. "Te lo agradecemos".

"¿Era una mujer?".

"No, un hombre. Era así de grande". Levantó una mano cinco centímetros por encima de su cabeza.

"¿Qué aspecto tenía?".

"No sé, un poco normal".

Mi móvil vibró. Derrick quería saber dónde estaba. "Vamos a necesitar más que eso".

"Es difícil describirlo. Si pudiera trabajar con uno de esos artistas de la policía, podríamos conseguir algo y atrapar a este tipo".

Ya habíamos desperdiciado recursos con Noon dos

veces. "Comprobaré la disponibilidad. Cuando viste a este hombre, ¿a qué distancia estaba?".

"No tan lejos".

"¿Dónde estaba?".

"Más o menos, como, cerca de donde comienza el paseo marítimo. Y sabes, acabo de recordar; había una señora. Justo después de verlo, ella pasó a mi lado…".

Ramos no había mencionado estar en ese lado del parque. "¿Era esta mujer?".

Sujetó mi teléfono. "No. No lo creo. El sol, estaba en mis ojos y era difícil ver".

"¿Puedes darme la información de contacto de a quién estabas visitando?".

"¿Por qué? No estaban en el parque".

"Vamos, Bruce. Sabes, la policía tiene protocolos que debemos seguir".

30

LA CAJA DE PIZZA AÚN ESTABA CALIENTE. SE LA DI A Derrick. Dijo: "Gracias. Holmes no pudo precisar el acento más allá de que no era inglés británico".

"¿Cómo están?".

Bajó la voz. "Están destrozados".

"Qué asco".

Al pasar la cocina, pude ver a los Holmes. Estaban sentados en la sala, miraban el teléfono que había sobre la mesa.

"¿Cómo vamos hoy?".

El señor Holmes se puso de pie. "Las dos de la tarde no puede llegar lo suficientemente pronto".

"Compré pizza, si les interesa".

"No, no puedo comer".

"Yo tampoco".

"De acuerdo. Estaré en la cocina".

Derrick estaba arrancando hojas de un rollo de papel de cocina. "¿Conseguiste algo sobre Blanco?".

Sus dotes detectivescas eran agudas. "¿Descubriste eso de ver la pizza?".

"Claro, es de LowBrow".

"Tenemos que descartarlo dentro o fuera. Tengo un DVD en el auto que capta la intersección. No es infalible, pero si salió de su casa, el camino más directo a la 41 es pasando LowBrow".

Dobló una rebanada y le dio un mordisco. "Bien pensado".

"Pasé a hablar con un tal Jim Haney que llamó, pero no fue nada. También fui a ver a nuestro amigo Bruce Noon".

"¿Cómo está?".

"La misma historia de siempre; estaba visitando a alguien y vio algo".

"Necesita un nuevo argumento".

"Sí, pero dijo que vio a un hombre en la misma zona donde el chico".

"¿Por el paseo marítimo?".

"Sí. Podría ser un golpe de suerte porque también vio a una mujer allí".

Derrick sonrió. "Cubriendo todas las bases".

A las dos menos diez sonó el teléfono. Holmes me miró. "¿Crees que es él?".

"Mantenga la calma y conteste".

Holmes inhaló y lo contestó. "Hola".

Sacudió la cabeza y dijo: "No me interesa. Adiós".

"Un tipo en la India intenta venderme la garantía de un auto. ¿Por qué el gobierno no puede hacer algo al respecto?".

Era una gran pregunta. "No te preocupes por eso ahora…".

El teléfono volvió a sonar. Holmes contestó. "Hola. ¿Me estás tomando el pelo? Déjame en paz".

Colgó. "El mismo maldito tipo".

"Increíble. ¿Puedes imaginar al tipo haciendo todo esto…?".

El teléfono volvió a sonar. Holmes dijo: "Si pierdo la llamada, juro que encontraré a este tipo y lo estrangularé".

"Contesta".

"¿Sí? Soy yo. Vale". Puso la mano sobre el auricular. "Tráeme un bolígrafo y papel".

Derrick entregó su bloc y su lápiz.

Holmes habló por el auricular. "Bien. Estoy listo". Escribió dos líneas y dijo: "Entendido. Sí. Puedo hacerlo".

Le susurré: "Dile que quieres hablar con tu hija".

Holmes dijo: "Quiero hablar con Debbie. Espera… ¿Hola? ¿Hola?".

"Colgó".

El señor Holmes me entregó el bloc de Derrick. Había garabateado dos largas series de números: el First Caymanian Bank y Robert Smith.

"¿Quiere el dinero transferido a las Islas Caimán?".

"Eso es lo que dijo". Holmes señaló el número superior. "Este es el número de cuenta, y ese es el número de ruta".

"¿Se llamaba Robert Smith?".

"Supongo que sí, pero nunca lo dijo".

"¿Dijo algo más?".

"No. Eso era todo. Solo para transferir el dinero y que tenía que ser hoy".

Se me apretó el estómago. "Esto no me gusta".

"A mí tampoco, pero quiero recuperar a mi hija".

"Lo entiendo, pero ni siquiera sabemos si esta persona la tiene".

Derrick dijo: "No es habitual que un secuestrador pida dinero por transferencia".

La esposa de Holmes dijo: "No en el mundo de hoy.

Podrían convertirlo en esa cosa de dinero electrónico o algo así, para que no sea rastreado".

Era una teoría, pero la parte de que no se podía rastrear el dinero digital era errónea. Los federales podrían rastrearlo y recuperarlo si quisieran. "Ese puede ser el caso, pero todavía no sabemos si tienen a su hija".

Lloriqueó. "¿Qué se supone que tenemos que hacer? Si no pagamos, nunca lo sabremos".

Su marido dijo: "Estamos perdiendo el tiempo. Tenemos menos de dos horas".

"Se arriesga mucho pagando, señor Holmes".

"Quizá, pero me arriesgo a que la tengan y hagan algo si no pagamos".

"Entiendo. ¿Consideraría enviar la mitad del dinero ahora y la otra mitad una vez que sepamos que la tienen y que está bien?".

Miró a su mujer y le dijo: "¿Crees que los enojará?".

"Tal vez, pero si la tienen, se llevarán los cincuenta y sabrán que obtendrán el resto".

"Me temo que…".

"Puedes configurar ambas transferencias. Consigue que el banco te dé un documento que demuestre que están configuradas".

"Vale, de acuerdo. Pongámonos en marcha". Se volvió hacia su mujer. "Cariño, quédate aquí".

"No, quiero ir".

"¿Y si vuelve a llamar?".

"¿Qué diría yo?".

"Está bien, señora. Derrick le hará compañía mientras estamos en el banco".

"Vale, vale".

Levanté el cuaderno. "Derrick, saca una foto de esto y ponte en contacto con los federales. Por lo que sé, las Islas

Caimán tienen algunas de las leyes de secreto bancario más duras".

Tomó dos fotos y dijo: "Buena suerte".

Confiar en la suerte era la peor estrategia. Pero era imposible razonar con los padres de una chica secuestrada. Todos los padres, incluido éste, eran manipulables cuando se trataba de la seguridad de su familia.

Al subir a mi auto, susurré una oración silenciosa por los Holmes.

31

CONDUCIENDO DE VUELTA A CASA DE LOS HOLMES, ERA imposible no jugar al ping-pong mental. Cien mil dólares era mucho dinero. Enviarlo a las Islas Caimán sin pruebas era como comprar un billete de lotería. Era un error.

Por otro lado, ¿qué padre no asumiría todos los riesgos cuando el bienestar de su hija está en juego? Había que hacer algo.

Me vino a la mente Félix Ramos. Circunstancias totalmente distintas, aunque había paralelismos; los sentimientos de impotencia abrumaban toda sensatez. Ramos estaba entre rejas; Holmes no había violado la ley, pero si esto fallaba, él y su mujer estarían en un infierno propio.

Derrick salió después de que el señor Holmes entrara. "¿Cómo te fue?".

"Demasiado fácil. Poder mover el dinero así da miedo".

"¿Envió la mitad?".

"Sí. Esperemos que tengamos que enviar al resto".

"Amén".

"¿Todo tranquilo aquí?".

"Sí. Me siento mal, pero estar con ella es estresante".

"Esperar y no saber es duro".

"Seguro que sí".

"Aprovechemos el tiempo". Saqué mi cuaderno. "Mira a ver si puedes localizar a esta mujer. Noon dijo que estuvo en su casa el 10 de mayo. Voy a la estación a revisar el video de LowBrow".

Frunció el ceño.

"¿Qué pasa?".

"Me estoy cansando de... olvídalo".

"No. Dímelo".

"Tú puedes correr por ahí y yo tengo que hacer de niñera".

"Lo siento, pero soy el líder y...".

"Olvídalo, hombre". Derrick se dio la vuelta y volvió a entrar en la casa.

Teníamos dos casos que gestionar, ¿y mi compañero estaba haciendo berrinche?

INCLINANDO LA CABEZA HACIA ATRÁS, me puse una gota de suero salino en cada ojo. Parpadeé y me amasé la nuca. La hora del video marcaba 5:48. No había rastro de Blanco. Le di al play y me incliné hacia la pantalla.

El cruce estaba a lo lejos, lo que hacía que los autos fueran pequeños, y las matrículas, más pequeñas. Blanco conducía un Passat azul claro. No era el color ni la marca japonesa que el marinero del barco de juguete dijo que estaba estacionado en un sitio raro. Pero todo necesitaba un seguimiento.

Cuando vi una camioneta, me acordé de Derrick. Él conducía una. Me encantaba el chico, pero yo era el jefe. Él lo sabía. ¿Ser buenos amigos era el problema? ¿Se desdibujaron las líneas?

Apareció un auto. Al detener el video, parecía el de Blanco. Acercando el zoom, no se veía toda la matrícula. Pero empezaba con PTT. Igual que el de Blanco.

La hora marcada era las 6:09. Eran unos buenos veinte minutos hasta North Collier Park. Estaba apurado, lo que dejaba poco tiempo para buscar una víctima. Pero el parque no estaba lleno esa noche.

En el portal del Registro de Vehículos no había ningún otro Passat cuya matrícula empezara por PTT. Blanco tenía que dar explicaciones.

Derrick contestó al tercer timbrazo: "Hola".

"Eh, ¿va todo bien por ahí?".

"Sí".

"¿Has verificado lo que dijo Noon?".

"Sí".

"¿Y?".

"Estaba con ellos".

"Vaya. Noon no se lo ha inventado esta vez".

"No".

"Puede que tengamos que conseguir un dibujante para trabajar con él".

"Lo que tú digas".

"¿Qué se supone que significa eso?".

"Nada".

"¿Seguro?"

"Sí".

"Vale. Oye, quería que supieras que Blanco salió de su casa la noche de la violación de Ramos".

"De acuerdo".

"¿Estás bien?".

"Sí".

NADIE ESTA A SALVO

"Voy a verlo".

"De acuerdo".

¿Era posible que un hombre de cuarenta y dos años se transformara en uno de dieciséis en una hora? "Hazme saber si algo se desarrolla con Holmes".

"Sí, jefe".

El sarcasmo era más espeso que la miel. "Vamos, ahora".

"Me tengo que ir. El teléfono está sonando".

"Avísame…". Colgó.

ANTES DE IR A LA PUERTA, llamé a Derrick para ver si habían oído algo. Saltó el buzón de voz. ¿Era una buena señal?

Blanco se acercó a la puerta, con unos auriculares. Hizo una pausa antes de decir: "Detective Luca, ¿pasa algo?".

"Me mentiste".

Agitó las manos. "No, no. No lo hice. No sé de qué estás hablando".

"Me dijiste que estabas en casa la noche del diez de mayo".

Otra pausa. "Eso fue un martes, ¿verdad?".

"Sí".

"Estaba en casa. No salgo mucho. Si lo hago, suele ser los fines de semana".

"Saliste de tu casa esa noche. Tengo un video de LowBrow; condujiste tu auto por la 41 unos minutos después de las seis".

Rebotó sobre las puntas de los pies. "Uh-oh. Fui a Publix a buscar un sándwich".

"Nunca volviste".

"Sí. Volví en unos veinte minutos".

"No, según la cámara de vigilancia de LowBrow".

"Volví por River Road. Es más rápido así".

¿Había una cámara en alguna parte documentando su regreso? "Tienes una última oportunidad de cambiar tu historia porque voy a verificarla. Publix tiene muchas cámaras".

"Esa es la verdad".

"¿Usaste una tarjeta de crédito para pagar por el héroe?".

"No. En efectivo. Eran como ocho dólares, y no compré nada más".

"Si estás mintiendo, me aseguraré de que nunca salgas de prisión".

Blanco estaba de pie en la puerta mientras me alejaba de la acera. Era imposible ver si alguna de las casas del camino donde Blanco dijo que había vuelto tenía equipo de vigilancia.

En la esquina de River Road y la Ruta 41 había un edificio independiente que albergaba una inmobiliaria. Su estacionamiento estaba vacío. Las cámaras colgaban de ambas esquinas del edificio. En la puerta había un cartel escrito a mano. La oficina estaba cerrada por una excursión, en conmemoración del décimo aniversario de la empresa.

¿Por qué Derrick no había vuelto a llamar? El Publix más cercano estaba en Kings Lake. Me dirigí allí y llamé a mi compañero.

"Hola, ¿cómo va todo?".

"Bien".

"¿De qué se trataba esa llamada?".

"Llamada robótica".

"Maldita sea. ¿No se sabe nada de la chica?".

"No".

"¿Vas a seguir con respuestas de una sola palabra?".

"No hay nada que informar".

"Esto no me gusta. Si tienen a la joven que den prueba de ello".

"Sí".

Estaba entrando otra llamada. "Me tengo que ir. Es Gesso".

"¿Qué pasa, sargento?".

"Los federales rastrearon el dinero del rescate".

32

EL ACENTO DEL HOMBRE QUE LLAMABA A HOLMES TENÍA
sentido. "¿Me estás jodiendo?".

Gesso dijo: "Ojalá fuera así. El dinero llegó al banco de
las Caimán y fue enviado a Nigeria minutos después".

"¡Bastardos! Y no hay nada que podamos hacer,
¿verdad?".

"Aparentemente. Dijeron que no fue fácil conseguir que
dijeran que fue a Nigeria".

"Es una maldita estafa, y las leyes de secreto les
permiten salirse con la suya".

"No ayudan".

"Qué pandilla de malvivientes, aprovechándose de los
Holmes".

"A veces es un mundo de mierda, Frank".

"Seguro que sí".

"¿Se lo vas a decir a los Holmes?".

"Derrick está con ellos".

"Está bien. Me tengo que ir".

A punto de llamar a mi compañero, hice una pausa. ¿Se
pondría nervioso si tenía que encargarse de la tarea sucia?

Dar malas noticias formaba parte del trabajo. Él se reportaba ante mí. ¿Por qué dudaba en delegar?

Entré en el estacionamiento de Publix. Siempre cooperaban rápidamente. Ver el video no me llevaría más de diez o quince minutos. Habría tiempo para pensar.

EL CIELO se oscureció de camino a casa de los Holmes. Blanco se había librado. No tenía sentido comprobar el video de la inmobiliaria. Para cuando Blanco tenía el sándwich y pasó por caja, eran las 6:39.

Blanco no pudo llegar al parque a tiempo para atacar a Ramos. No teníamos nada. Y ahora, teníamos que defraudar a los Holmes. A una manzana de distancia, me detuve. Dar malas noticias era duro. Hacerlo cuando no estabas en el estado de ánimo adecuado no era bueno para nadie.

Arqueando los hombros hacia atrás, intenté aliviar la tensión que me subía por el cuello. ¿Era éste un trabajo para jóvenes? Me quedaban un par de años para jubilarme, pero si no fuera por el dinero y las prestaciones de seguro médico, ya me habría ido.

Irme en mitad de un caso no era mi estilo. Cuando llegara el momento, el escritorio estaría tan limpio como podría estarlo en el mundo de hoy. Derrick estaría a cargo. Él sería el jefe, ascendiendo en el trabajo. Cualquier ayuda que necesitara, yo estaría allí para él.

Dando vueltas a la cabeza, estiré el cuello y me dirigí a casa de los Holmes. En la acera, envié un mensaje a Derrick. Salió. Le hice un gesto con el pulgar hacia abajo y me reuní con él en la puerta.

"Parece que los Holmes fueron estafados".

"¡Dios santo!".

"Lo sé. Gesso llamó, dijo que el dinero rebotó de las Caimán a Nigeria".

Sacudió la cabeza. "Esta pobre gente".

"No quería que se los dijeras solo".

"Gracias, pero puedo hacerlo".

"Sé que puedes, pero quería...".

"Yo me encargo. El hecho de que hayas venido es suficiente para mí".

Mis hombros se relajaron. ¿Calificaba eso como una reconciliación? "Vale". Se dio la vuelta y le dije: "Espera un segundo; Blanco no es nuestro violador. Empezamos de cero".

"Esta mierda nunca es fácil, ¿verdad?".

"Le atraparemos". La afirmación sonó con confianza, pero era el alivio de no tener que dar malas noticias a los padres.

Apoyado en el auto, intenté imaginar el siguiente paso en el caso Holmes. Parecía que algo malo le había ocurrido a la chica. No teníamos un cuerpo ni un motivo ni un sospechoso, así que no era un homicidio... todavía. Tal vez la joven estaba cautiva. ¿Pero en manos de quién?

Me vino a la mente el caso de Pine Ridge y los Miller. El hermano menor sufrió una lesión cerebral en un accidente de auto y no tenía pleno uso de sus facultades.

Bruce Noon apareció en mi cabeza. No sabía qué le pasaba, pero algo no encajaba. Saqué mi teléfono y llamé al laboratorio. "Cecil, soy Luca".

"Hola, Frank. ¿Cómo estás?".

"He estado mejor".

"Me enteré de la estafa del rescate".

Las malas noticias viajan a velocidad supersónica. No se gana nada diciendo que lo veía venir. "Apesta, seguro.

Mira, tengo un posible testigo que me gustaría que trabajara con un dibujante".

"Claro. Puedo prepararlo. Solo envíame el papeleo".

"Gracias". Papeleo. La otra parte molesta del trabajo que nunca ves en televisión.

La puerta principal se abrió. Derrick hizo una seña con la mano. "Él quiere hablar contigo".

"¿Cómo ha ido?".

"Nada bueno. La esposa está histérica. Está acostada".

El señor Holmes se paseaba por la sala de estar. "¿Qué vamos a hacer ahora?".

Buena pregunta. "Vamos a continuar la investigación…".

"¿Continuar? ¿Dónde demonios nos ha llevado eso? ¿Eh? Dímelo. ¿Me estoy perdiendo algo?"

"Todos estamos decepcionados, pero no nos rendimos. Tenemos varias líneas de investigación prometedoras que estamos siguiendo".

"¿Qué líneas? ¿De qué está hablando?".

"No puedo revelar mucho, pero hemos desarrollado múltiples personas de interés".

"¿Por qué nadie ha dicho nada? ¿Quiénes son esas personas? ¿Dónde demonios está mi hija?".

La frase se me salió de la boca. Era la palabrería que soltaban los políticos. Pero a estas alturas no podíamos quitarles la esperanza.

"En cuanto podamos compartir algo, lo haremos".

"¿Cuánto tiempo va a llevar esto?".

Derrick dijo: "Es difícil predecir cuándo se va a producir una pista. Pero estamos presionando".

Le agradecí que se metiera.

Los hombros de Holmes se desplomaron. "Tengo el mal presentimiento de que no va a volver a casa".

No estaba solo. La escasa posibilidad de que estuviera viva desaparecía con cada tictac del reloj. ¿Qué se podía hacer?

Nos apiñamos junto a mi auto. Exhalé. "Qué maldito desastre".

Derrick dijo: "Apoyémonos en el novio".

Mi teléfono vibró. "De acuerdo". Levanté un dedo y contesté: "¿Qué pasa, sargento?".

Me apoyé en el auto. "Maldita sea. Envíame la dirección. Iremos para allá ahora".

"¿Qué ha dicho?".

"Una niña de cinco años ha desaparecido".

A TODA VELOCIDAD POR DAVIS BOULEVARD, GIRAMOS hacia el Glen Eagle Golf and Country Club. La comunidad tenía rejas. Una disuasión mínima.

"Pregúntale al guardia si tienen cámaras. Si la sacaron en auto, necesitaremos todos los números de matrícula que salieron".

Derrick habló con un hombre mayor que tendría problemas para caminar hasta el buzón. Fue otro ejemplo de teatro de seguridad. "Toman fotos".

"Bien. Vámonos".

La casa de los Schneider era una vivienda unifamiliar en Lago Villaggio Way.

Derrick dijo: "Qué nombre tan largo para una calle".

"La gente debe cansarse de deletrearlo".

Un auto patrulla apareció a la vista. Derrick se detuvo detrás de él. La casa era una de las varias del bloque que habían sustituido las tejas de terracota por elegantes tejas grises. Un lago, a lo largo de la parte posterior de la calle, era visible entre las casas.

Me quité de la cabeza la idea de dragar el lago y entramos. Seis mujeres suplicaban a la patrulla de seguridad de la comunidad que hiciera algo.

Me aclaré la garganta y dije: "¿Señora Schneider?".

Con la cara manchada de rímel, una mujer de treinta años con el pelo corto y rubio, dio un paso al frente. "Gracias a Dios que están aquí".

Derrick dijo: "Me uniré a la búsqueda. Tú habla con la señora Schneider".

"Sí, por favor, date prisa".

Le dije: "Necesitamos una foto de ella".

Sacó una foto enmarcada de un aparador. La niña tenía el mismo color de pelo que Jessie. Se la di a Derrick y me volví hacia la madre.

"Cuénteme lo que pasó".

"Alguien se llevó a Mia. Estaba justo aquí, y luego desapareció".

"¿Dónde estaba usted cuando desapareció?".

"Ella estaba en la terraza, y yo entré, solo un minuto. Tenía que cambiarme. Yo todavía estaba en mi ropa de ejercicio, y Mia tenía clase de danza".

"¿Y cuando volvió a salir, se había ido?".

"Sí. Pensé que estaba en la casa. Busqué por todas partes... Por favor, encuéntrela".

"¿Cuánto tiempo estuvo dentro?".

"Como, cinco, tal vez diez minutos. Tuve que ir al baño".

"Muéstreme dónde estaba cuando la vio por última vez".

Caminó hacia las puertas corredizas abiertas. "Aquí mismo. Estaba tomando el té con su muñeca. Lo hace todos los días".

En la mesa de la terraza había el mismo juego de té que tenía nuestra hija. Salí a la terraza. Una puerta de mosquitera daba a una zona de césped delante de un lago largo y estrecho. El picaporte de la puerta parecía roto.

"¿Esto estaba roto antes de hoy?".

"Sí, hace meses que no funciona".

Pisé la hierba. Varias casas más abajo, el lago se perdía de vista. Una zona pantanosa a la derecha llamó mi atención. ¿Había caimanes en el agua o en la zona pantanosa?

"¿Dónde está su marido?".

"Estamos separados".

"¿Cree que podría habérsela llevado?".

"No. John y yo nos llevamos bien. Además, está de viaje. Creo que está en Nueva York".

"Vamos a necesitar su información de contacto".

"Le estoy diciendo; él no haría algo así".

"Señora, no estoy diciendo que lo hizo. Solo deme su información".

Sacudió la cabeza y me dio los datos.

"¿Vio a alguien afuera? ¿Algo fuera de lo normal?".

"No. Era un día normal. Quiero decir que los jardineros estaban afuera antes, pero eso fue como hace horas".

"¿Nadie más?".

"No. No vi a nadie".

"¿Su hija se ha alejado antes?".

"Mia es una buena chica. Sabe que no debe hablar con extraños".

"¿Se ha alejado alguna vez?".

"No, la verdad es que no. Quiero decir, una vez estaba en el camerino de Bealle y me dio el susto de mi vida. Pero eso fue todo, solo esa vez en Bealle".

Era imposible no pensar en la catarata de cupones que la tienda utilizaba para atraer clientes. "¿Y sus amigos del vecindario ¿Podría haber ido a casa de alguno de ellos?".

"Los niños la cuadra son mayores. Están en la escuela".

Saqué mi teléfono. "Sargento, necesito subir un dron lo más rápido posible".

"Entendido. ¿Algo más?".

"Vamos a necesitar unos seis agentes más para llevar a cabo una búsqueda en cuadrícula. Este lugar está muy abierto".

"Vale, te enviaré algunos autos. Buena suerte".

"Señora Schneider, llame al club de golf. Dígales que su hija ha desaparecido. Pídales que envíen carritos de golf a buscarla. Podría estar perdida".

"¿Por qué estaría en el campo de golf?".

"Solo hágalo".

Hizo la llamada y le di mi número de móvil. "Llámame cuando lleguen los autos patrulla. O si oye algo".

Quedarme parado no estaba en mi ADN. Especialmente, cuando una niña de cinco años podría estar en problemas. Al salir, miré al cielo. El dron se dirigía hacia nosotros. Rezando en silencio, me dirigí hacia una zona pantanosa llena de juncos que me llegaban al pecho.

MARY ANN ESTABA DURMIENDO en el sofá. Apagué la tele y ella se revolvió.

"¿Qué hora es?".

"Nueve y media".

"Muy mal día, ¿eh?".

"Sí, pero al menos una cosa funcionó".

"¿Qué ha pasado?".

"Lo del rescate de la chica Holmes fue una gran estafa".

"Vi las noticias. ¿Qué ha pasado?".

"La transferencia, gracias a Dios que hizo caso y solo envió la mitad del dinero. De todos modos, se envió a las

Islas Caimán, y en cuanto llegó allí, se redirigió a Nigeria".

"Ugh, pobre familia. ¿Cómo vive la gente consigo misma haciendo cosas así?".

"Solo otro tipo de depredador. No es diferente a cualquier estafa que se aprovecha de las emociones".

"Como ese caso en el que el padre de Phil envió dinero a alguien que decía ser su nieto, para pagar la fianza".

"Sí. Más vale que haya un lugar especial en el infierno para gente así".

"Entonces, ¿no hay nada sobre la chica?".

"No. No tiene buena pinta".

"No puedo imaginar por lo que están pasando".

"Lo sé. Hoy respondimos a una llamada sobre una niña de cinco años desaparecida".

"Oh, no".

"Tiene el pelo rubio como Jessie, y la niña tiene el mismo juego de té con el que jugaba Jessie. Me dio escalofríos".

"¿Pero salió bien?".

"Sí, vino un chico con síndrome de Down. Había pescado un pez en el lago y quería enseñarlo, y los dos se alejaron".

"Da miedo. Se la podrían haber llevado o caído al lago. ¿Tienen caimanes allí?".

Era mejor evitar responder. "La vida puede cambiar en un santiamén. ¿Recuerdas la vez que estábamos en Marshall's y me estaba probando unos tenis? ¿Entramos en pánico cuando no vimos a Jessie detrás del mostrador?".

"¿Te acuerdas? La tensión me quitó diez años".

"Hablando de tensión. Algo raro está pasando con Derrick. De repente está rechazándome cuando le doy instrucciones".

"Son socios; comparten responsabilidades".

"Oh, vamos, sabes que no es así como funciona; yo soy el líder. Yo soy el tipo al que Remin apalea, no Derrick".

"Eso no es de lo que estoy hablando. Derrick sabe que eres el líder. Me refería a la forma en que pides las cosas…".

"¿Qué estás diciendo?".

Ella se cruzó de brazos. "Frank, no olvides que también fuimos compañeros. Tuve que decirte varias veces que no fueras grosero…".

"¿Grosero? No soy grosero".

"¿Me dejas terminar?".

"Adelante".

"Es la forma de pedirle a alguien que haga algo. En lugar de decírselo a él, o a cualquiera, se amable al respecto. Todo el mundo tiene sentimientos…".

"¡Un momento! Estoy intentando encontrar a un violador y a una chica desaparecida, ¿y tengo que preocuparme de vaya a herir los sentimientos de mi compañero? Esto es una locura. Estoy agotado. Me voy a la cama".

MIS OJOS se abrieron de golpe. Me puse rígido. ¿Qué era aquello? ¿Un sonido de rasguños? ¿O uno de allanamiento? En un solo movimiento, bajé las piernas de la cama y palpé mi revólver.

"¿Frank? ¿Qué pasa?".

"Entra en el baño. Alguien está tratando de entrar".

"No salgas. Llamaré al nueve-uno-uno".

"No. Lo tengo".

Tardó un minuto en entrar de puntillas en la sala de estar. Las luces de seguridad del lado derecho de la casa estaban encendidas. ¿Quién intentaba entrar por cuarto de lavado?

"¡Lárgate de aquí! ¡Tengo un arma!".

El ruido se detuvo. "¡Andando!".

"¡Frank! ¡Ten cuidado!"

"Vuelve al dormitorio". Corrí a la parte trasera de la casa y prendí de un golpe las luces de la terraza. Apuntando con la pistola, abrí la puerta. Estaba vacía.

En la oscuridad, un par de ojos reflejaban la luz de la luna. Metí la cabeza dentro y susurré: "Mary Ann, tráeme una linterna".

34

ALIVIADO DE QUE HUBIERA UNA TAZA DE CAFÉ EN MI MESA, dije: "Buenos días, Derrick".

"Hey".

Al menos tenía un rompehielos. "Echa un vistazo a esto".

"¿Qué?".

"Tuvimos una visita anoche". Cogió mi teléfono.

"¿Esto fue en tu casa?".

"Sí. Sonaba como si alguien estuviera entrando por una puerta lateral. Hombre, saqué mi pistola y todo".

"Es un osezno. Probablemente pesa solo doscientos, trescientos libras".

"Tal vez, pero tienes que ver los arañazos en la puerta. Se va a necesitar una tonelada de masilla para rellenarlos".

"Una forma aterradora de despertarse".

"Has acertado".

"Después del día que tuvimos ayer, pensé que me desmayaría, pero tuve una pesadilla con Jessie".

"¿En serio?".

"Sí".

"Y tuve otra con Lynn".

"Este maldito trabajo podría estar afectándonos".

"¿Podría?".

Recogí mi café. "Al menos nos fastidiaremos juntos".

"Podría ser peor".

No era mucho, pero se estaba descongelando. "Mucho peor. Dime, ¿a qué hora viene Bruce Noon hoy?".

"Once".

"Genial. Quién sabe, quizá tengamos suerte".

"¿Suerte? Creía que no confiabas en la suerte".

Me encogí de hombros. "Ahora mismo, si un alienígena viniera con una pista, la seguiríamos".

Se rió. "Creo que deberíamos hablar con Jason Reedy".

Ir a ver al novio de Holmes ya estaba en mi agenda. "Buena idea".

"Pongámonos en marcha, entonces".

"Yo conduzco, si quieres".

"No, está bien. Me gusta conducir".

Había gente a la que le gustaba conducir. La pregunta era por qué. ¿Era el tráfico? ¿El estrés de estar alerta? Algunos decían que pensaban mejor al volante. A mí me gustaba caminar, aunque los cinco kilos de más que pesaba lo desmentían.

"Oh, ¿parece que se han llevado a otros dos perros?".

"¿Dónde ocurrió esto?".

"Lakewood Country Club".

"¿Dónde está eso?".

"Frente a Sugden Park, donde está ese restaurante indio, 21 Spices".

"Dos perros de la misma comunidad. Esto está organizado. Tal vez hay una banda de delincuentes detrás de todo esto".

"Probablemente. Saben que hay dinero".

"Es una locura. Dime, ¿has comido alguna vez en ese sitio indio?"

"Demasiado picante para mí".

"Mary Ann me ha estado presionando para que vaya. Le gusta la comida india".

"Sé un buen chico y llévala".

"Tal vez para su cumpleaños".

Derrick giró en Santa Bárbara Boulevard. "Vaya, no puedo creer que se esté construyendo tanto por aquí".

"He leído que unas cien personas al día se mudan a Collier".

"¿Cien? Eso es demasiado".

"Eso pensaba yo, pero el artículo decía que el condado de Lee recibe el doble".

"Eso es una locura".

"Gira a la izquierda en Devonshire".

La casa de la familia Reedy era de color beige, estaba en un terreno amplio, a poca distancia de un Publix. Un remolque cargado con una barca de pesca estaba estacionado en el lado del garaje de la casa.

Derrick levantó su placa. "¿Señora Reedy? Somos de la Oficina del Sheriff del Condado de Collier".

"¿Eddie está bien?".

"Sí, señora. Nos gustaría hablar con su hijo, Jason".

"¿Jason? ¿Hizo algo?".

"Es con respecto a Debbie Holmes".

Su cara se suavizó. "Oh. Vale. Todavía está durmiendo. Entren y lo levantaré".

Era imposible no contrastar la diferencia con los jóvenes de hoy. A las diez ya estaríamos jugando por tercera vez a algo, y no perdiendo la mayor parte del día babeando sobre una almohada.

Bajito, fornido y con unas chanclas gruesas, Jason

Reedy entró en la habitación a traspiés. La camiseta que llevaba me recordó la moda del *tie-dye*. Derrick nos presentó y dijo: "Señora, como su hijo es menor, tiene derecho a estar presente si lo desea".

Sus ojos se entrecerraron. "¿Estás diciendo que Jason tuvo algo que ver con la desaparición de Debbie?".

"En absoluto. Estamos obligados a aconsejarle ya que solo tiene diecisiete años".

"Ah, vale". Se volvió hacia su hijo. "¿Quieres que me quede contigo?".

"No. Eso no es necesario, mamá".

"Muy bien, entonces. Estaré en la terraza si me necesitas".

Le dije: "¿Por qué no nos sentamos?".

"Claro". Apartó una silla de mimbre de la mesa. Derrick dijo: "¿Cuánto hace que conoces a Debbie Holmes?".

"Aproximadamente, unos cuantos años, creo".

¿Es licenciado en derecho?, responde como tal.

"¿Cómo se conocieron?".

"En la escuela".

"¿Cuánto tiempo llevan saliendo?".

Se encogió de hombros. "Ha pasado tiempo".

"¿Más de un año?".

"Sí. ¿Por qué es importante?".

"Necesitamos tu ayuda para tratar de entender lo que le pasó".

"No tengo ni idea de lo que ha pasado. Es extremadamente perturbador para mí".

"Tú la conoces mejor, y es posible que puedas guiarnos en la dirección que tenemos que buscar".

"Ojalá pudiera ayudar".

"Conoces a Dana Foyle, ¿verdad?".

Asintió con la cabeza.

"Dijo que sabrías dónde estaba".

"¿Por qué esa estúpida dijo eso?".

"Tranquilo, Jason. Pensó que Debbie estaba más cerca de ti que de nadie más. Eso es todo".

Dijo con burla. "¿La escuchaste? ¿Qué intentó hacer? ¿Eh? Su plan le explotó en la cara".

Jason tenía razón. Le dije: "¿Conoces a alguien que quisiera hacerle daño a Debbie?".

"No".

"¿Discutió con alguien?".

"Nada importante".

"Cuéntanos".

"No fue nada. Solo tonterías normales del colegio, ya sabes cómo son las chicas".

"Ha pasado mucho tiempo desde que estábamos en la escuela. ¿Por qué no nos cuentas qué pasó?".

"No estoy seguro, pero se peleó con una chica llamada Sammi. Se mudó aquí desde Nueva York y se cree muy dura. Ya sabes cómo es".

"¿Por qué fue la pelea?".

"Algo tonto. Creo que Debbie tenía abierto su casillero, y la puerta giró y golpeó a Sammi, y ella enloqueció".

"¿Y se volvió físico?".

Asintió mientras mi teléfono vibraba.

"¿Cuál es el apellido de Sammi?".

"Cava".

"De acuerdo. ¿Se te ocurre algo más?".

Meneó la cabeza.

Derrick dijo: "¿Qué puedes decirnos de Javier López?".

Se inclinó hacia delante. "Oh, me olvidé de él".

"Entendemos que estaba interesado en Debbie, pero ella lo rechazó".

"Javier está lleno de sí mismo. No la dejaba en paz, la molestaba constantemente. Sí, tienes que investigarlo. Puede parecer una locura, pero puede ser que haya hecho algo".

"¿Qué te hace pensar eso?".

"Él molestaba a Debbie. Era muy persistente, incluso cuando ella decía que no a una cita. Tenía agallas; sabía que salíamos. Maldita serpiente".

Mi teléfono volvió a vibrar. Ignorando de nuevo la llamada, pregunté: "¿Qué puedes decirme del señor López?".

"No mucho. Nos llevaba un año de ventaja, pero eso es todo".

"¿Estaba interesado en tu novia, y no sabes mucho de él?".

Recibí un mensaje y, un segundo después, el sonido del teléfono de Derrick me hizo echar un vistazo. Era Gesso. Alguien encontró un cuerpo.

35

En dirección a Marco Island, pasamos por Fiddler's Creek, cuando dije: "No entiendo cómo nadie sabe si es hombre o mujer".

Derrick dijo: "¿Por qué dices eso? Ha estado en el agua, aunque solo sea un par de días".

La combinación de agua caliente, bacterias y vida marina aceleró la descomposición. "Lo sé, lo sé".

"¿Crees que es Debbie Holmes?".

"Probablemente no", dije con falsa confianza.

"No hemos tenido ningún informe de nadie que se haya perdido en el agua".

Mi móvil sonó. Era Mary Ann. "Hola. No puedo hablar. Estoy en camino…".

"¿Es la chica Holmes?".

"¿Cómo sabías que había un cuerpo?".

"Está en las noticias".

Las malas noticias se propagan más rápido que las buenas. "No sabemos nada en este momento".

"Espero por Dios que no sea ella".

"No prometo nada, pero te llamaré más tarde".

"Vale, cariño. Intenta que no te afecte".

Colgué. "La prensa ya se ha enterado de esto".

"¿Qué esperabas? El cuerpo apareció donde la gente va a pescar".

Asintiendo, dije: "La mayoría no sabe que cuando un cuerpo se descompone, la acumulación de gases lo obliga a salir a la superficie. A menos que realmente sepas lo que estás haciendo, aparecerá".

"Y debes tener tiempo para hacerlo bien".

"Si se trata de un homicidio, es un factor a tener en cuenta. Si no estuvo sumergido mucho tiempo, puede que estemos ante algo no planeado, un asesinato pasional o algo que se salió de control".

Al acercarse a la señal del puente Judge Jolley hacia Marco Island, Derrick dijo: "¿Quién era ese juez en honor al cual bautizaron el puente?".

"Oí que era un buen tipo, pero escucha esto: no tenía ningún grado en derecho".

"Entonces, ¿cómo se convirtió en juez?".

"No lo sé, pero un profesor de John Jay nos dijo que alguien del Tribunal Supremo en los cuarenta tampoco fue a la Facultad de Derecho".

Salimos de Collier Boulevard por Bear Point, justo antes del puente, y nos detuvimos junto a un puñado de autos patrulla.

A 15 metros de la costa, la gente señalaba con sus tablas de paddle surf. Rodeamos un grupo de arbustos y me detuve en seco cuando vi el pelo castaño de la víctima. Una oleada de mareo me invadió al recordar el color de pelo de Debbie Holmes.

Al acercarme a la víctima descompuesta, parecía ser una mujer cuyo tamaño coincidía con el de Debbie Holmes.

"¿Crees que es ella?".

Con la boca seca, dije: "Maldita sea".

"La furgoneta de los forenses acaba de llegar. Y Bilotti está aquí".

Asintiendo, susurré: "No sé cuánto más podré aguantar".

"¿Qué quieres decir?".

¿Y yo que pensaba que era un buen detective? "¿Qué? ¿Qué tal esto? Todo esto. Ver chicas muertas o violadas. Tratar con padres afligidos…".

"Lo sé, hombre. ¿Quieres volver? Yo me encargo".

Claro que quería irme, pero en este trabajo no se puede elegir. "No, solo me quejaba".

El chapoteo del agua levantaba y levantaba el cuerpo de la playa de arena. El pecho del cadáver estaba cubierto de hierbas marinas. Al cuerpo le faltaba un pie y un brazo colgaba de un ligamento.

Me acerqué, contuve la respiración y me arrodillé. Lo que quedaba de sus pechos aseguraba que era del sexo femenino.

Tragando una bocanada de bilis, revisé sus bolsillos. Vacíos.

"¿Qué llevaba puesto Holmes cuando fue vista por última vez?".

"Pantalones cortos y una camiseta".

Sentía como si tuviera puesto un chaleco de plomo. "Tiene que ser ella".

"Frank, Derrick".

"Hola, Doc".

Sacudió la cabeza. "¿En qué se está convirtiendo este mundo?".

Era una pregunta inquietante. "Basándonos en el pelo y la ropa, creemos que es la chica Holmes desaparecida. ¿Qué tan pronto puedes hacer una identificación?".

"Comprobaré si hay huellas dactilares. Si no, confiaremos en los registros dentales".

"Busca una marca de nacimiento en su trasero. La madre dijo que tiene una en forma de conejo".

"Eso califica como un marcador único. Miraré una vez que la llevemos a la morgue".

"¿Cuánto tiempo crees que ha estado en el agua?".

"Difícil de decir, pero aproximadamente de cinco a ocho días".

"De acuerdo".

"Lo firmaremos. Déjame hacer el examen inicial y pondremos en marcha la autopsia".

Bilotti y el equipo forense entraron en acción.

"Derrick, pídele a los de Marco que traigan un bote. Esto no es un maldito espectáculo; los curiosos necesitan ser empujados hacia atrás".

El hombre de sesenta y tantos años que había encontrado el cadáver estaba apoyado en un auto patrulla. Llevaba pantalones cortos y un sombrero de paja.

"Señor, soy el detective Luca".

Extendió la mano. "Joe Farnsworth".

"Tengo entendido que usted encontró el cuerpo".

"Sí, no puedo creerlo. Solo quería pescar un poco, pero antes de salir, lo vi".

"¿Dónde estaba cuando lo descubrió?".

Señaló. "Guardo mi barco en Marco Marina. Fui directamente al canal, y ni siquiera sé por qué miré al otro lado antes de girar, y lo vi. Pensé que era el cadáver de un delfín o algo así y me acerqué a motor".

"¿Qué hizo cuando llegó al cuerpo?".

Se jactó. "Casi pierdo el desayuno. Apagué el motor en cuanto vi que era un cadáver. No me lo podía creer. Llamé al puerto e iba a esperar ayuda, pero iba a la deriva y tenía miedo. Así que lo alcancé con mi red y fue entonces cuando vi que le faltaba un pie. Estaba en mal estado. Pensé que era mejor llevarlo a la playa".

"¿A qué distancia de la costa estaba?".

"Como un tercio del camino pasado el medio del canal".

"¿Había otros barcos en la zona?".

"Sabe, pensé lo mismo, pero estaba bastante tranquilo. La marea se había invertido un poco antes. La pesca es mejor cuando se dirige hacia afuera".

"Va en serio con la pesca".

"Oh sí, mi padre y yo solíamos salir cuando aún estaba por aquí".

"Si tuviera que adivinar de dónde puede haber salido el cuerpo, ¿qué diría?".

"Hum, yo diría que probablemente salió de East Marco Bay. Hay un montón de calas y bahías por Charity Island".

Miré en la dirección que señalaba. "Agradezco el consejo".

"Claro. Pero ya sabe que las mareas y el movimiento son cosas raras. Podría haber salido de Tarpon Bay. Hay un estrecho pasaje justo donde lo vi".

"¿Le importaría mostrarme en el mapa los lugares a los que se refiere?".

36

Taza en mano, Derrick dijo: "He estado pensando en lo que dijiste de que estaba relacionado con el caso Ramos".

"¿Y?".

"Como dijiste, su tamaño y color de pelo coinciden con los de Ramos y Samus, pero si es Holmes, es una niña. Y estaba montando en bicicleta. Él tenía que saberlo".

"Tal vez no le importaba".

"No soy perfilador, ¿pero los pervertidos no van detrás del mismo tipo?".

"Tendríamos que preguntar a los expertos, pero no te obsesiones. Tenemos que tener en cuenta que pueden estar relacionados".

"Claro".

"No olvidemos que Holmes fue capturada de noche, sin nadie alrededor".

Asintió con la cabeza.

"En resumen, no lo sabemos. Pero si no es Holmes, tenemos que inclinarnos por una conexión".

"No es que quiera otra víctima, pero espero que no sea Holmes".

"Yo también".

Sonó mi móvil. "Hola, Doc. ¿Qué tienes para mí?".

"Tenemos huellas parciales para comparar, pero basados en la marca de nacimiento que mencionaste, estamos haciendo una identificación tentativa de que es Deborah Holmes".

Un eructo desagradable explotó en mi boca. "¿Estaba en su trasero?".

"Sí".

Desplomándome en mi silla, dije: "¿Con forma de conejo?".

"Sí".

"Maldita sea".

"Lo siento, Frank. Tengo que ir a empezar la autopsia".

Derrick dijo: "¿Fue Holmes?".

Exhalé. "Sí".

Se sentó en la esquina de mi escritorio. "Tenemos que decirles a los padres lo que sabemos".

"Sí, y al sheriff".

"Ve a ver a Remin. Se lo haré saber a los Holmes".

Era inútil fingir que debía decírselo a los padres. Era algo que simplemente no podía hacer ahora mismo. "De acuerdo". Me levanté y subí las escaleras.

DERRICK VOLVIÓ mientras clavaba un alfiler en las esquinas de un mapa de Marco Island. "¿Cómo te fue?".

Se encogió de hombros. "Terrible, especialmente la madre. Pero, ya sabes, sabían que no iba a volver a casa".

"La realidad se impone cuando alguien lleva desaparecido más de dos días".

"Algo así como un velatorio que opaca todo durante un par de días después de una muerte".

Interesante idea, pero había que pensar más en la declaración, y ahora no era el momento.

"Ven aquí". Puse un dedo sobre el mapa. "Aquí es donde Farnsworth vio el cuerpo".

Derrick cogió un lápiz y dibujó una X. "Podría haber venido de cualquier parte".

"Lo sé, pero él conoce las aguas y dijo que probablemente vino del lado este del puente. Mencionó que podría haber salido de aquí —señalé Tarpon Bay—, pero tendría que haber pasado por este estrecho lugar. Alguien lo habría visto. O es tan estrecho que podría haber quedado colgado en algún sitio".

"De cualquier manera, probablemente estamos buscando a alguien con acceso a un barco".

"Lo primero que pensé fue en el chico Reedy".

"Con ese bote al lado de la casa, pensé lo mismo".

"No podemos sacar conclusiones precipitadas, pero algo sobre Reedy; me miró a los ojos, pero no me fío del chico".

"No dijo nada de López hasta que lo mencionamos".

"Lo sé. Tenemos que hablar con López".

"Va a la Universidad de la Costa del Golfo".

"¿Algún registro?".

"No desde que cumplió los dieciocho, pero lo he revisado y tiene un expediente de menores".

Eso fue interesante. "Eso podría ser revelador, pero necesitaremos algo concreto para pedir acceso".

"Veré si está en el campus".

"Voy a ir a Miromar Outlets; sería perfecto".

"¿Tú? ¿De compras?".

"Tenemos una boda y Mary Ann quería que me comprara un saco deportivo nuevo. Vio uno en oferta en Brooks Brothers y lo compró".

"Elegante".

"He estado posponiendo que me lo ajusten, y está encima de mí porque faltan dos semanas para la boda".

ERA DIFÍCIL NO SENTIR ENVIDIA; el John Jay College no tenía campus. La universidad de justicia penal estaba en la calle Cincuenta y Nueve de Manhattan. La única vegetación que había procedía de un par de árboles escuálidos plantados en agujeros en el hormigón.

Un camino empedrado conducía a una serie de edificios de poca altura que rodeaban un lago. Su playa de arena daba al lugar un aire de complejo turístico. Tal vez Derrick tenía la palabra correcta para lo que eran, porque dormitorio no encajaba.

Con la mochila al hombro, Javier López salió del edificio Mangrove. Tenía complexión de nadador y era más alto que el hombre descrito por Ramos.

Nos acomodamos en un banco. "Este lugar es más bonito de lo que esperaba".

"Sí, no está mal".

¿Tenía la mentalidad del derecho a todo pasada de la generación del milenio a como quiera que llamaran a ésta? "¿Qué estás estudiando?".

"Márketing, pero vine aquí a nadar. Conseguí una beca".

"Qué bien. ¿Tienen un buen programa aquí?".

Dan Petrosini

"El equipo femenino es lo máximo, pero nosotros solo estamos bien".

"Hay que trabajar en ello, entonces".

Sonrió. "Voy a la piscina después de esto".

"Tengo entendido que estabas interesado en Debbie Holmes románticamente".

"Era simpática. Realmente me gustaba. Es difícil creer que se haya ido".

La doctora Bruno había dicho que los asesinos usaban eufemismos para minimizar lo que habían hecho. ¿Lo estaba haciendo López?

"Nos han dicho que la perseguiste agresivamente".

"Me gustaba. Mi padre siempre nos decía: si quieres algo, tienes que ir por ello".

¿Era un niño que rompía su propio juguete cuando le decían que dejara a otro niño jugar con él? "¿No estaba ella interesada?".

"Oh, sí le interesaba. Pero yo me iba a la universidad".

¿Era ese orgullo masculino el que hablaba? "Este lugar está a solo media hora de distancia".

"Sí, pero ya sabes, salir con una estudiante de preparatoria…".

La presión de grupo era una fuerza poderosa. "¿Tienes alguna idea de quién podría ser el responsable de su muerte?".

"Ese imbécil de Jason y su compinche, Joey, es un buen lugar para empezar".

"¿Por qué dices eso?".

"Era un controlador obsesivo. Ella quejó conmigo un montón de veces de que la estaba asfixiando. Dijo que su amigo era un asqueroso y que intentó ligar con ella".

"Hum, sabes, es gracioso que digas que podría ser él porque él dijo que fuiste tú".

Se burló. "¿Yo? De ninguna manera, pero ya ves, ¿ves cómo está tratando de distraer a la policía?".

"¿Dónde estabas la noche del veintitrés de mayo, cuando Debbie desapareció?".

"¿Yo? Oh, vamos, hombre. Yo no tuve nada que ver".

"Dime dónde estabas".

"¿Qué día fue eso?".

¿Estaba dando largas? "Lunes".

"Oh, estaba entrenando. Estamos en la piscina seis días a la semana, mínimo".

"¿Hasta qué hora?".

"Normalmente hasta las seis, seis y media. Luego nos duchamos y comemos algo".

Verificaríamos su coartada. "Bueno, eso es todo. Que te diviertas nadando".

Se levantó. "Gracias".

"Tengo curiosidad por saber si los nadadores solo usan la piscina o si les gusta la playa o ir a pescar".

"Oh, sí. Me encanta estar en el Golfo. Mi padre siempre ha tenido un bote".

37

DERRICK MIRÓ POR ENCIMA DE SU MONITOR. "¿TIENES TU traje?".

"Saco deportivo. Tengo que decir que eligió uno bonito".

"¿Quién se casa, otra vez?".

"Hijo de una amiga de Mary Ann. Se apellida McCormick; viven en Kensington".

"No los conozco".

"Mary Ann los conoce mejor que yo. Solo salimos un par de veces en pareja. Pero Bilotti va a ir. Le dije a Mary Ann que se asegurara de sentarnos con él".

"Sí, estar en una boda con un montón de extraños no es divertido".

"¿Cómo te fue con López?".

"Su versión no era la que nos habían contado. Dijo que le gustaba, pero que la dejó cuando se fue a la universidad".

"Podría ser".

"El chico está en el equipo de natación, dijo que estuvo nadando hasta las seis, seis y media, la noche que Holmes desapareció".

"Debería ser fácil comprobarlo. Haré algunas llamadas".

"Sabes, tuve una idea. Si se trata de una compañero de clase o de más de uno, probablemente no fueron la escuela al día siguiente. Podemos ver quién faltó ese martes y al día siguiente también. Nunca se sabe".

"Eso podría ser una gran información. Llamaré a la preparatoria Barron Collier".

"Gracias".

"Oye, el artista dejó una copia del boceto del tipo que Noon dijo que vio". Me entregó un sobre.

"El tipo me resulta familiar. ¿No?".

Se rió. "Probablemente sea una recopilación de todos los que Noon ha conocido".

Mi móvil sonó. "Detective Luca".

"Hola, soy Chris Reedy. Soy el padre de Jason".

Dejé el dibujo. "En qué puedo ayudarle, señor Reedy".

"Yo, eh, puede que tenga alguna información para usted".

"¿Con respecto a?".

"Debbie Holmes".

"¿Está disponible ahora?".

"Sí. Estoy en casa. Pero me gustaría mantener esto lo más confidencial posible".

"Por supuesto. Estaré allí en veinte minutos".

Derrick dijo: "¿Qué está pasando?".

"El padre de Jason Reedy dijo que tiene información sobre Holmes".

"¡Mierda! ¿Crees que se trata de su hijo?".

"Podría ser".

"¿Por qué no dijo nada antes?".

"Buena pregunta. Veamos cómo responde".

"No puedo esperar".

Teniendo en cuenta lo que Mary Ann mencionó sobre el estilo, le dije: "Mira, él quiere que sea discreto, así que déjame ir solo".

EL BARCO seguía en la lateral de la casa Reedy. Al llegar a la acera, se abrió la puerta del garaje. Parecía Jason Reedy.

Se agachó, mostrando mucho menos pelo que Jason. Tenía que ser el padre del chico. "¿Señor Reedy?".

Con las manos en una caja de herramientas, levantó la vista: "¿Detective?".

Nos dimos la mano. "El asa del refrigerador necesita ser apretada".

"Siempre hay algo que hacer".

"Es nueva, pero es la tercera vez que tengo que apretarla".

"Todo el mundo se queja de los electrodomésticos. Están hechos para fallar, parece".

"Sin duda, y hay que esperar semanas para conseguir uno".

Le seguí hasta la cocina. "Dijo que tenía información sobre Debbie Holmes".

Frunció el ceño. "Terrible lo que le pasó. Era una buena chica".

"Eso es lo que hemos oído. ¿Qué quería decirnos?".

"Bueno, esa noche, la noche que desapareció, vi algo, y creo que es importante".

"¿Qué ha visto?".

"Un joven llamado Javier López".

"¿Dónde fue esto?".

"En Livingston, por Hamilton Place, es justo antes de donde vivía Debbie".

"¿A qué hora?".

"Fue alrededor de las ocho".

"¿Cómo conoce al señor López?".

"Bastante bien. Yo solía entrenar, o ayudar mucho al entrenador de béisbol, y él estaba en el equipo hace un par de años".

"¿Y está seguro de que era él?".

"Cien por ciento".

"¿Qué estaba haciendo?".

"Estaba en el carril derecho, yendo muy despacio. Así es como le vi. Destacaba, ¿me entiendes?".

"¿Y qué estaba usted haciendo?".

"Salí a dar un paseo".

"¿Y está seguro de que fue la noche del veintitrés de mayo?".

"Absolutamente, mi esposa estaba fuera esa noche. Tiene que recordar que nuestra familia quería a Debbie. Cuando desapareció, quedamos conmocionados".

"¿Por qué no nos dijo que vio al señor López antes de hoy?".

"Sé que probablemente debería haberlo hecho, pero no creía que Javier fuera un secuestrador, pero cuando supimos que la habían asesinado, empecé a pensar".

"En el camino de vuelta, ¿vio algo?".

"No estoy seguro, pero podría haber estado estacionado en el lote de esos condominios de autos".

Otro concepto inaudito hace diez años. "¿Los que están enfrente de Briarwood?".

"Sí, no puedo estar seguro, pero conduciendo, parecía su auto".

Tenían que tener cámaras. "¿Puede recordar qué edificio?".

Arrugó la nariz. "¿En algún lugar en el medio?".

"Su hijo y el señor López eran rivales".

"Oh, yo no diría eso. Es solo la cosa normal de la testosterona adolescente entre chicos. Recuerda esos días, ¿no?".

"¿Qué tipo de auto conducía el señor López?".

"Un SUV blanco. No uno de esos grandes; como de tamaño normal. Era japonés".

"¿Dónde estaba su hijo esa noche?".

"¿Mi hijo? ¿Qué tiene él que ver con esto?".

"Por favor, responda a la pregunta".

"Estaba en casa, conmigo".

"¿Estaba su esposa también allí?".

"No, dije que estaba fuera con su madre visitando a su hermana en Orlando".

"¿Qué cree que le pasó a Debbie Holmes?".

"Alguien la agarró de la bici, o la dejó y se subió a un auto con alguien".

"¿Y cree que ese alguien podría ser Javier López?".

"No lo sé, pero ese chico estaba allí esa noche".

"Deberías haber visto al padre; es exactamente igual que su hijo".

Derrick dijo: "Es al revés; el chico se parece a su padre".

¿Iba a hacer un máster en inglés? "Lo que sea. De todos modos, dijo que López estaba en Livingston la noche que Holmes desapareció".

"Podía serlo, porque ese día no estaba entrenando en la piscina".

"¿En serio?".

"Sí. El entrenador dijo que le dan a cada chico un día libre cada dos semanas para que descansen sus cuerpos y el veintitrés era el día libre de López".

"El maldito chico mintió tan fácilmente".

"Tienen mucha práctica".

"Tenemos que indagar sobre él. Averiguar si ha actuado agresivamente, especialmente con las mujeres".

"Estaría bien echar un vistazo a sus antecedentes juveniles".

"Necesitaremos más para eso".

Sonó mi móvil. "Es Bilotti. Hazme un favor y averigua qué tipo de auto conduce López".

"Hola, Doc, ¿cómo estás?".

"Bastante bien. Quería ponerte al día sobre Deborah Holmes".

"¿Qué tienes?".

"Creemos que su muerte ocurrió probablemente el miércoles veinticinco o a primera hora del jueves veintiséis".

Demasiado para vivir mucho y morir rápido. La pobre chica falló en ambos. "¿Causa de la muerte sin cambios como asfixia?".

"Sí. Las contusiones que sufrió no eran profundas, no de un arma".

"¿Relacionadas con una lucha?".

"Es posible, pero con la descomposición, es imposible determinarlo. Sin embargo, en cuanto a haber estado cautiva, tampoco es concluyente, pero los hematomas alrededor de una muñeca son sugestivos".

"¿Sugestivos? ¿Hasta ahí puedes llegar?".

"Lo siento, Frank. No puedo ser definitivo. Ojalá pudiera ser de más ayuda".

"Lo entiendo, Doc. Pero es mejor disculparse con una buena botella".

Se rió entre dientes. "Por cierto, otro amigo mío del vino va a ir a la boda de los McCormick. Los dos llevaremos una o dos botellas".

"Ahora estamos hablando".

"Me hace ilusión, pero te advierto que no bailaré contigo".

"Si alguna vez me ves en una pista de baile, es que he bebido demasiado".

Después de poner al día a Derrick, dijo: "¿Adivina

quién conduce un Acura MDX blanco de 2015?".

"¿López?".

"Sí".

"¿Es un SUV?".

"Claro que sí".

"Consigamos todo lo que podamos sobre López. No sabemos nada de él".

"¿Por qué no ves si podemos echar un vistazo a su expediente juvenil?".

"Es una posibilidad remota".

"Ve por ello. Conseguiré lo que pueda de López".

EL SHERIFF Remin salía del ascensor. "Oye, ¿puedo hablar contigo?".

Miró el reloj. "Solo tengo un minuto. El comisario está en camino".

"Está bien".

Remin se deslizó detrás de su escritorio. "¿Asumo que esto es sobre el caso Holmes?".

"Sí, señor".

Miró una nota en su escritorio. "Adelante".

"Estamos investigando a alguien. Es un ángulo pasional, y fue colocado en el vecindario donde Holmes fue vista por última vez".

Remin enarcó las cejas. "Suena prometedor".

"Así es. Pero en este momento, eso es todo lo que tenemos. La persona de interés es un estudiante universitario llamado Javier López".

"¿Qué necesitas de mí?".

"Tiene antecedentes juveniles…".

"¿Y quieres echarle un vistazo?".

"Podría ser útil. Si averiguamos cuál fue el crimen, puede ser suficiente".

"Déjame ver qué puedo hacer. Me gustaría acabar con esto lo antes posible".

Ya éramos dos. "Gracias. Voy a anotar su nombre y social".

Derrick estaba al teléfono, tomando notas. Colgó. "Aparentemente, hay dos expedientes juveniles sobre López. ¿Qué dijo Remin?".

"Nos va a dejar echar un vistazo o al menos nos hará saber cuáles fueron los cargos".

"Bien. López fue criado por su padre. La madre murió hace tres años".

López no era un niño cuando perdió a su madre, pero fue un golpe; lo sabía muy bien. "¿Hijo único?".

Mientras alcanzaba el teléfono que sonaba, Derrick dijo: "Sí".

Puso la llamada en espera. "Es Félix Ramos. ¿Cuándo va a ir a la cárcel?".

Mis hombros se hundieron. "En unos diez días". Levanté el auricular. "Hola, señor Ramos".

"Hola, detective Luca. Me gustaría una actualización del caso de mi hija".

"No hay mucho que pueda revelar en este momento".

"¿Qué se supone que significa eso?".

Era una buena pregunta. "Estamos trabajando en ello y hemos desarrollado un boceto compuesto…".

"¿Sabe qué aspecto tiene?".

Mencionar el dibujo fue un error. "Posiblemente".

"¿Por qué no lo han hecho público?".

"No queremos que se escape".

"¿Sabe quién es pero no sabe dónde está?".

"Eso es todo lo que puedo decir en este momento. Tengo que irme, señor".

"Mire, sé que está tratando de encontrar a quien asesinó a esa pobre chica. Lo entiendo, pero no olvide lo que le pasó a mi Lisa".

"Créame, señor, no lo haré. Tan pronto como tenga algo, se lo haré saber".

Al colgar, dije: "Ramos perdió el control, pero como padre, lo siento por él".

"Debe ser exasperante".

No hacía falta estar suscrito a un periódico para enterarse de la palabra del día. Pero la mayoría de las veces, no la usaba en el contexto apropiado. "Holmes es la prioridad, pero hay un violador ahí fuera al que tenemos que atrapar".

"¿Te imaginas? ¿Agarramos al bastardo y lo encierran con Ramos?".

"Puede que estés viendo demasiada televisión".

"Eso sería un buen giro".

"Se sentiría bien durante un minuto, pero uno no quiere que su hijo crezca en un lugar donde eso ocurra. Somos la ley; puede que nuestro sistema judicial no sea perfecto, pero es mejor que una especie de batalla campal".

"Por supuesto, hombre. Solo digo…".

"¡Olvídalo! Tenemos trabajo que hacer".

La silla de Derrick se estrelló contra la pared mientras salía.

El asesinato de Holmes había relegado la violación a un segundo plano. Era a la vez comprensible e imperdonable. Esperar el posible acceso a los archivos del reformatorio proporcionaba la oportunidad de volver al caso Ramos.

Al mirar fijamente el dibujo, le rogué que me enviara un mensaje. Los ojos estaban brillantes. Pero el supuesto testigo era Noon. Sacaba de todas las películas que había visto. Lo dejé a un lado y abrí el expediente de Ramos.

Al leer las notas de la entrevista que había tomado, se me revolvió el estómago. Teníamos que detener a ese depredador. Extendí las fotos de los delincuentes sexuales que conocíamos, mi corazón empezó a latir con fuerza.

39

Al hojear los expedientes, saqué el de Richard Shaw. Había sido puesto en libertad antes de tiempo, aceptando ser castrado químicamente. Por eso lo pasamos por alto.

¿Nos habíamos perdido algo? Agarré el teléfono y marqué un número.

"Brian O'Leary, Departamento de Correccionales".

"Hola, Brian, soy Luca".

"Oye, Frankie, ¿cómo te va?".

"Bien. ¿Y tú?".

"Todo va bien. ¿Qué pasa?".

"Estoy trabajando en un caso de violación y quiero investigar a alguien".

"¿Qué quieres decir?".

"El tipo se llama Richard Shaw. Le dieron el alta antes de tiempo. Los registros indican que ha estado recibiendo sus dosis".

"Vale, ¿qué pasa?".

"Solo quiero estar seguro de que no ha habido ningún error".

"Registramos el número de lote y la fecha. Tienen que venir en persona".

"¿Puedes comprobarlo?".

"Claro, Frankie. Espera".

Pulsó el teclado. "Muy bien, lo tengo aquí. Shaw ha acudido a cada una de sus citas mensuales y ha recibido la dosis requerida cada vez".

"De acuerdo. Solo quería comprobarlo".

"No hay problema, amigo. Me alegra saber de ti".

"Que estés bien, amigo mío".

Valía la pena comprobarlo. Marqué el número de Bilotti. "Hola, Doc, ¿tienes un minuto?".

"¿Qué tienes en mente?".

"¿Funciona la castración química?".

Se rió entre dientes. "Tengo que decir que no me lo esperaba".

"¿No te preguntan eso todos los días?".

"Nunca más de una vez a la semana".

"Estamos persiguiendo un fantasma en el caso Ramos. Un par de pervertidos recién liberados están en el programa de castración. ¿Deberíamos echarles un vistazo más de cerca?".

"No soy un experto en la materia, pero el fármaco administrado reduce significativamente la testosterona. Efectivamente la reduce hasta un uno por ciento de los niveles normales".

"Vaya, realmente reduce el deseo sexual".

"Sí, y los fluidos seminales. Pero eso no significa que un depredador no pueda atacar a una mujer. Lo que mueve a estos delincuentes es algo más que su deseo sexual. La mayoría tiene que ver con el poder".

"Soy consciente de ello".

"La realidad es que los depredadores pueden ser abusivos incluso cuando no pueden penetrar a la víctima".

Ramos había sido penetrada. "¿Afecta la capacidad de tener una erección?".

"Sí".

"Gracias, Doc".

"Me alegra ser de ayuda. Que te vaya bien".

"Espera un segundo".

"¿Sí?".

"¿Hay alguna manera de revertirlo?".

"¿Los efectos de los fármacos utilizados?".

"Sí".

"Bueno, el tiempo mismo, erosiona la eficacia".

"Como lo que nos está pasando a todos".

Se rió entre dientes. "El Padre Tiempo es invencible".

Era mi línea, pero él podía tenerla. "Amén. Lo que quería decir era si hay un antídoto para las medicinas de castración".

"Podría ser. Simplemente no sé lo suficiente sobre esa clase de drogas".

"¿Hay alguna forma de que puedas revisarlo?".

"Veré qué investigaciones hay disponibles".

"Gracias, Doc".

Derrick entró con un café. No tenía uno para mí. Mi compañero se sentó detrás de su escritorio.

Era difícil concentrarse con un hombre adulto actuando como un niño de doce años.

Tras diez minutos de silencio, dije: "Mientras esperamos a Remin, ¿quieres llevarle el boceto al chico que vio al hombre en el parque?".

Se encogió de hombros. "Está bien".

"Vamos a necesitar saber si Noon está siendo él mismo o si está tramando algo".

Le entregué el boceto y se marchó sin decir nada.

Nuestro enfoque se centraba en los delincuentes sexuales conocidos. Era un hilo conductor obvio. Pero, ¿era la estrategia correcta?

No teníamos nada. Si el chico confirmaba que el boceto se parecía al hombre que vio, lo haríamos público. Si no, no teníamos nada.

Esperar a que volviera a atacar no era un plan. Aumentar las patrullas era una opción, pero no podíamos estar en todas partes.

La idea de atraer al violador con un señuelo parecía una opción razonable. Era peligroso usar a una oficial como cebo. Aunque estaríamos vigilando, las cosas podrían salir mal rápidamente.

Ese riesgo era real. Cuando Mary Ann trabajaba en la Unidad de Delitos Sexuales, fue usada para atraer a un pervertido. Aunque fuera por internet, en una sala de chat, me opuse.

El montaje tuvo éxito y el pervertido cumplió condena. Mary Ann podría tener información valiosa sobre cómo organizar una operación encubierta.

Llamé, pero después de seis timbres, saltó el buzón de voz. Probablemente estaba trabajando. Le mandé un mensaje para que llamara cuando pudiera y saqué otra carpeta.

La mujer Samus había escapado a duras penas de quien creíamos que era el mismo hombre que había agredido a Ramos.

Mi teléfono envió un mensaje: "No me siento bien. En la cama".

"¿Qué pasa?".

"No lo sé. Estaré bien".

Estaba ocultando algo. Derrick iba a estar fuera una

buena hora, y estábamos esperando a Remin. Agarrando las llaves, me dirigí a la puerta.

Las persianas del estudio estaban bajadas y la casa en silencio. Me dirigí al dormitorio y abrí la puerta lentamente. Entrecerré los ojos.

Mary Ann estaba bajo las sábanas.

Sentado en el borde de la cama, le palpé la frente. Estaba fría.

"¿Mary Ann?".

Abrió los ojos. "Frank, ¿qué estás haciendo aquí?".

"Estaba preocupado por ti".

"Estoy bien".

"Estar tumbada en la oscuridad en mitad del día no cuadra".

Cerró los ojos.

"Es la esclerosis múltiple, ¿verdad?".

Se encogió de hombros.

"¿Dónde? ¿En la cara?".

Ella asintió. "Toda mi cabeza".

No era el momento de despotricar sobre lo estresante que era su trabajo. Mary Ann me conocía mejor que yo a ella, pero no podía ocultarme que el nuevo trabajo la estaba afectando.

"¿Llamaste al neurólogo?".

Ella asintió.

"¿Qué han dicho?".

"Darle un día".

Los nuevos fármacos habían mantenido a raya su esclerosis múltiple. Fue el estrés lo que se la devolvió. No veía la ironía de trabajar para recuperar nuestros ahorros de jubilación pero estar demasiado enferma para disfrutar de los llamados "años dorados".

40

SOPESABA YO SI LLAMAR O NO AL NEURÓLOGO PARA
pedirle que le dijera a Mary Ann que dejara de trabajar
cuando Derrick entró corriendo a la estación.

"¿Cómo te fue?".

"El chico dijo que el boceto se parecía al hombre que
vio en el parque".

"Buen trabajo. Creo que deberíamos hacerlo público".

"Lo que tú consideres".

"No es lo que yo considere; somos socios. Me gustaría
que me dieras tu opinión".

Derrick abrió la boca, pero la cerró. Se quedó pensando
qué decir. Era inteligente, algo en lo que la doctora Bruno
me había entrenado.

Mientras iba a su escritorio, sonó mi móvil. "Es
Remin".

"Hola, señor".

"¿Estás en la oficina?".

"Sí. ¿Por qué?".

"Sube. Tengo un resumen de los expedientes de
menores por los que preguntaste".

"Vamos en camino".

Colgué y dije: "Vamos. Remin tiene información sobre los casos juveniles de López".

"¿Quieres que vaya?".

Con un brazo en la manga de mi saco deportivo, dije: "Claro".

Subiendo las escaleras, le dije: "¿Te parece que está bien que llame al médico de Mary Ann sin decírselo?".

"¿Qué pasa?".

"Su esclerosis múltiple se agravó. Sé que es por el trabajo. El estrés es muy malo para ella".

"Siento oírlo. ¿Se pondrá bien?".

"Sí, pero quiero que el médico le diga que lo deje".

"Oh, dios".

"¿Qué te parece?".

"Odio devolvértela, pero eres tú quien dice que nunca te metas en lo que pasa bajo el techo de otro".

Era un buen consejo. Abriendo de un empujón la puerta del segundo piso, dije: "Voy a llamar. No me importa si se enoja. Está poniendo en riesgo su salud".

Nos hicieron pasar a la oficina del sheriff. Remin estaba al teléfono y señaló las sillas frente a su escritorio.

Terminó la llamada y dijo: "Detectives, no tengo que recordarles lo delicados que son estos datos".

"Lo sabemos. Te agradecemos que los hayas conseguido".

Nos miró a cada uno a los ojos. "Tuve que pedir un favor. Espero que esto ayude".

"Lo entendemos".

Remin cogió un bloc de notas amarillo.

"López, y otro menor no identificado, fueron sorprendidos robando en el centro comercial Coastland Mall en septiembre de 2017. En el intento inicial de detener a los jóvenes, se abalanzaron sobre el guardia de seguridad, que sufrió heridas leves. Fueron atrapados por una de nuestras patrullas, en el estacionamiento".

"¿Llevaban armas?".

"No. Estaban desarmados".

"¿Pero asaltaron al guardia?".

"Sí. No le quito importancia, pero las heridas parecían menores".

"¿En qué tienda se produjo el robo?".

"Old Navy".

"¿Algo más que debamos saber sobre el incidente?".

"No".

"Gracias. ¿Qué tal el segundo caso?".

"También en 2017, pero en agosto, Javier López y otro joven fueron detenidos en el cementerio Crest Lawn, en el norte de Naples. Los menores habían profanado tumbas, derribando una docena de lápidas".

Derrick preguntó: "¿Sabemos quién era el otro chico?".

"Eso no se puede compartir".

La pregunta de Derrick era buena. "Entendemos. ¿Algo más?".

"López y su cómplice estaban intoxicados en el momento de su detención".

Fue un episodio vergonzoso, pero lo que nos dejó ver fue que, aparte de mezclar adolescentes y alcohol, era una porquería.

"¿Hay algo más que podamos encontrar útil?".

"Eso es todo, caballeros".

"Gracias".

"Buena suerte".

"Queríamos hacerle saber que el boceto hecho en el caso de violación fue confirmado por otro testigo".

"Buen trabajo".

"Nos gustaría hacer un llamamiento público, y ver si alguien puede identificar al hombre".

"Sácalo cuanto antes".

Me puse de pie. "Lo haré".

Bajamos las escaleras y Derrick dijo: "¿Qué opinas de los expedientes del reformatorio?".

"No mucho. Podrían ser las estupideces que suelen hacer los niños".

"No lo sé. Como mínimo, demuestra poco juicio y una falta de respeto sin sentido no solo por la ley, sino por los muertos".

¿Falta de respeto sin sentido? Debe haber visto *Ley y Orden* anoche. "Es verdad. Es solo que no sé cómo se pasa de dañar un cementerio y un robo menor a un secuestro y asesinato".

"No sabemos si fue secuestrada".

"Cierto…".

"Pero añade algo de pasión, mezcla hormonas masculinas y puede volverse volátil".

Tenía la habilidad de colar palabras nuevas, pero no encajaban. Otra vez. "No lo estoy descartando. Son actos criminales pero no violentos…".

"¿Cómo puedes decir eso? Le dieron una paliza al guardia".

"Tienes razón. Pudo haber sido algo físico que se salió de control".

"Fácil de hacer, especialmente si había estado bebiendo".

"De cualquier manera, tenemos que hablar con López".

"Yo digo que lo traigamos".

Parecía pronto para hacerlo. "¿Tú crees?".

"¿Por qué no? Si lo presionamos cuando está aquí, podría ceder".

"Corremos el riesgo de que consiga un abogado".

"Vale la pena hacerlo. Si está involucrado, conseguirá un abogado de todos modos".

"Vale. ¿Quieres llegar a él o encargarte del anuncio público?".

"Voy a traer a López".

Se sentía demasiado agresivo. "Vale, pero ten en cuenta que no tenemos mucho…".

"No olvides que el chico mintió sobre su coartada".

Tenía razón, y quizá era el estilo o el hecho de que se empeñaba en hacerlo a su manera, pero me incomodaba.

41

APAGUÉ LA COMPUTADORA Y SONÓ EL TELÉFONO. ERA UN viejo amigo que trabajaba en la oficina del sheriff de Port Charlotte. Lo que dijo aclaró una situación, pero me impactó.

Pellizcándome el puente de la nariz, intenté comprender qué había salido mal. Era la llave inglesa que no había visto venir. ¿Y ahora qué?

Derrick asomó la cabeza en la oficina. "Vamos. Están en la sala de entrevistas cuatro".

"Voy para allá".

Teníamos que hacer una entrevista, y lo que había aprendido iba a hacerla aún más interesante.

Aunque Jim Ponte era abogado defensor, era uno de los pocos abogados que me gustaban de verdad. El abogado susurraba al oído de su nuevo cliente, Javier López.

Derrick dijo: "Nada de lo que diga va a salvarlo".

"Ponte es un tipo directo. Es el primero en llegar a un acuerdo cuando la situación lo requiere".

"Muy bien, vamos".

Al entrar en la habitación, había un cincuenta por ciento de probabilidad de que Derrick haría enojar a uno de los pocos hombres buenos que había en el otro lado.

Nos dimos la mano, declaramos lo necesario y Derrick dijo: "Querías a tu madre, ¿verdad?".

"Por supuesto que sí. Era la mejor".

"¿La echas de menos?".

"Todos los días".

Ponte dijo: "Detective, ¿hay alguna razón por la que esté cuestionando la relación de mi cliente con su madre?".

"Deme un minuto, abogado". Derrick miró al cliente de Ponte. "Señor López, ¿quién es Denise McCarthy?".

"¿La señora McCarthy? ¿Nuestra vecina de al lado?".

"Sí".

"¿Qué pasa con ella?".

"La señora McCarthy fue testigo de otro de tus arrebatos de ira". Lo dejó en suspenso durante diez segundos antes de continuar: "Tu madre estaba muy enferma en 2016. ¿Verdad?".

"Sí".

"Querías a tu madre, y aun así le lanzaste un vaso, hiriéndola gravemente".

"No, eso no es lo que pasó".

"Cuéntanos, entonces".

"Vale, estaba enfadado, pero mamá decía que no quería seguir más con el tratamiento".

"¿No estabas de acuerdo con su decisión, así que le hiciste daño? ¿Es eso lo que pasó con Debbie Holmes?".

Ponte dijo: "No respondas a eso".

"Como resultado de tu violenta explosión, tu madre sufrió un corte tan grave que necesitó una transfusión".

"Fue un accidente. Tomaba drogas que hicieron que la hemorragia fuera peor de lo que debería haber sido".

"Mi cliente ya ha declarado que fue un desafortunado accidente. Permítame recordarle que no se presentaron cargos por el incidente".

"Abogado, le sugiero que hable con el señor López. Si coopera, antes de presentar cargos, tendremos cierto margen".

Ponte me miró, pero desvié la mirada. Derrick iba muy rápido, pero López se hundía lentamente.

DERRICK DIJO: "Podremos conseguir una orden, ¿no crees?".

"Tenemos una oportunidad decente si lo limitamos al auto de López".

"Buena idea. Entonces, lo tenemos en el lugar y durante el periodo de tiempo en que desapareció".

"Según algunos amigos de Holmes, los avances de López fueron rechazados por Holmes".

"Mintió sobre dónde estaba, y tiene dos casos juveniles".

"No puedes usarlos".

"Lo sé, pero aún puedo susurrar".

"No te gusta este chico, pero no lo vuelvas personal".

"No es que no me guste. Creo que lo hizo".

"Conozco a su abogado, y Ponte realmente cree que el chico no lo hizo".

"No puedes escucharle".

"Es un buen tipo. No me habría llamado si no lo creyera".

"¿No eres tú el que dijo que nunca hay que confiar en un abogado defensor?".

"Hay una excepción para todo, y Ponte es una".

Se rió.

Cerré la puerta del despacho y dije: "Tenemos que hablar".

"¿Sobre qué?".

"Port Charlotte".

"¿Quién te lo ha dicho?".

"Un amigo".

Sacudió la cabeza. "Solo estoy explorando mis opciones".

"¿Qué está pasando?".

"Nada".

"¿Solicitas el puesto de detective jefe en Port Charlotte y no pasa nada?".

"Olvídalo, ¿vale?".

"No. Tengo que saber por qué mi compañero quiere irse".

"Es una buena oportunidad. Yo dirigiría las cosas".

No fue fácil aguantar mientras utilizaba tácticas discutibles durante las entrevistas, pero fue bueno que lo hiciera. "Estás corriendo con López. Además, no voy a estar aquí mucho más tiempo; tú tomarías el relevo".

"No es lo mismo".

"Haremos que sea lo mismo. Dime que…".

"Me has enseñado mucho, Frank. Estoy deseando ver si puedo hacerlo".

"Ya lo has hecho. Tienes mejores instintos que yo".

"No sé nada de eso".

"Vamos a resolver esto. Hacemos un gran equipo".

"Lo hacemos, pero es más que eso. Ofrecen una prima por firmar y el sueldo es mejor".

"Déjame ver qué puedo conseguir de Remin".

"Gracias, pero es más barato vivir allí. Las casas cuestan la mitad que aquí".

Los precios de la vivienda empezaban a echar a la gente de Naples. "No puedo arreglar eso. Pero te encanta estar aquí".

"Sí, me gusta. Lynn incluso lo aprecia más que yo".

Su esposa podría ser un activo importante. "Esposa feliz, vida feliz".

Sacudió la cabeza.

No tenía ni idea de si era verdad, pero le dije: "Y las escuelas de aquí abajo son mucho mejores que las de allí arriba".

"¿En serio?".

"Ah, sí. ¿Y quieres hacerme conducir para visitarte?".

Se rió entre dientes. "No es un trato hecho".

"Espero que no, pero que conste que cuando me pidieron referencias, les dije que serías el mejor del estado, después de mí, claro".

Gesso llamó a la puerta y entró. "¿Puerta cerrada? ¿Algo que deba saber?".

Le dije: "No. Solo le puse un video tonto".

"Envíamelo".

"¿Qué está pasando?".

"Acabo de recibir una actualización de la línea directa". Me entregó una nota. "Esta mujer llamó, dijo que el boceto se parece a su hermano".

"Amanda Reel".

"Me imaginé que querrías aprovecharlo".

"Gracias, sargento. El momento es bueno; estamos esperando una orden para catear el auto de López".

Gesso salió y Derrick dijo: "Ve a ver a esta mujer. Yo me quedaré aquí. Si llega la orden, conseguiré una grúa".

"¿Seguro?".

"Absolutamente".

"No vas a huir a Port Charlotte, ¿verdad?".

"Ponte en marcha, ¿quieres?".

Era difícil imaginarme haciendo este trabajo sin Derrick a mi lado. Tenía derecho a hacer lo que consideraba bueno para él y su familia. Si se iba, tendría que plantearme seriamente la posibilidad de jubilarme anticipadamente.

42

DE PIE, LÓPEZ TENÍA UN BRAZO SOBRE EL PECHO Y presionaba el codo contra su cuerpo con la otra mano.

Derrick volvió del baño. Miró el video de la sala de entrevistas y dijo: "¿Qué diablos está haciendo?".

"Parece un estiramiento. Un tipo con el que fui a la universidad era nadador, y siempre estaba estirando los hombros".

"Me pregunto si el chico es bueno".

"Está becado. Supongo que sí. ¿Cómo estaba cuando lo recogiste?".

"Me siguió hasta aquí. Le dije que solo necesitábamos antecedentes".

Antes de que pudiera responder, Ponte salió del baño y dijo: "Hagámoslo".

Entramos en la habitación. López tenía las manos en los tobillos. El chico era Gumby.

"¿Haciendo tus estiramientos?".

"Sí, es súper importante. Cada vez que voy en auto o estoy sentado media hora, hago estiramientos. Si no estás pendiente de ello, tus músculos se atrofian".

Los estiramientos y yo éramos como jirafas en una tabla de surf. No sonaba bien, pero si el chico tenía razón, era hora de reevaluar los estiramientos.

Derrick encendió el sistema de grabación y recitó las formalidades. Abandonando el papel de poli bueno, dijo: "Dijiste que estabas entrenando la noche en que Deborah Holmes fue vista por última vez".

El miedo se reflejó en el rostro de López. "¿No es así?".

"No. Estabas fuera esa noche".

"¿En serio?".

"¿Por qué mentiste?".

Ponte dijo: "Es una acusación innecesaria en este momento".

"Retractado. ¿Por qué nos dijiste que estabas entrenando cuando no lo estabas?"

"No lo hice a propósito. Se me olvida, eso es todo".

"Esto va a ser mucho más fácil si dejas de jugar y nos dices dónde estabas".

"Probablemente en algún lugar del campus".

"Tenemos un testigo que te sitúa en Livingston Road por Briarwood, la noche en cuestión".

¿"Livingston"? Ah, sí. Fui a ver a mi amigo, John. Fuimos juntos a Baron Collier".

"¿Y te acabas de acordar ahora?".

"Se me olvidó por completo. Se está tomando un año sabático antes de ir a la universidad".

"¿Este John tiene apellido?".

"Boyers". John Boyers. Tiene un departamento en Orchid Run, en Livingston".

La comunidad de departamentos estaba enrejada y tenía cámaras.

"Le daremos detalles de contacto, detective".

"Gracias. ¿Cuánto tiempo estuviste allí?".

"Oh, yo no, en sí, lo vi. Fui allí, y no estaba en casa, así que fui a Celebration Park. Le gusta pasar el rato allí. Me imaginé que estaría allí".

"¿Estaba ahí?".

"No. Resultó que fue a Sarasota a ver a una chica".

"Déjame adivinar; nadie puede verificar esta nueva coartada tuya".

"No es nuevo, es donde yo estaba. No sabía que no iba a estar en casa".

"Y no sabías que no tenías entrenamiento de natación esa noche".

"No, es donde estoy todos los días".

Le dije: "Como menor, has tenido un par de arrestos".

"Espere, detective, esos archivos están sellados".

"Lo siento, abogado, tenemos permiso para ver un sumario. Háblanos de las detenciones".

Bajó los hombros. "Sí, pero fue una época difícil. Mi madre había muerto, y yo era un desastre, ¿sabes?".

Perder a tu madre es duro a cualquier edad, pero para un adolescente es traumático. "¿Qué pasó?".

"Quiero decir, fue estúpido y estaba enfadado. Enfadado porque mamá, ya sabes, se había ido. Supongo que me estaba comportando mal".

Derrick dijo: "Queremos detalles sobre tu delincuencia".

"Bueno, lo del cementerio, habíamos estado bebiendo y empezamos, ya sabes, a ser estúpidos. Estuvo mal, y me sentí muy mal y nosotros, quiero decir mi padre, pagó para arreglarlo todo".

"Pero no captaste el mensaje, porque un mes después estabas robando en una tienda y, cuando te pillaron, asaltaste al guardia".

¿"Asalto"? No, no, no fue eso. Me agarró del brazo y

me lo estaba retorciendo. Grité y no paraba. Jimmy intentó ayudarme y empujó al tipo. Cayó en un exhibidor y huimos".

"Entonces, ¿no fue tu culpa?".

Se encogió de hombros. "Mira, intenté robar un estúpido sombrero, pero no asalté a nadie. Fue un accidente. He dicho que lo siento".

Derrick golpeó la mesa con la palma de la mano. "Tienes una excusa para todo. Entonces, dinos cómo Debbie Holmes terminó asesinada".

"Mi cliente ha negado repetidamente saber algo del asesinato".

"Señor López, ¿qué estaba haciendo donde ella desapareció?".

"Es solo una coincidencia. Probablemente pasaba por allí".

"¿Tomaste la I-75 desde la escuela?".

"Sí".

"¿Por qué no tomaste la salida Golden Gate? Está más cerca de Orchid Run".

Era una buena pregunta. Tomar la Golden Gate no habría puesto a López donde vivía Holmes.

"No lo sé. Solo tomé Pine Ridge, como siempre lo hago. Probablemente en piloto automático".

"Te vieron estacionado enfrente de Briarwood, en el estacionamiento de autos".

"De ninguna manera. Yo no estaba allí".

"Un testigo te vio".

"Están mintiendo".

"Contigo, o es una coincidencia, un error o alguien miente".

"Si continúa recriminando a mi cliente, tendremos que terminar esta entrevista".

Derrick negó con la cabeza. "Señor López, se está cavando un hoyo muy profundo".

"¿Qué quieres decir? Estoy siendo sincero".

Derrick se inclinó sobre la mesa y bajó la voz: "Mira, lo mejor que puedes hacer es cooperar. Dinos lo que pasó con Debbie, y haremos el mejor trato que podamos para ti".

"¿Qué?".

"¡Dinos cómo mataste a Debbie Holmes!".

Ponte saltó de su silla. "Esta entrevista ha terminado".

Cuando se fueron, les dije: "Quizá te has pasado un poco con él".

"Iba a callarse de cualquier manera".

"Tal vez. Necesitamos más información sobre López".

"Sí, y me encantaría que los forenses revisaran su departamento y su auto".

"Es más probable que su vehículo tenga algo, pero necesitaremos más para conseguir una orden de registro".

"Lo conseguiré. Ya lo verás".

En bata, Mary Ann sacaba una bolsita de té de una taza. "¿Cómo te sientes?".

"Mejor".

Su voz era débil. "Aquí, déjame llevar el té".

"No soy una inválida".

"Lo sé, solo intento ayudar".

"¿Es eso lo que estás haciendo?".

"Sí, ¿por qué?".

"¿Y decirle a Recursos Humanos que el trabajo me pone enferma, es tu idea de ayudar?".

Su médico no quiso cooperar. "Vamos, cariño. Ambos sabemos que el estrés no es bueno para ti".

Su cara se arrugó. "Solo quiero volver a ser yo misma".

"Lo estás haciendo. Solo tienes que hacer algunos ajustes".

Se desplomó en el sofá. "Como no hacer nada en todo el día".

"Eso no es verdad. No quiero que enfermes tanto que no podamos disfrutar juntos de nuestra jubilación".

"Sin dinero, no vamos a hacer gran cosa".

"Lo haremos. No me importa si tenemos que reducir el tamaño. No necesitamos mucho para divertirnos".

Me tomó la mano, pero fue mi corazón el que lo sintió. De espaldas contra el sofá, me senté en el suelo: "¿Recuerdas la primera vez que fuimos a la playa de Clam Pass?".

Sonrió.

"¿Y me pillaste mirándote el trasero?".

Sonó mi teléfono. "Tengo que contestar. Es Derrick, y ha estado en una misión para probarse a sí mismo ante mí".

Le contesté: "Hola. ¿Qué pasa?".

Derrick dijo: "Tenemos a López. Hablé con un vecino, y bingo, tenemos suficiente para la orden".

"¿Qué ha dicho?".

43

Al girar hacia el Paseo de Verona, pasé por un puente blanco y rosa. El escenario era una referencia a la antigua ciudad del norte de Italia donde se ambientó *Romeo y Julieta*, de Shakespeare.

Al estacionarme frente a la casa de Amanda Reel, me pregunté qué significaba vivir en una calle llamada Chianti Lane. ¿Hacían fiestas del vino? ¿Se permitía la entrada a los amantes del Riesling?

Resistiendo el deseo de hacer una foto de la señal de la calle, subí por el camino de adoquines. Reel abrió la puerta de un empujón. Sin maquillaje, tenía bolsas bajo los ojos.

"Adelante".

¿Había pasado una tormenta y había dejado abiertas las ventanas del segundo piso? Reel parecía una ciudadana honrada pero era una pésima ama de casa.

"Gracias por llamar".

Frunció el ceño. "No fue fácil, pero si Richard hizo esto, tiene que enfrentar las consecuencias".

"Comprendo".

"No se va a enterar, ¿verdad? Les dije que quería que esto fuera confidencial".

"No, no sabrá que ha llamado".

Ella asintió.

"¿Cuál es el nombre completo de su hermano?".

Murmuró, y mi mandíbula se tensó.

"¿Perdón?".

"Richard Shaw, pero casi todo el mundo le llama Ricky".

No lo escribí.

"¿Tienes una foto reciente de él?".

"Espere, creo que tenemos algo de Navidad". Se acercó a una cómoda y abrió un cajón. Buscó y levantó una. "Aquí tiene".

Una familia de aspecto normal se apiñaba en torno a una mesa llena de comida. Shaw estaba en primer plano. No me sentó mal ver el jamón, sino que su expediente estuviera en mi escritorio.

Sabía la respuesta, pero pregunté de todos modos. "¿Dónde vive?".

"Ah, en 47908 Ninety-Seventh Avenue, en Naples Park. Está alquilando un bungaló allí".

"De acuerdo. Hablaremos con él y lo investigaremos".

"Espero equivocarme".

Ya éramos dos. "Y por favor no le mencione nada".

"No lo haré".

"Y, eh, si es él, no sea demasiado duro con él, ¿de acuerdo?".

Mentir era fácil. "No lo haremos".

Bajando las escaleras, saqué mi teléfono. "Derrick, parece que podría ser Ricky Shaw".

"Es uno de los agresores, ¿verdad?".

"Sí. Uno que toma las drogas de castración".

"Uh-oh".

"No. Lo comprobé. Dijeron que no se había saltado ninguna dosis".

"Tal vez haya una manera de revertirlo".

No era justo, pero tampoco lo era la vida, así que le dije: "Le pedí a Bilotti que indagara, pero nunca me contestó".

"Tenemos que investigarlo".

"Voy directamente allí. ¿Quieres reunirte conmigo?".

El otro teléfono estaba sonando. Derrick dijo: "Espera, Frank".

Colgó el auricular mientras yo subía a mi auto. Veinte segundos después, dijo: "¿Frank?".

"Sí".

"Tenemos la orden. Voy a supervisar la recogida".

Naples Park era un estudio de contrastes: bungalós de sesenta años que necesitaban reformas, mezclados con casas nuevas de estilo costero. La belleza del barrio residía en su proximidad a la playa.

Shaw vivía en una casa de bloques de color amarillo brillante de no más de mil doscientos metros cuadrados. Al caminar hacia la puerta, me pregunté cuánto se pagaría hoy en día por una casa así.

El Dodge Daytona de 1990 a su nombre estaba aparcado en la entrada de grava. No era un SUV como el que el aficionado a los veleros decía haber visto, pero era plateado.

El timbre colgaba del marco de la puerta. Dentro

sonaba música rock. Metí la mano por la rendija de la mosquitera y aporreé la puerta.

Shaw abrió. Tenía mucho menos pelo que en su ficha policial y le faltaba un diente. "¿Qué pasa?".

Tenía un acento. En lugar de agarrarle del cuello, le tendí mi placa. "Me gustaría tener una charla".

"¿Sobre qué?".

No olía a tabaco, pero sus dientes tenían el color de un fumador empedernido. "Un par de cosas. ¿Quieres hacer esto dentro o en la estación?".

"Oh, vamos, hombre". Abrió la puerta. Un sillón reclinable solitario, y un televisor en un soporte eran los únicos elementos en la habitación. "No tengo muchos muebles. Pero podemos ir atrás. Tengo una mesa de picnic a la sombra".

Un árbol baniano de la mitad del ancho de la casa tapaba el sol de todo el patio. Sobre una mesa de plástico sucia había tres botellas de cerveza vacías.

De complexión media, Shaw se sentó en una silla plegable. Quité los restos vegetales del banco y me senté. La pierna de Shaw rebotaba como un martillo neumático.

"De acuerdo, señor Shaw. Antes de empezar, quiero advertirte; si me mientes, haré que tu agente de la condicional te encierre".

"Tranquilo, hombre. No te preocupes".

"¿Dónde estuviste la noche del diez de mayo, a partir de las cinco?".

"Estuve aquí".

Después de un mes, no podría decirte dónde había estado. "¿Algún testigo que respalde eso?".

"No. Soy un solitario".

"¿Cómo puedes estar seguro? Fue hace más de un mes".

"Es el cumpleaños de mi hermana".

"¿Y el catorce?".

"Oh, no lo sé. Normalmente me quedo en casa. Esas drogas que me hacen tomar, me hacen sentir como una mierda, ya sabes".

"Bueno, no deberías haber agredido a esas mujeres".

"Lo sé".

"¿Con qué frecuencia vas al parque North Collier?".

Sus ojos se desviaron. "¿Ese es el de Livingston?".

"Sí".

Shaw meneó la cabeza. "Nunca he estado allí".

"Te dije que no mintieras".

"Yo miento. Nunca fui allí".

"Tenemos dos testigos que te sitúan allí".

"De ninguna manera, hombre".

"Dicen que estabas allí la noche que violaron a una mujer".

"Oye, hombre, no he sido yo. No puede ser, no tengo deseo sexual".

"Vamos, señor Shaw. Sabes que violar no es solo excitarse. Se trata de poder".

"Mira. Cumplí mi condena y puedes comprobarlo. Tomo mis medicinas cada mes y veo a mi oficial de libertad condicional. Incluso tengo un trabajo. No es a tiempo completo, pero tengo veinte horas a la semana".

Saqué mi teléfono. "Espera un segundo. Alguien me está llamando".

Blindando la pantalla, abrí una aplicación de grabación y dije: "Mi mujer quiere que recoja algo".

"Sé un buen marido, ahora".

"¿Dónde trabajas?".

"El Auto Spa, frente a Driftwood".

"¿Te gusta allí?".

"No es fácil conseguir un trabajo con antecedentes, sabes".

Estaba recibiendo menos que cero simpatía de mi parte. "Asegúrate de no meterte en problemas. Te estamos vigilando".

Se levantó de un salto. "Lo haré, lo haré. No te preocupes".

44

CERRÉ LA PUERTA DEL AUTO, SAQUÉ EL TELÉFONO Y ABRÍ la aplicación de audio. Le di al play. La voz de Shaw era clara: "Sé un buen marido, ahora".

Le pregunté: "¿Dónde trabajas?".

"El Auto Spa, frente a Driftwood".

"¿Te gusta allí?".

"No es fácil conseguir un trabajo con antecedentes, sabes".

"Asegúrate de no meterte en líos. Te estamos vigilando".

"Lo haré, lo haré. No te preocupes".

La grabación sería un buen comienzo para acercarse a Shaw. En el teléfono me desplacé hasta el número de Lisa Shaw y adjunté el archivo en un mensaje de texto. A punto de enviarlo, lo borré e hice una llamada.

"Sargento, soy Luca".

"¿Qué está pasando?".

"Necesitamos que vigilar a Richard Shaw. Podría ser el violador, y no podemos arriesgarnos a que ataque de nuevo antes de que podamos construir un caso".

"No hay problema".

Tras darle la dirección y el lugar donde trabajaba Shaw, hice otra llamada antes de marcharme.

Las persianas estaban bajadas, y no era para que no diera el sol. Envié un mensaje de texto antes de acercarme a la puerta.

Me puse en línea directa con la mirilla. Dos clics después, la puerta se abrió de golpe.

"Soy el detective Luca, señorita Ramos".

Al deslizarme dentro, noté el tono grisáceo de su piel. Ramos escudriñó mi cara. "¿Lo... lo atrapaste?".

"Nos estamos acercando, pero lo tenemos vigilado las veinticuatro horas. No va a hacer más daño".

Ella asintió.

"Dijiste que la persona que te asaltó tenía un acento".

Cerró los ojos y asintió.

"Me gustaría que escucharas una grabación de alguien y vieras si te suena. ¿Estarías dispuesto a hacerlo?".

Otro asentimiento silencioso.

"Bien. Empuñé el teléfono y pulsé el botón de reproducción. Los ojos de Ramos se abrieron de par en par y dio un paso atrás. "Es, es él. Sé que lo es".

"¿Estás segura?".

Con una mirada que sugería migraña, susurró: "Nunca olvidaré el sonido de su voz".

No era el momento de informarle que probablemente necesitaríamos que viniera a hacer una declaración formal. El problema era que la identificación de audio por sí sola no pondría a Shaw entre rejas. No era suficiente para un tribunal o para mí.

Al despedirme de Ramos, me atormentaba el hecho de que las víctimas de agresiones sexuales tuvieran más de diez veces más probabilidades de suicidarse.

Agarrar a Shaw por la violación, o a cualquiera, si no fue él, le aseguraría a Ramos que ella no estaba en peligro, pero no revertiría nada.

Su padre se había comportado como un imbécil, poniendo más presión sobre su frágil estado mental. Sentado en mi auto, hice una llamada.

"Servicios Sociales, soy Sophia Livoti".

"Hola, Sophie, soy Frank Luca".

"¿Cómo estás?".

"Estoy bien. Mira, acabo de dejar a Lisa Ramos, y, no sé, no está bien".

"A las víctimas les lleva mucho tiempo y, a menudo, años de terapia llegar a un punto en el que la vida les parezca normal".

"¿Puedes asegurarte de que alguien vaya a verla una vez al día?".

"¿Crees que es una amenaza para su propia vida? ¿Deberíamos considerar la Ley Baker?".

"No estoy capacitado para evaluarla. Pero enviar a alguien que pudiera hacerlo es una gran idea".

"Voy a darme una vuelta yo misma. Si está en crisis, te lo haré saber".

Obligarla a ingresar en una unidad psiquiátrica no era algo con lo que me sintiera cómodo, pero no quería que se hiciera daño o algo peor.

Hice otra llamada. "Derrick, Ramos identificó la voz de Shaw".

"Atraparemos a ese bastardo. ¿Y ahora qué?".

"Quiero pasar por casa para ver cómo está Mary Ann".

"¿Está bien?".

"Sí, cada vez mejor. ¿Puedes pedirle a Gesso que envíe a alguien a enseñarle a Noon y al niño una foto de Shaw?".

"Claro. ¿La del archivo?".

"No, su licencia de manejo es más actual".

"Entendido".

"¿Qué pasa con el vehículo de López?".

"Está de camino al garaje. Los forenses llegarán a él en uno o dos días".

"Pídeles que rocíen luminol. Sabremos enseguida si hay sangre".

Dudó. "Buena idea".

Quería decir, aún puedes aprender de mí, pero a cambio dije: "No me des ningún premio todavía".

"Si cerramos estos dos casos, nos darán medallas".

"Sé lo que quieres decir, pero nuestro trabajo es resolver crímenes".

"Solo digo que nos cuesta mucho".

Si tomaba la delantera en Port Charlotte, el peaje iba a ser mayor. "Seguro que sí. Pero tener presentes a las víctimas te da fuerzas para seguir adelante. Hasta luego".

Mary Ann dormía la siesta en la terraza. Me senté en el borde de la tumbona y ella se revolvió. "¿Qué haces en casa?".

Decir que fui a cargar mi batería emocional la preocuparía. "Estaba en el vecindario y pensé en saludar".

"Estoy bien".

"¿Cómo va el dolor?".

"Se ha ido".

"¿Segura?".

"Sí. Salí a leer".

"Bien. No hace daño tomar vitamina D".

"Hace tan buen día hoy".

"Lo es. ¿Hablaste con Jessie?".

"No".

"Sorprendámosla y hagámosle FaceTime".

"¿Ahora? No recuerdo si tiene clase. Es miércoles, ¿no?".

"Todo el día".

"Solo tiene clases por la mañana".

"Empieza a marcar. Si está ocupada, no contestará".

Mary Ann pulsó un botón y sostuvo el teléfono con el brazo extendido. La cara sonriente de Jessie llenó la pantalla. "Hola, señores, ¿cómo están?".

Disimulé una lágrima y le dije: "Estás preciosa".

"Gracias, papá. ¿Qué haces en casa?".

"Solo pasé a saludar a mamá".

"Qué bien. ¿Qué van a hacer hoy?".

Mary Ann dijo: "No mucho. Hice mis vueltas en la alberca esta mañana, y tal vez vaya de compras más tarde".

No le había dicho nada a Jessie sobre el brote de esclerosis múltiple. A los padres les gustaba proteger a sus hijos de las preocupaciones. Si esa era una buena estrategia estaba a discusión.

"Mamá y yo estamos bien. ¿Qué has estado haciendo, *Ivy Leaguer?*".

Su sonrisa era como estar conectado a una central eléctrica. Era motivación más que suficiente para alejar de la calle al mayor número posible de cretinos.

45

DERRICK ESTABA AL TELÉFONO CUANDO ENTRÉ. ME HIZO un gesto con el pulgar antes de colgar y me dijo: "Era Skip. Dijo que el chico estaba bastante seguro de que era Shaw, dijo que lo reconoció enseguida".

"¿Qué pasa con Noon? ¿Qué dice?".

"No pudo identificarlo, pero ya conoces a Noon".

"Es un buen tipo. Solo quiere ayudar".

"El chico hizo la identificación. ¿Qué piensas, Frank? ¿Traemos a Shaw?".

"No estoy seguro. Estoy pensando en pedir una orden para revisar su casa y su vehículo".

"¿Qué crees que encontraríamos?".

"¿Quién sabe? Las cosas que guardan estos locos me sorprenden cada vez".

"No digo que no se hubiera atrapado a algunos asesinos sin los recuerdos que guardan, pero seguro que habría sido más difícil".

"Muestra lo enfermos que están estos bastardos".

"Sin duda".

"Vamos a redactar una solicitud de orden de cateo".

Una hora después, Derrick dijo: "Creo que es suficiente".

"Entonces, adelante".

Sonó el teléfono y Derrick contestó. Habló un par de minutos y colgó.

"Era Whitaker. ¿Adivina qué encontró?".

"¿De los forenses?".

"Sí. ¿Adivina qué encontraron en el auto de López?".

"¿Drogas?".

"No. Sangre".

"¿Dónde? ¿En la cajuela?".

"No, dijo que había una mancha en la puerta del pasajero. Dijo que no era visible, López intentó limpiarla".

"Necesitamos saber a quién pertenecía. Podría ser de cualquiera". Se le nubló la cara y añadí: "Pero puede que tengamos algo con lo que trabajar".

"Determinar el sexo de la sangre es bastante fácil. Me pregunto qué tan rápido pueden decirnos si es de una mujer".

"No pueden tener mucho de un espécimen para trabajar, y al final, vamos a necesitar un análisis completo de ADN para ver a quién pertenece".

"Apuesto a que es la sangre de Holmes".

"Vamos a tener que esperar. Imprime la solicitud de la orden y se la llevaré a Remin. Tenerlo presente puede ayudar".

El sheriff tenía mucho peso, pero su influencia no haría que un juez diera el visto bueno si los hechos no lo respaldaban. Pero incluirle directamente en el proceso en cuestión era una forma inofensiva de hacer política.

DERRICK GIRÓ hacia Vanderbilt Beach Road. Un pequeño escuadrón de autos patrulla nos siguió hasta Naples Park.

Al acercarme a la calle Noventa y ocho, me di la vuelta. "O'Reilly se está moviendo".

"¿Crees que Shaw va a intentar huir?".

"Podría, pero si sale por atrás, se topará con O'Reilly".

Derrick asintió al auto que vigilaba la casa de Shaw. Redujo la velocidad y aparcó justo al pasar la entrada.

Subimos por el camino de entrada. Echamos un vistazo al auto de Shaw, pero no había nada evidente. Dirigiéndonos hacia la casa, Derrick dijo: "La grúa llegará en cualquier momento".

Mi compañero tiró de la puerta mosquitera y golpeó la puerta. "¡Policía! ¡Abre!".

Shaw abrió la puerta y le mostré la orden. "Señor Shaw, estamos autorizados a registrar tu casa y tu vehículo".

"Pero no hice nada".

Percibir el olor de su aliento, reforzó la creencia de que teníamos al hombre correcto. "Salgan. No se le permite estar en la casa. Puede esperar atrás con un oficial hasta que terminemos".

"Oh, no hay nada dentro. Estás perdiendo el tiempo".

"Sal fuera. ¡Ahora!".

Asintió con la cabeza. "Vale, ya, pero te has equivocado de persona".

Shaw fue escoltado a la parte trasera de la casa. Poniéndose los guantes, Derrick dijo: "Pongamos esto en marcha. No debería tomar mucho tiempo".

"Mantén los ojos abiertos en busca de un saco, sombrero o algo que pudiera haber usado para poner sobre la cabeza de la víctima".

La falta de muebles significaba menos lugares donde

esconder cosas. Un oficial y yo fuimos al dormitorio. Me quedé en la puerta observando la habitación.

Una cama sin cabecero anclaba el espacio. Una mesilla de noche con una lámpara y una cómoda lo completaban. Agachado, examiné una mancha marrón oscura en la alfombra. ¿La mancha, del tamaño de una mano, era de sangre?

Saqué el móvil y tomé un par de fotos antes de sacar el cuchillo. Corté un cuadrado de cinco centímetros de la alfombra sucia, lo metí en una bolsa y lo entregué.

En la mesilla de noche había un ejemplar de la revista *Hustler*. Incluso con guantes, se sentía sórdido hojeando la revista porno.

El único cajón de la mesilla estaba lleno de calcetines, ropa interior y frascos de aspirinas Kirkland. Un tazón desportillado reposaba sobre una cómoda hecha de cartón forrado. Dos juegos de llaves, un puñado de monedas y una cartera gastada lo llenaban.

La cartera contenía la licencia de manejo de Shaw, treinta y seis dólares, cupones para el lavado de autos en su trabajo y una foto descolorida de él y una versión adolescente de su hermana.

El cajón de arriba estaba lleno de papeles, incluido el contrato de alquiler de la casa. ¿Era mil cuatrocientos el precio correcto por la casa de un dormitorio? ¿O se trataba de un trato interno?

Tras pedir al agente que embolsara todo el cajón, rebusqué en los demás cajones. Nada más que pantalones cortos y camisetas raídas.

El cuarto de baño amarillo era original. Sobre el lavabo había una maquinilla de afeitar y un peine. El botiquín contenía desodorante, material de afeitado y una caja de Just for Men.

Abrí las puertas del tocador y me asomé. Un desatascador con incrustaciones de quién sabe qué, papel higiénico y un paquete de jabón llenaban el espacio. Me dirigí a la cocina.

Derrick derramó el contenido de un cajón sobre la encimera. Le dije: "¿Encontraste algo?".

"Todavía no. ¿Y tú?".

"Había una mancha en la alfombra. No estoy seguro de lo que era, pero es posible que fuera sangre. Corté un pedazo".

Buscando entre los objetos derramados, dijo: "Aquí no hay nada".

Abrió la puerta de un armario y descargó tazas y vasos. Sacando la última taza, dijo: "¿Tiene una caja de macarrones con queso con sus tazas?".

Tomó la caja y dijo: "Mira aquí. Nuestro hombre Shaw disfruta de su hierba".

Levantó una bolsa de marihuana. "A menos que tenga licencia para uso médico, volverá a prisión".

Era posible, tal vez incluso probable, pero no lo suficiente como para que confesara una violación. "Devuélvelo y hazle una foto antes de embolsarlo. Quiero comprobar algo".

Volví al cuarto de baño y abrí las puertas del tocador. Con dos dedos, dejé el desatascador en el suelo del cuarto de baño. No había nada dentro de la campana.

Aparté el papel higiénico, miré debajo del lavabo y no encontré nada. Al sacar la cabeza, vi algo pegado con cinta adhesiva en la parte posterior de la tubería de desagüe.

DESPUÉS DE HACER FOTOS, CORTÉ LA CINTA. ERA UNA pequeña botella blanca con caracteres chinos en la etiqueta.

Abrí la tapa a prueba de niños y miré dentro: medio lleno de pequeñas pastillas color rosa. Incliné el frasco y derramé unas cuantas.

Las pastillas en forma de hexágono estaban marcadas con una L y una X. Colocando una en el tapón, hice zoom y saqué una foto. ¿Qué eran? ¿Una pastilla de fentanilo procedente de China?

Shaw fumaba hierba. ¿Tomaba algo más fuerte? Sus dientes eran terribles, pero no de metanfetamina. Podría ser fentanilo.

Estar drogado con algo cien veces más potente que la heroína hacía difícil violar a alguien. Quizá Shaw no consumía cuando atacó a Ramos, pero sí cuando fue por Samus.

Abrí el navegador Chrome de mi teléfono, introduje "drogas con una X y una L". Había muchas coincidencias. Pero todas eran para la L o la X.

Embolsé la botella y me dirigí a la cocina. "Mira lo que he encontrado pegado al sifón del fregadero".

"¿Drogas?".

"¿Tal vez algo para revertir la castración química? Son de China".

"Imagínate".

"¿Conoces alguna forma de traducir chino a inglés?".

"Necesitarías un teclado con caracteres chinos. Probablemente podamos encontrar uno en Internet, pero mándaselo a Cindy Che; ella lee y escribe chino".

"Buena idea. Veré lo que dice".

"Necesitaremos el laboratorio para confirmarlo".

"Hombre, ojalá no tuviéramos que esperar a todo el mundo".

"Los forenses intervienen en casi todos los casos".

"Sí, pero van a tener que multiplicar por diez sus capacidades, para manejar todo lo que entre por la puerta".

"Sin duda, están sitiados".

Era difícil discutir con la práctica de nuevas palabras, pero decir que el laboratorio estaba inundado tenía más sentido que sitiado. "Vamos a hablar con Shaw antes de terminar con esto".

Sentado en la misma silla plegable, Shaw se mordía una uña. Se levantó al verme. "Ves, no encontraste nada, ¿verdad?".

Meneando la bolsa con el frasco de pastillas, le dije: "¿Qué es esto?".

"No lo sé".

Derrick dijo: "Vamos, Shaw. Vamos a averiguarlo de todos modos. No nos hagas enojar".

"Lo juro, no sé qué es eso. ¿Lo encontraste dentro?".

"Pegado a una tubería debajo del lavabo en el cuarto de baño".

"Yo no lo puse ahí".

"Entonces, ¿de quién es?".

"No lo sé. Tal vez tú lo plantaste".

"Déjate de tonterías y confiesa".

"Te lo juro. No es mío. Yo no tomo drogas".

Derrick se burló. "Sí, claro. Encontramos una bolsa de marihuana en el armario de la cocina".

"¿Marihuana? No puede ser".

"Fue en tu casa, y vives solo, ¿verdad?".

"Sí, pero no es mía". Nos señaló. "Sabes, creo que debe haber estado ahí cuando me mudé. Sí, tiene que ser eso".

"Sería mucho más fácil si lo admitieras".

"De ninguna manera, hombre".

Se mostró inflexible. Dejando a un lado la acusación de violación, la amenaza de volver a la cárcel por violar su libertad condicional por drogas produciría una actuación digna de un Oscar en la mayoría de la gente. "¿Te someterías a una extracción de sangre?".

"¿Quieres sacarme sangre? ¿Por qué?".

"Para buscar rastros de drogas".

"¿Vas a poner mi sangre en algún sitio para decir que estuve allí?".

"No. señor Shaw, a pesar de lo que diga Hollywood, eso es más raro que un político diciendo la verdad".

"De acuerdo, entonces. Hazlo".

"Llamaremos a una unidad de EMT".

Podría probar que usó, pero la amenaza de que sería negativo no llegaría a mucho.

Esperando a un paramédico, Derrick dijo: "Deberíamos traer a este bastardo".

"No lo sé".

"Si lo presionamos, se quebrará. Tenemos la marihuana como palanca".

"Sería mejor esperar. Lo vigilaremos y veremos cómo evoluciona".

La hierba no nos ayudaría a probar nada. Pero teníamos la droga desconocida, la pastilla de Shaw y su vehículo. Todo lo que necesitábamos.

De vuelta en la estación, Derrick dijo: "Ahora viene lo más difícil: la espera".

"Has acertado".

"Dijiste que el sheriff iba a presionar".

"Está bajo mucha presión por el caso Holmes. Pero saltarse la línea no es fácil. Cada caso es importante".

"No debería ser así".

Tenía razón. "Esa es la línea oficial. Se pondrá en marcha. Créeme, Remin no quiere seguir siendo molestado por los periodistas. Sabes que dijo algo sobre que Naples perdió el puesto número uno con la tasa de criminalidad más baja del país".

"Lo haría verse mal, empañaría su imagen".

Mi móvil sonó. Era Mary Ann. "Hola, ¿cómo te sientes?".

"Bien. Me siento al cien por cien".

"Estupendo. ¿Qué pasa?".

"Uh, no mucho".

Eso significaba que algo se acercaba. "Acabamos de volver a la estación, después de ejecutar una orden sobre un sospechoso de violación".

"¿Descubriste algo?".

"Estamos esperando el procesamiento, y encontramos algunas píldoras que necesitamos identificar".

"Lo conseguirás. Siempre lo haces".

Su confianza en mí desmentía el hecho de que nadie tuviera un historial perfecto. "Tal vez podamos salir esta noche. Me apetece un sándwich de mero".

"Claro. Donde quieras ir".

"Podemos dar una vuelta por Bonita, quizá Fish House o Big Hickory Grille".

"Suena bien".

"Muy bien, veamos cómo me va el resto del día".

"Vale. Sabes, estuve hablando con Jessica hace un rato. Está pensando en hacer un semestre en Europa".

Ah, el verdadero motivo de la llamada. Siempre había un baile antes de plantear un tema difícil. "¿Europa?".

"Sí, tienen un gran programa donde ella puede estudiar en Florencia. Está muy emocionada".

"Déjame adivinar: no está incluido en la ridícula cantidad de dinero que pagamos por la matrícula".

"No, pero no olvides que va a recibir una gran beca".

"¿Cuánto?".

"Son solo unos siete mil".

"¿Solo?".

"Es una oportunidad única para ella".

"Estamos bastante justos, Mary Ann".

"Lo sé, pero sería una experiencia maravillosa. ¿Te imaginas estudiar en Italia? ¿En un lugar como Florencia?".

No, estaba más allá de mí. ¿Beber un Chianti? Ese era mi viaje a Italia. "Hombre, estamos preparando a los jóvenes para la decepción cuando lleguen al mundo real".

"Quizá podríamos ir a visitarla cuando esté allí".

No era una cuestión de *si* Jessie iba a ir. La decisión estaba tomada. ¿Calificaba esto como ser intimidado? "Hablaremos de ello más tarde".

"Tiene el corazón puesto en ello".

"Necesito tiempo para digerir esto. ¿De acuerdo?".

"Claro, claro. Por supuesto".

Estábamos intentando reconstruir nuestros ahorros y se había abierto otra gotera.

Derrick estaba al teléfono. Saltó de su silla y agitó el puño. Al colgar, dijo: "La sangre del auto de López es de Holmes".

47

DERRICK DIJO: "CONSIGAMOS UNA ORDEN DE ARRESTO. NO puedo esperar para arrastrarlo hasta aquí".

El hecho de haber cometido errores en mi primer caso de homicidio actuó como moderador. "Sería mejor traerlo y hablar. A ver si cambia de opinión".

"¿No crees que sea culpable?".

"No se trata de sentimientos; se trata de pruebas".

"Eso es una tontería. Siempre estás hablando de corazonadas e instintos".

"Espera. Los instintos son cruciales, al menos los filtrados por el entrenamiento y la experiencia. Eso nos indicará una dirección, pero arrestar a alguien requiere más, si quieres que se mantenga".

"¿Crees que no lo sé?".

"Por supuesto que sí. Solo digo…".

"Olvídalo, entonces. Hazlo a tu manera, como siempre".

"¿Qué se supone que significa eso? Trabajamos en casos juntos y... ¿A dónde vas?".

"Fuera".

Repasando lo que le había dicho, no había nada que desencadenara su rabieta. Quería detener a López, y mi sugerencia era hablar con él primero. Me costó un par de intentos recordar exactamente cómo lo había dicho.

No es que su superior le desautorizara; era lo más prudente. Si resultaba que López no era culpable, nos ahorraría la vergüenza a ambos.

¿Qué estaba pasando? Solicitar el puesto más alto en Port Charlotte era prueba de que quería dirigir las cosas. ¿Estaba tan cansado de trabajar conmigo como para esperar? ¿Era mi enfoque demasiado cauteloso para la próxima generación?

¿O era algo que pesaba en la vida personal de mi compañero? Tenía que ser así. Cerré la puerta del despacho y llamé a Mary Ann. "Hola, hazme un favor y llama a Lynn".

"¿Por qué? ¿Qué está pasando?".

"Derrick está actuando como un niño de diez años. Cualquier cosa que diga le molesta".

"Dijiste que era sensible".

"Más bien hipersensible. Algo debe estar pasando con él. Quizá haya problemas con Lynn".

"Oh, no. Espero que no".

"A ver si se abre".

"Te avisaré si averiguo algo".

DERRICK ME HABÍA TRAÍDO el café de la mañana que me traía desde hacía años. La incógnita era si era por costumbre o una expresión de que aún le importaba.

Era difícil separar lo personal de lo profesional, pero teníamos una entrevista que hacer. Intentar hablar de lo que Lynn había dicho que sentía tuvo que esperar.

Derrick mantuvo el móvil pegado a la oreja hasta que Ponte y López entraron en la sala de interrogatorios. Yo miraba al abogado y a su joven cliente por la pantalla, esperando a que mi interlocutor se pusiera en marcha.

El universitario no podía estar más inquieto si estuviera sentado sobre brasas. Ponte mantuvo una sonrisa pegada al rostro para tranquilizar a su cliente.

Al oír pasos, me di la vuelta. Derrick asintió levemente con la cabeza. Le dije: "¿Vas a tomar la iniciativa?".

Medio esperando que dijera: *"Si quieres"*, dijo: "Claro".

"Estupendo. Es todo tuyo".

Nos sentamos frente a Ponte y López. Derrick se deshizo de las formalidades y les dio las gracias por venir. Mis hombros se relajaron.

"Mi cliente ha hecho todo lo posible por cooperar. Y ahora, ustedes le han incautado el auto, el que necesita para terminar sus estudios. El señor López quiere quitarse a la prensa de encima y volver a su vida. Tengo que advertirle: estamos llegando a un punto que muchos consideran acoso".

"El señor López es una persona de interés en una investigación de homicidio. El registro de su vehículo fue autorizado por el tribunal y contenía algunas pruebas interesantes".

El miedo apareció en el rostro de López. "¿Qué estás…?".

Ponte puso la mano en el antebrazo de su cliente. "¿A qué pruebas alude?".

"La sangre de Deborah Holmes".

"No, no. No puede ser".

"¿Dónde se encontraba esta supuesta sangre?".

"En la puerta del pasajero".

"Interesante, pero no olvidemos que mi cliente tuvo una larga relación con la fallecida; lo que usted dice haber encontrado, pudo venir en cualquier momento en que estuvieron juntos".

Eso sería una coincidencia, y no algo en lo que yo creyera. El chico cerró los ojos con fuerza. ¿Estaba deseando estar en otro lugar cuando los abriera?

"El señor López fue visto conduciendo el auto, donde se encontró la sangre de la señorita Holmes la noche que desapareció".

"Es el único auto que tiene mi cliente".

López se volvió hacia Ponte. "Sé de dónde viene. Se raspó la rodilla cuando fuimos al parque de Livingston. Se cayó y se cortó la rodilla".

La mención de Livingston me trajo a la mente a Ramos.

Derrick dijo: "¿Y cómo lo hizo?".

"Estábamos jugando en el parque infantil. Tienen unas rocas grandes y ella se resbaló con una".

"¿Y cuándo ocurrió esto supuestamente?".

"Sí que ocurrió. Yo estaba allí y otras personas lo vieron. Incluso la señora Reedy, ella lo vio".

"¿La señora Reedy estaba en el parque?".

"Sí, salía de una clase de yoga y nos vio. Debbie estaba sangrando, así que nos fuimos justo después".

Le dije: "El detective Dickson preguntó cuándo ocurrió esto. ¿En qué fecha?".

"Oh, el día después de su cumpleaños. No pude verla. Teníamos un encuentro de natación, y me echaban del equipo si me perdía un encuentro".

"¿Cómo llegó la sangre a la puerta?".

"No lo sé. Debe haberse golpeado la pierna con la puerta al entrar. Ella estaba, como, saltando alrededor".

El parque tenía cámaras. ¿Pero cubrían el patio de recreo? A menos que el chico fuera un buen mentiroso —y muchos psicópatas lo eran—, podría estar diciendo la verdad.

Al abrir el archivo, comprobé el cumpleaños de Holmes. Era el veintidós de marzo. Casi tres meses antes de que desapareciera.

Derrick preguntó: "¿Qué tan grave era el corte en la pierna?".

"No estaba tan mal, pero ya conoces a las chicas, le dan mucha importancia a las cosas".

Anoche me tropecé con la cama y di más saltos que un conejo en toda su vida.

"¿A dónde fueron Debbie y tú la noche del veintitrés de mayo?".

Derrick había formulado la pregunta para engañar a López.

Ponte dijo: "Mi cliente ya ha dejado constancia de que no vio ni se reunió con la señorita Holmes esa noche".

"Responde a la pregunta, señor López".

Miró a su abogado, que asintió. "Como dije antes, no la vi esa noche".

"Pero estuviste frente a su casa esa noche".

"Solo pasé por delante de su comunidad".

"Y te estacionaste al otro lado de la calle, cerca de la entrada a su vecindario".

"No. No me estacioné en ningún sitio. Ya te lo he dicho".

Ponte dijo: "¿Tiene alguna pregunta nueva? Si no, daremos por terminada esta entrevista".

Derrick me miró y yo asentí. Seguía necesitando mis

indicaciones. Teníamos trabajo que hacer: comprobar el video del parque, verificar con los Holmes si Debbie se había raspado la rodilla y pedir al laboratorio que datara la muestra de sangre.

Las pruebas no precisarían su antigüedad, pero el alcance podría ser todo lo que necesitáramos.

48

Hablar con Derrick era importante, pero sacar el tema era complicado. Era más fácil seguir con la entrevista de López.

De vuelta a la estación, dije: "Ha ido bastante bien".

Derrick dijo: "Basta de elogios falsos".

"¿De qué estás hablando? Tenemos hilos de acción que seguir. Pronto sabremos si es López".

Se encogió de hombros. "Conoces a los chicos del laboratorio mejor que yo. ¿Quieres pedirles que fechen la sangre?".

"Claro. Entonces iré a hablar con los Holmes, a menos que quieras".

"No, iré al parque a ver qué tienen en video".

Se sentía como caminar en un salón de espejos; un minuto, Derrick quería el volante, al siguiente, estaba reclamando el asiento del pasajero.

La señora Holmes abrió la puerta. Sus ojos se abrieron de par en par. "¿Confesó?".

"No, señora".

Frunció el ceño. "Entre".

"Quería preguntarle por una posible lesión, leve, que pudo sufrir su hija alrededor de su cumpleaños".

"¿Lesión?".

"Puede que se haya raspado la rodilla en el parque".

"Oh, cierto. Eso. Estaba con Javier y se cayó en el parque acuático".

"¿El parque acuático? ¿No el parque infantil?".

"Oh, tal vez fue en el patio de recreo".

"¿Cuándo ocurrió esto?".

"Quizá, uh, quizá hace tres meses, o menos".

"¿Fue alrededor de su cumpleaños?".

"Hum". Le tembló el labio. "Lo siento…".

"Está bien, señora. No hay problema, no es importante. Si se acuerda, llámeme. Si no, no hay problema".

Las madres rara vez, o nunca, olvidaban cuando su hijo tenía un padrastro. Y los cumpleaños eran acontecimientos que alimentaban los recuerdos. Pero perder a un hijo era un golpe del que pocos se recuperaban, sobre todo a corto plazo.

La señora Reedy llegó a la puerta, portaba un delantal. "Oh, uh, detective…".

"Luca, señora. ¿Podemos hablar?".

"¿Conmigo?".

"Sí, se refiere a una herida que Debbie Holmes se hizo mientras estaba en North Collier Park. Un testigo dijo que usted estaba allí".

"Sí, pero no vi que pasara ni nada. Estaba saliendo del gimnasio".

"¿Se lastimó la rodilla?".

"Sí. ¿Por qué lo pregunta?".

"Solo una cosa más, ¿cuándo fue esto?".

"Creo que cerca de su cumpleaños".

El señor Reedy entró en la habitación. "Detective Luca. ¿Qué le trae por aquí?".

"Estamos investigando algo, y nos gustaría saber sobre una lesión de rodilla que Debbie sufrió alrededor de su cumpleaños".

La señora Reedy dijo: "Recuerda que te dije que la vi sangrando en el parque".

"Recuerdo que dijo que perdió el equilibrio, pero no fue un rasguño ni nada. Era un moretón".

"¿Está seguro?".

"Al cien por ciento, y fue semanas después de su cumpleaños".

"La fecha podría ser importante. Tenemos que estar seguros de ello".

"Tengo una gran memoria. ¿Verdad?" El señor Reedy le dijo a su esposa.

"Realmente sí. No sé cómo recuerda las cosas, pero lo hace".

Yo tenía la memoria destrozada por la quimio. Me molestaba, pero la cirugía y los medicamentos me habían salvado. "¿Cómo está su memoria, señora?".

"Bastante bien".

"Ninguna tan buena como la mía".

Su marido era dominante, me incomodaba. Si tenía mejor memoria, genial. Pero la diferencia de fechas no me gustaba.

DERRICK TODAVÍA ESTABA FUERA. No había forma fácil de llegar a lo personal. La única decisión era si discutir el caso antes de sumergirse en aguas inexploradas. A los hombres les gusta mantener su distancia emocional, especialmente con otros hombres.

Mi compañero entró en la oficina. "¿Tienes algún video?".

Sacudió la cabeza. "No hay cobertura en el patio".

"Maldición".

"¿Qué dijeron los Holmes?".

"La madre no fue de mucha ayuda. Todavía está en estado de shock. Empezó a derrumbarse, así que fui a ver a la señora Reedy".

"¿Qué ha dicho?".

"Recordaba que se había raspado la rodilla cerca de su cumpleaños, pero el marido dijo que estaba equivocada".

"¿Lo negó?".

"Sí. Dijo que era un moretón, sin sangre, y que no ocurrió cerca de su cumpleaños".

"Qué raro".

"Claro que sí. La madre estaba hablando conmigo, pero él la cortó cuando entró en la habitación".

"Por lo que dices, es arbitrario".

"No sé si le tiene manía a López por su hijo o simplemente es un sabelotodo".

"Tal vez así es, pero de cualquier manera, es un prepotente como él solo".

¿Derrick me describiría ante su esposa de la misma manera? "No sé si es demasiado tarde para separarlos a los dos y ver lo que tenemos".

"Ese barco zarpó. Y no podemos preguntarle a su hijo, Jason. Él seguirá la línea del viejo".

"Quizá algún amigo o vecino pueda aclararlo".

"¿Y si le pedimos que se someta a un detector de mentiras?".

Era un planteamiento novedoso. "Es una idea. Pero, no sé…".

"Siempre se dice que se aprende algo cuando alguien dice que no".

Todavía me respetaba. "Cierto. Me gusta tu idea. Hagámosla".

Derrick levantó el auricular. "Voy a verificar el horario de Franco".

"Espera un segundo". Me levanté y cerré la puerta. "Quería hablar contigo".

"¿Sobre qué?".

"Nosotros". Sonaba como una línea de un programa romántico.

Se reclinó en su silla. "De acuerdo".

"Mary Ann estaba hablando con Lynn el otro día, y mencionó que yo, ya sabes, soy desconsiderado a veces. Tienes que saber que no ha sido intencional. Nunca haría nada para insultarte".

Su silencio significaba que la disculpa no era suficiente. Era seguro que Lynn le había contado todo lo relacionado con Mary Ann.

"Bilotti y yo nos conocemos desde el día en que llegué aquí. Todo el asunto del vino fue un accidente. Estaba trabajando en este caso y fui a verle, y ya sabes que su oficina tiene todas esas fotos del país del vino…".

"Ni siquiera he estado nunca en su despacho".

"No es para tanto. En fin, ese día le dije que me gustaban

las fotos y empezó a hablar de vino. Quería saber qué vino me gustaba y le dije que italiano. Lo siguiente que recuerdo es que me invitó a comer y me sirvió como cuatro vinos. Era…".

Sacudió la cabeza. "No tiene nada que ver con el vino. Actúas como si yo no estuviera cuando él está cerca. Es degradante".

"Lo siento, hermano. No tenía ni idea".

"Es como si tuvieran un club secreto o algo así".

"No, no es eso. Quiero decir, ni siquiera bebes vino; te gusta la cerveza".

"Vamos, hombre. Te dije que no es el vino. Es insultante ni siquiera ser invitado o incluido. Solo haz la invitación; si digo que no, al menos…".

"Lo entiendo. Lo siento, de verdad. Me enseñaste algo aquí. Ni siquiera sabía que estaba hiriendo tus sentimientos, y debería haberlo sabido. Me siento como un completo idiota".

"Quería decir algo, pero…".

"La culpa es mía. Metí la pata, a lo grande".

Extendió la mano. "Dejemos esto atrás".

Esquivando su mano, le abracé. "Créeme, hermano. No tenía ni idea".

"Es historia, hombre".

Llamaron a la puerta y Gesso abrió. "Odio interrumpir el programa *del Dr. Phil, pero ha* habido otro intento de violación".

49

Tomamos los sacos y nos dirigimos al estacionamiento. Derrick dijo: "Tenemos los ojos en Shaw. Si no se escabulló, tenemos al tipo equivocado".

La idea de decirle a Lisa Ramos que íbamos por mal camino disparó un chorro de bilis al fondo de mi garganta. Marqué un número en el teléfono y dije: "Tenemos que saber si hemos perdido de vista a Shaw. Si alguien metió la pata, tendrán que pagar mi fianza".

"Estaré en la celda contigo".

Colgué. "McCloskey dijo que Shaw estaba trabajando, y estuvo estacionado fuera del lavadero de autos todo el día. Dijo que Shaw estuvo fuera la mayor parte del día pero que nadie lo vio durante una hora y media".

"Déjame adivinar, a la misma hora que tuvo lugar el intento de violación".

"Era la misma hora, pero tendría que haber sido Houdini para escabullirse, hacerlo y volver sin ser detectado".

"Dile que lo verifique con los compañeros de Shaw…".

"Eso ya está en marcha".

Derrick salió del Golden Gate Boulevard hacia Santa Bárbara. Mi teléfono sonó. "Detective Luca".

"Oye, Frank, ¿tienes un minuto?".

Era Sergio, del laboratorio. "Hazlo rápido, vamos a entrevistar a una víctima de intento de violación".

"Cielos, ¿otra más? ¿Qué demonios está pasando?".

Buena pregunta. "¿Qué tienes para mí?".

"Tenemos los resultados de sangre de Richard Shaw".

"¿Algo de marihuana o drogas ilícitas?".

"Ninguna".

"¿Había alguna sustancia en su sangre que no pudieras identificar?".

"Nada en los paneles normales".

"Habíamos entregado un bote de pastillas encontrado durante un registro de sus instalaciones".

"No estoy al tanto de eso. Probablemente estén en pruebas".

"Llamaré a Gesso para que libere los resultados. Necesitamos saber qué son. Había escritura china en el frasco, pero no nos dio nada".

"Eso está por encima de mi nivel salarial. Vamos a tener que enviarlo fuera".

"¿Cuánto tiempo va a llevar?".

"Tu suposición es tan buena como la mía".

"Vamos, Serg, estamos hablando de una violacion".

"Es solo una expresión. Los presionaré tanto como pueda".

Golden Gate Community Park estaba a nuestra izquierda, y la víctima vivía al otro lado de Recreation Lane, en un barrio llamado The Coast Townhomes of Naples. Un nombre largo para un pequeño grupo de casas.

Derrick dijo: "Dejemos los sacos".

Tragándome una protesta, dije: "Hoy hace mucho calor".

El zumbido del tráfico en la interestatal era el único sonido que flotaba en el aire húmedo.

Derrick tocó el timbre, y cinco segundos después, la puerta se abrió. "¿Son de la policía?".

"Sí, señora. Detectives Luca y Dickson".

Apenas miró nuestras placas. "Soy Lois Weaver. Adelante".

Weaver tenía la misma constitución que las otras víctimas y el pelo castaño. Pero su comportamiento me desconcertó.

"Cuéntenos qué pasó, señora Weaver".

Llevaba una camiseta de tirantes azul que dejaba ver un tatuaje de un águila. "Un desgraciado se abalanzó sobre mí y empezó a meterme mano como loco. Yo estaba, como, ¿qué carajo?".

"¿Le ha hecho daño?".

"No, no le di al imbécil la oportunidad".

"¿Dónde ocurrió el ataque?".

"Al otro lado de la calle. En el parque".

"¿Dónde, exactamente?".

"Junto a los diamantes de béisbol".

"¿Hubo algún otro testigo?".

"No, hace demasiado calor para la mayoría de la gente, pero no para mí. La humedad no me molesta para nada".

"¿Dijo algo?".

"No a menos que cuentes lloriqueos. Lo tiré y le di una patada en las pelotas".

"¿Tiene idea de quién fue el atacante?".

"Oh sí, es el mismo sinvergüenza que tenían en el dibujo de las noticias".

Saqué mi teléfono y mostré el boceto. "¿Le resulta familiar?".

"Sí, ese es el bastardo. Si no hubiera huido, le habría pateado el trasero. Soy cinturón negro en judo".

"¿Está segura de que es el mismo hombre?".

"Créeme, no olvidaré esa cara. Es él".

"¿Llevaba algo?".

"Tenía una bolsa o algo así".

"¿Estaría de acuerdo en mostrarnos dónde tuvo lugar el ataque?".

"Claro, ¿por qué no?".

"Solo si está dispuesta".

"Estoy tan inquieta ahora, salir me hará bien".

———

La casa olía a ajo y cebolla. El día había sido estresante, pero iba a acabar bien.

"Aquí huele bien. ¿Qué estás haciendo?".

Mary Ann dijo: "Coliflor y macarrones".

"Suena bien. ¿Pero no necesitamos queso?".

"Pasé por un poco hace rato".

"Gracias".

"Escuché que arreglaste las cosas con Derrick".

Las mujeres intercambiaban información mejor que los informantes confidenciales. "Sí. Todo va bien".

"¿Qué ha dicho?".

"Sentía que le excluía con vino y Bilotti. Pero no fue así. Nunca haría algo así".

Ella levantó las cejas. "Frank, le hiciste lo mismo a nuestro vecino Jimmy".

Bingo. Estaba claro por qué la mayoría de los arqueólogos eran mujeres: les encantaba desenterrar el pasado.

"Eso fue diferente. Un malentendido".

"No, fuiste grosero".

"De ninguna manera. Íbamos a un partido de entrenamiento de primavera, y ni siquiera le gusta el béisbol".

"Esa no es la cuestión. No se puede invitar a una persona delante de otra; da igual de qué se trate. Es cortesía común".

"Tienes razón. Yo solo, ya sabes, supuse que no estaba interesado".

"Que decline, entonces".

No había manera de salvar esto. "Lo sé. Si me ves haciendo algo así, inténtalo y házmelo saber, pero no me avergüences, ¿vale?".

"Yo nunca haría eso".

Lo había hecho. "Gracias".

"Oh, necesitamos transferir tres mil para cubrir el viaje de Jessica".

Era una negociadora experimentada. "De acuerdo, adelante".

"Jessica está tan emocionada".

"Apuesto a que sí".

"Gracias, sé que te preocupan nuestras finanzas, pero es una oportunidad única en la vida".

Los padres siempre se ponen en segundo lugar. "Voy a cambiarme".

"Oh, ¿qué pasó con el intento de violación?".

"Esta mujer era una de las más duras que he conocido. Le dio una patada en las pelotas".

"Bien por ella. Pero, ¿quién está detrás de esto?".

"Voy a cambiarme".

50

Derrick puso una taza de café en mi escritorio. "Buenos días, Frank".

"Buenos días".

"Llegas pronto. ¿En qué estás trabajando?".

"Revisando las llamadas de la línea directa. No estoy convencido de que no sea Shaw. Nos centramos en Shaw porque llamó su hermana, pero había otras treinta que parecían legítimas".

"¿Así que estamos buscando al doble de Shaw?".

"Dicen que todo el mundo tiene un doble".

"El tuyo es George Clooney".

"Solía serlo, pero el tiempo ha cambiado las cosas".

Se burló. "Todavía te pareces a él. Dame la mitad de la lista".

"Aquí tienes. Por cierto, es negativo lo de las cámaras de vigilancia del parque".

"No me sorprende, tal y como ha ido esto".

Tenía razón. Después de que cada uno de nosotros hizo un puñado de llamadas, Derrick se levantó. Estaba al teléfono. Al colgar, dijo: "Podría haber algo aquí".

"¿Qué?".

"George Eckert. Trabaja en Driftwood en la 41".

"¿El vivero?".

"Sí. Un compañero de trabajo dijo que se parece al boceto y es un tipo extraño. Y escucha esto, estaba fuera ayer cuando Weaver fue atacada".

"¿Dónde vive?".

"Sobre el tirón del aeropuerto por Azahar".

"Bastante cerca del parque en Livingston".

"Lo he comprobado. Le pillaron por drogas hace un año. Hay que investigarlo, y tenemos tiempo antes de que Reedy venga al polígrafo".

"Adelante. No quiero desperdiciar mano de obra o te acompañaría".

"Hasta luego".

Tener una pista me hacía sentir bien. Hice otra llamada. "¿Señor Fernández?".

"¿Sí?".

"Soy el detective Luca. Usted llamó a la línea directa sobre el retrato hablado de un hombre con el que queremos hablar".

Bajó la voz. "Vaya, deben estar muy ocupados".

Fernández tenía un acento. ¿Intentaba despistarnos? "El crimen no se toma un día libre. Dígame, a quién cree que se parece el dibujo".

"Es Peter Gatrod. Vive en el edificio y es un verdadero asqueroso".

"¿Qué le hace pensar que es él?".

"Por cómo mira a mi mujer y a mi hija, me dan ganas de darle un puñetazo".

Introduciendo el nombre en el sistema, dije: "¿Ha hecho algún avance?".

Antes de que contestara, apareció la foto de la licencia de manejo de Gatrod. Se parecía a Shaw.

"No directamente, pero les dije que se alejaran de ese bicho raro".

"¿Vive en Derbyshire Court?".

"Sí".

Estaba a unos pasos del parque comunitario Golden Gate. "Déjeme preguntarle, ¿tiene el señor Gatrod un acento cuando habla?".

"La verdad es que no".

"¿Vive solo?".

"Estoy bastante seguro de que sí".

"¿Sabe a qué se dedica?".

"No creo que trabaje. El asqueroso probablemente esté cobrando cheques del maldito gobierno".

No había información en la base de datos de Florida sobre dónde trabajaba Gatrod. Quizá el vecino tenía razón. Hora de investigarlo.

Peter Gatrod vivía en una unidad intermedia de la primera planta de un edificio de seis unidades. Su Ford Focus blanco estaba estacionado al otro lado de la calle, bajo una autora.

Las persianas de todas las ventanas estaban bajadas. Me estacioné delante del edificio de al lado y eché un vistazo al interior del auto de Gatrod. En el asiento del copiloto había envoltorios de Burger King y una lata de Coca-Cola.

Al acercarme a la puerta, parecía que alguien tosía dentro. ¿O era de otro departamento? Después de tocar el timbre tres veces, golpeé la puerta con la palma de la mano. Nada.

Weaver vivía cerca. Se desviaba del protocolo, pero sería útil enseñarle una foto de Gatrod. No estaba en casa. Metí la tarjeta por debajo de la puerta y me fui.

DERRICK ESTABA de vuelta en la estación. "¿Cómo te fue con Eckert?".

"Es un bicho raro, seguro. ¿Adivina qué estaba haciendo cuando llegué?".

"¿Jugando al ajedrez?".

Se rió. "Me dirigieron hacia la parte de atrás. Y cuando le vi, iba detrás de una mujer con pantalones cortos. Me eché hacia atrás, y él se metió en una fila donde tienen toda esa cerámica. Fui a la parte de atrás, y él estaba allí de pie, mirando el trasero de esta mujer".

"Maldito imbécil".

"Sí, y esta señora, debió sentir algo, porque se dio la vuelta, sacudió la cabeza y se fue".

"¿Qué ha dicho?".

"Fue evasivo. Cuando le pregunté dónde estaba ayer, dijo que se había tomado el día libre porque su hermana venía de Tennessee".

"¿Tiene acento?".

"Sí, muy marcado".

"¿Cómo estaban sus dientes?".

"No son lo mejor, pero no están mal".

"¿Y cuando violaron a Ramos?".

"Dijo que no lo recordaba exactamente, pero como era entre semana, dijo que tenía que estar en casa. Dijo que el calor de trabajar afuera por diez horas lo noquea".

Cierto, si es conveniente. "¿Cuánto crees que se parece a Shaw?".

"Definitivamente hay una similitud, pero yo no los confundiría".

"Lo sé, pero estamos hablando de ver a alguien de lejos. No olvides que uno de ellos era un niño y el otro es Noon".

"Tenemos que consultarlo con Weaver. Ella es la única víctima que lo vio".

"Fui a su casa para enseñarle una foto de este tipo, Peter Gatrod. Pero no estaba allí. Un vecino llamó a la línea directa, diciendo que se parece al boceto. Tengo que decir que este Gatrod se parece mucho".

EL OPERADOR del polígrafo estaba colocando un dispositivo parecido a un cinturón alrededor del padre de Jason Reedy. Era uno de los sensores que medirían su respiración, presión sanguínea, ritmo cardíaco y conductividad de la piel.

Los resultados del detector de mentiras no se admitían en los tribunales, pero la herramienta tenía valor. A veces.

Una cosa que aprendimos fue que Reedy accedió rápidamente a ser examinado. Eso indicaba que decía la verdad, pero tampoco era infalible.

El operador, John Hardy, estaba considerado uno de los mejores del suroeste de Florida. Terminó de conectar a Reedy colocando monitores en dos de sus dedos y se sentó a su lado, detrás de la máquina.

Hardy dijo: "¿Estás listo para empezar?".

"Absolutamente".

Hardy pulsó el aparato y preguntó: "¿Estás casado?".

"Sí".

"¿Tienes un hijo?".

"Sí".

"¿Se llama Robert?".

"No".

"Durante esta entrevista, ¿responderá sinceramente a

todas las preguntas relativas a la desaparición y asesinato de Deborah Holmes?".

"Sí".

A medida que el papel cuadriculado avanzaba, Hardy hacía marcas en él.

"¿Sabes quién asesinó a Deborah Holmes?".

"No".

Hardy hizo otra marca. "¿Viste a Javier López en Livingston Road la noche que desapareció Deborah Holmes?".

"Sí".

"¿Tuviste alguna participación en la desaparición o muerte de la señorita Holmes?".

Cada vez que Reedy contestaba, el brazo de la máquina se movía y Hardy hacía una anotación. "No".

"¿Estuvo tu hijo, Jason, involucrado de alguna manera?".

"No".

"¿Viste a Javier López aparcado en un estacionamiento de Livingston Road?".

"Sí".

Al ver el video, Derrick dijo: "¿Qué te parece?".

"Es difícil de decir. Parece demasiado confiado".

"Podría estar diciendo la verdad".

"Veamos qué dice Hardy".

Hardy hizo seis preguntas más a Reedy y se acabó. Dimos las gracias a Reedy por venir y esperamos a que Hardy recogiera su máquina.

Entramos en la habitación. Derrick dijo: "¿Cómo le fue?".

"Estaba actuando de forma engañosa".

51

Derrick se desplomó en su silla. "En lugar de dar respuestas, tenemos más preguntas".

Le dije: "¿En qué estaba mintiendo Reedy?".

"No creo que esté encubriendo a su hijo, Jason. Hardy dijo que no mentía cuando le preguntaron si sabía quién mató a Holmes".

"¿Podría estar en contra de López?".

"¿Qué podría haber hecho el chico? Inculpar a alguien de asesinato porque salió con la novia de tu hijo sería bizarro".

"Bizarro es la palabra correcta, pero no olvides el negocio en el que estamos".

"Amén. ¿Y los locos que asaltaron la peluquería canina? Dejaron el dinero pero se llevaron a los perros".

"Todo esto de las mascotas se nos está yendo de las manos. No tenemos tiempo, pero es importante acabar con ello".

"Es lo de las ventanas rotas de lo que hablaba Rudy Guiliani en Nueva York".

El exalcalde había dado un vuelco a la ciudad de Nueva

York. "Si no te ocupas de los llamados pequeños delitos, tendrás otros mayores". Pero volviendo a Reedy. ¿Por qué accedió a hacerse la prueba?".

"Tiene una agenda. ¿Pero de qué se trata?".

"Me pregunto si habrá cruzado la línea con Holmes".

Derrick se inclinó hacia delante. "¿Crees que tenía una aventura con ella?".

"Es posible, pero no sería una aventura: ella era menor de edad".

"No sé... si ella iba a decir algo, él podría haber intentado detenerla y fue demasiado lejos…".

"Pero no parecía estar mintiendo cuando se le preguntó si sabía quién la mató".

"Sí. Tiene que ser sobre su hijo y López".

Asentí con la cabeza y dije: "Deberíamos haberle dicho a Hardy que le preguntara a Reedy sobre cuándo pasó lo de la rodilla raspada".

"Maldición, me olvidé de eso".

"Necesitamos volver a los amigos de Holmes. Alguien podría recordar el incidente".

"Empezaré por la mañana".

"Vale, voy a pasar por casa de Weaver después de cenar. Ha ido a ver a su madre a Sarasota y volverá alrededor de las ocho. Le enseñaré fotos de Gatrod y de Eckert".

FRESH MARKET ESTABA ABARROTADO. Al mirar a la izquierda, las colas para pagar eran un grupo de carritos. Al girar para salir, mi estómago se hizo cargo. Sus hamburguesas de pollo estaban buenas.

De pie en la fila, se me levantó el ánimo. Si Weaver

podía identificar a Gatrod o a Eckert, sabríamos que también era responsable de Ramos.

Pero no teníamos nada que lo relacionara con Ramos o Samus. Gatrod no tenía antecedentes por agresión sexual. Si le pillábamos por Weaver, las posibilidades de encerrarlo durante mucho tiempo eran escasas.

Su abogado defendería que fue una simple agresión y asalto, y sin lesiones graves, así sería. Avanzando por la fila de la caja, surgió una solución.

Encendí el aire acondicionado del auto, envié un mensaje a Mary Ann y salí del supermercado. Mi idea tenía mérito, pero requería un enfoque cauteloso.

El cartel fuera de Wild Pines decía que ofrecían quinientos de descuento en departamentos seleccionados. No tenía sentido; los alquileres habían subido en todas partes.

Después de estacionarme en reversa, descargué dos fotos de hombres de la web y las añadí a un álbum que contenía imágenes de Shaw y Gatrod.

Bruce Noon estaba recostado en una tumbona amarilla junto a la piscina. Completamente vestido, llevaba los auriculares puestos. Abrí la puerta de la piscina y me acerqué.

Noon balanceaba la cabeza y dio un respingo cuando me vio. Quitándose los auriculares, dijo: "Dios mío. Detective Luca. ¿Qué haces aquí?".

"Hola, Bruce. ¿Qué estás escuchando?".

"Un podcast". ¿Alguna vez has escuchado *Anatomía de un asesinato*? Es todo verdad".

Ya había suficientes crímenes reales en mi vida. "He oído hablar de ese. ¿Es bueno?".

"Oh, tienes que escucharlo. El mejor episodio fue la semana pasada. Este…".

"Gracias, pero estoy aquí por asuntos oficiales de la policía".

Echó los hombros hacia atrás. "¿Es el boceto? ¿Tienes al tipo?".

"Nos estamos acercando".

"Oh vaya, qué emocionante. Ojalá pudiera acompañarte cuando le pongas las esposas".

"Quizá algún día organice un paseo para ti".

"¿En serio? Sería genial".

La oficina del sheriff tenía un programa que daba a los civiles la oportunidad de viajar con una patrulla de servicio. "Haremos que suceda".

"Oh, hombre. No puedo esperar. ¿Cuándo?".

"Me pondré en contacto contigo, pero antes quería pedirte ayuda".

"Claro. Lo que sea. ¿Qué?".

"Me gustaría que miraras un par de fotos, a ver si el hombre que viste en el parque de Livingston está entre ellos".

"¿Lo ven? Les dije que no era ese otro tipo".

"Aquí está el primer hombre".

Noon sacudió la cabeza al ver al hombre anónimo. "No. Déjame ver el siguiente".

Apareció la cara de Shaw. "Ese es el tipo de la última vez. No es él".

"Vale. ¿Qué tal éste?" Era el otro varón arbitrario.

"Ese no es el tipo. ¿Tienes más?".

Deslizando el dedo hacia la izquierda, apareció la foto de Peter Gatrod.

"Ese es él. Ese es el tipo".

"¿Estás seguro?".

"Sí, hombre".

Volví a la foto de Shaw. "Este hombre se parece mucho al otro".

"No, no. Mira aquí" —señaló la boca de Shaw—, "los labios del otro tipo están como curvados hacia arriba, y sus ojos están más juntos".

Volver a la imagen de Gatrod confirmó la apreciación de Noon. "Pero al principio dijiste que estabas lejos cuando le viste".

"No tan lejos. Es fácil notar la diferencia. Mira, mira sus ojos. ¿Ves cómo están cerca? Vuelve al otro".

Había una diferencia, pero a distancia sería difícil de discernir. Si llegaba el caso, Noon tendría que testificar ante el tribunal. Quizá los fiscales podrían pedirle que describiera las diferencias de un par de personas en la última fila de la sala.

"Has sido de gran ayuda, Bruce".

Su sonrisa fue lo mejor de la semana. "¿Qué pasa con el paseo? ¿Cuándo puedo hacerlo?".

"Lo prepararé. Solo dame un par de días para terminar este caso".

El tipo que había intentado ayudar a la policía innumerables veces tenía otra oportunidad. Y si tenía razón sobre el caso Ramos, tendríamos que recomendarlo para ciudadano del año.

52

DESPUÉS DEL SUSTO QUE WEAVER LE HABÍA DADO A Gatrod, el pervertido probablemente se quedaría en casa cuidándose los huevos magullados. Pero se suponía que era peligroso.

Llamé a Mary Ann y le dije: "Oye, no voy a llegar a casa para la cena".

"¿Qué está pasando?".

"Quiero vigilar a un sospechoso de violación".

"Has estado trabajando todo el día. ¿No puedes conseguir un auto patrulla para cubrirlo?".

"Lo sé, pero iba a volver a salir después de cenar para pasarle una foto de este animal a una víctima. Ella vive cerca. Supuse que sería más fácil".

"¿Qué vas a comer?".

"Estoy bien. ¿Me guardas un plato de lo que sea que hayas hecho?".

"Se suponía que ibas a recoger comida de Jimmy P's, ¿recuerdas?".

"Oh, sí".

"Te traeré una ensalada Cobb pero sin tocino para ti".

"Espera, diles que le pongan un poco, ¿vale?".

"De acuerdo".

"Gracias. Hasta luego".

El auto de Gatrod estaba en el mismo sitio, y las persianas seguían bajadas. O se había marchado a pie o se estaba escondiendo.

Retrocediendo hasta un lugar frente al siguiente edificio, llamé a Derrick.

"Oye, quería que supieras que Noon identificó a Gatrod".

"Vaya. Tiene que ser él".

"Eso parece".

"Consigamos una orden de arresto".

"Tenemos que asegurarnos de que Weaver dice que es él antes de agarrarlo. Me sentaré fuera de su casa por si intenta huir".

"Bajaré y me sentaré contigo".

Volvíamos a estar en marcha. "Está bien. Parece que va a ser una noche larga. Gatrod no parece estar en casa".

"Está bien. Te traeré café".

"¿Por qué no te quedas en casa? Te llamaré si Weaver confirma que es él. Entonces puedes conseguir una orden y emitir una orden de busca y captura contra Gatrod".

"Entendido. Estaré a la espera".

Después de una hora, llegó el momento de estirar la espalda. El cielo se oscurecía mientras subía de nuevo al auto. En una hora más o menos, Weaver estaría en casa.

Derrick llamó: "Hola, Frank, quería que supieras que voy a ver a una de las amigos de Holmes".

"¿Cuál?".

"Melissa Howser. Dana Foyle me la presentó, dijo que era buena amiga de Holmes. Estaba visitando a su familia en Austin y acaba de volver hoy".

"Tal vez tengamos suerte".

Se rió. "Pensé que habías dicho que la suerte no juega un papel en esto".

"No es así. Has hecho el trabajo, y si consigues algo es por el esfuerzo, no por suerte".

Sonó el teléfono. Weaver estaba en casa. Diciéndome a mí mismo que condujera despacio, fui a su casa.

"Hey, entra".

Iba descalza y tenía tatuajes de catarinas en ambos pies.

"Gracias. ¿Buen viaje?".

"Estuvo bien. Mamá se está cayendo a pedazos. Es un asco envejecer".

Desde luego que sí. "Disculpe. Quiero que vea un par de fotos, a ver si puede identificar al hombre que le abordó".

"Hagámoslo".

El plan era mostrarle la misma alineación que había visto Noon.

"Aquí está el primero".

"Ese no es él".

"¿Qué tal éste?".

"No. No es él".

"¿Es él?".

"Ese es el bastardo. ¿Cuál es su maldito nombre?".

"Lo siento, pero en este momento no puedo revelarlo".

"¡Eso es mentira!".

"Confíe en mí, señora. Solo deme un poco de tiempo para ponerlo bajo custodia".

Ella negó con la cabeza. "Envíame la foto, ¿vale?".

"No puedo hacer eso".

"¿No puedo saber nada de él?".

"Lo hará. Solo deme un día, no más que eso".

Tan pronto como entré en el auto, llamé a Derrick,

"Weaver identificó a Gatrod. Consigue una orden de arresto y pon una orden de búsqueda".

"Vale, me voy a la estación".

Al cruzar Santa Bárbara por el bulevar Príncipe Andrés, agarré el volante. Tardamos demasiado, pero lo teníamos. No haría daño a otra mujer.

Al entrar en el estacionamiento, inspeccioné la zona. ¿Dónde estaba el auto de Gatrod? Pisé el freno. Había estado aparcado enfrente de su unidad. Golpeé el volante con el puño.

El espacio estaba vacío. Gatrod se había ido. Le había estado vigilando. ¿Cómo se escabulló durante los diez minutos que estuve fuera? ¿Me estaba vigilando?

53

Tras emitir una alerta para el vehículo de Gatrod, volví a llamar a Derrick. "Gatrod podría estar huyendo".

"¿Qué? ¿Qué ha pasado?".

"No lo sé. Fui a casa de Weaver pero solo cinco minutos y cuando volví, se había ido".

"Podría haber salido a comer algo".

"Tuve la misma idea. Me dirijo a Santa Bárbara para ver los lugares de comida rápida".

"Las grandes mentes piensan igual".

"Sí, claro, vale. Mira, consigue la orden de arresto para Gatrod pero mantenlo en secreto. Si se corre la voz, seguro se da a la fuga".

"Estoy en ello".

"Muy bien, hasta luego".

"Espera un segundo".

"¿Qué?".

"Llamé a Melissa Howser, la amiga de Holmes, para decirle que no iba a poder ir esta noche".

Entré en un estacionamiento de McDonald's. "De acuerdo".

"Bueno, le pregunté si recordaba que Holmes se hubiera lastimado cerca de su cumpleaños".

"¿Y?".

"Recordaba haber estado con ella al día siguiente de lo ocurrido, dos días después de su cumpleaños".

"Así que López decía la verdad".

Al salir del estacionamiento, me dijo: "Eso es lo que parece".

"Reedy padre estaba mintiendo, entonces".

"Tenemos que averiguar por qué está tan enojado con López".

"No me preguntes por qué me ha venido a la cabeza, pero ¿crees que López podría haberse insinuado a la señora Reedy?".

"Hombre, eso sería irreal".

"El chico es bastante guapo…".

"Y en mejor forma que Reedy".

Al entrar en un estacionamiento de Wendy's, dije: "Pero es demasiado tímida para algo así".

"Tal vez ella es así solo cuando él está cerca".

Aunque nunca se conoce realmente a alguien, parecía una exageración. "Podría ser. Tenemos que preguntarle a López, a ver si podemos sacar algo de él".

"¿Ahora volvemos sobre López?".

No se veía a Gatrod ni a su auto. "Esperemos a tener la datación de la sangre. Si confirma que es vieja, bajaremos a López en la escala de sospechosos".

"Si la sangre es vieja, entonces lo más probable es que no sea él. No deberíamos perder más tiempo con él".

Correr riesgos no estaba en la descripción del trabajo. "Mintió sobre su paradero y estaba en la zona cuando ella desapareció".

"Tienes razón, pero…".

"Centrémonos en Gatrod. Hazme un favor y llama al laboratorio, a ver cómo van con la datación de la sangre. Cuando lo sepamos, interrogaremos a Reedy".

Salí del estacionamiento de Pollo Tropical y giré hacia Santa Bárbara. ¿Dónde diablos estaba? Reduje la velocidad al pasar por IL Primo Pizza and Wings y examiné la zona. No había nada.

Gatrod no estaba en ninguno de los restaurantes cercanos a su departamento. Podía estar en un bar, pero probablemente estaba huyendo. Lo había tenido a mi alcance. Perderle era vergonzoso, pero pensar en cómo reaccionaría Lisa Ramos me hacía un nudo en el estómago.

Recordando un bar y restaurante mexicano llamado La Sierra, en Golden Gate Boulevard, me preparé para girar a la izquierda en el CVS.

Cuando el semáforo se puso en rojo, un auto salió disparado del estacionamiento de la farmacia. Era Gatrod.

Cogí la radio, pedí ayuda y encendí las luces intermitentes. Gatrod no redujo la velocidad. Pisé el acelerador. Me desvié hacia el carril contrario, tiré del volante y me puse delante de él.

Al detenerse lentamente, Gatrod viró hacia la acera y se detuvo. Por el espejo retrovisor, tenía las manos en alto, con las palmas pegadas al parabrisas.

Con el sonido de una sirena en la distancia y pistola en mano, me bajé. "Mantenga las manos en alto".

Abriendo la puerta, le dije: "Sal despacio".

Gatrod cumplió pero dijo: "¿Qué hice?".

Tenía mala dentadura y un acento tan malo como el del vecino que nos puso a tono con él. "Queda detenido por agresión". Al esposarle, un auto patrulla se detuvo.

Tras entregarlo y llamar a una grúa, me puse guantes y revisé el auto de Gatrod. En el asiento del copiloto había envoltorios de comida fresca. Junto a ellos, una bolsa de CVS.

La bolsa contenía un paquete de condones, una bolsa de papas fritas y una caja de guantes de cocina. Lo habíamos atrapado justo a tiempo.

Llamé a Derrick. "Tenemos a Gatrod".

"¿Lo hiciste? ¿Cómo?".

Después de explicárselo, mi compañero dijo: "Encerrar a este bastardo va a ser divertido".

"Es mejor si registramos su casa primero. Si encontramos algo, nos ahorrará tiempo".

"Conseguiré una orden".

"Bien. Mira, cuando llegue Gatrod, graba su voz con tu teléfono. Quiero que Ramos lo escuche. Puede que necesitemos su testimonio".

"¿Crees que el audio podría sostenerse en la corte?".

"No hay muchos precedentes en una situación como esta, pero si no podemos atarlo a Ramos con algo sólido, puede que tengamos que usar un par de cosas para hacerlo".

"Vamos a encontrar algo en su casa".

"Esperemos que sí, pero tendrá que ser mañana. Estoy muerto de cansancio y tardaré dos horas en hacer el papeleo de Gatrod".

DERRICK FORZÓ la cerradura y tuvimos acceso al departamento de Gatrod. Estaba oscuro y escasamente amueblado.

Derrick dijo: "Este lugar es pequeño".

Le di al interruptor de la luz. "Me hago cargo del dormitorio".

Se dirigió a una mesa llena de revistas junto a un sillón

reclinable de pana. "Mira qué obscenidad". Levantó una publicación, con una mujer desnuda atada en la portada.

"Cómo se permite esta basura, es parte del problema".

"Estos pervertidos se aprovechan de la Primera Enmienda".

¿Se aprovechan? "No soy abogado; pongámonos en marcha".

Una cama individual deshecha cubría el dormitorio. La alfombra color café de la habitación llevaba dos años estropeada.

Abrí el único cajón de la mesilla y saqué dos revistas porno. Solo quedaba un frasco de Excedrin y unas gafas de lectura baratas.

Al abrir las puertas de acordeón del armario, observé los pocos objetos que colgaban. Mi mirada se dirigió a la estantería. Mi corazón se aceleró cuando lo vi.

54

PONIÉNDOME DE PUNTILLAS, PELLIZQUÉ UNA ESQUINA CON dos dedos y la deslicé fuera de la estantería. "¡Derrick! ¡Aquí!".

Sonaron pasos. "¿Qué?".

"Esto podría ser".

"Tiene que ser. ¿Por qué si no tendrías un pasamontañas en Florida?".

"Si podemos sacar ADN, no necesitaremos nada más".

Sonrió. "Es hora de encontrar algo que nos ayude".

Fue fácil estar de acuerdo. Embolsándolo, dije: "Veamos qué más podemos encontrar".

GATROD ESTABA DESPLOMADO en una silla. Unas ojeras estropeaban su mono naranja. Su lenguaje corporal denotaba derrota.

Brian Getz, un joven abogado con el que había trabajado una vez, fue asignado para defenderle. La única cuestión era si Getz se enfrentaría a la realidad y dejaría a un lado su idealismo.

Llamé rápidamente y entré. "Señor Gatrod, abogado".

Getz ofreció su mano. Su cliente me lanzó un mentón. Activando el dispositivo de grabación, cité las formalidades y empecé.

"Me han autorizado a ofrecerle un trato si confiesa las agresiones".

"No nos interesa hacer una declaración. Pasaremos por el proceso de descubrimiento…".

"Lo siento, señor Getz, pero si su cliente no acepta la oferta hoy, será retirada".

"¿Es una estratagema, detective?".

"En absoluto. Tenemos tres testigos oculares, incluida una víctima, que han identificado al señor Gatrod".

"Los testigos oculares son notoriamente poco fiables".

"De acuerdo, pero también tenemos un testigo. Una víctima que su cliente agredió sexualmente, identificó su voz".

"Reconocimiento de voz…".

"Somos conscientes de las limitaciones, pero un jurado encontrará la combinación convincente. Y luego tenemos el pasamontañas que su cliente usó, atacando al menos a una víctima. Está en el laboratorio. Los forenses están extrayendo ADN de ella. Esperamos más pruebas de que fue el señor Gatrod".

"Es temprano…".

"No, es tarde. Obtendremos lo que pensamos de la máscara, y no habrá trato".

"¿Qué tipo de acuerdo está ofreciendo?".

"Se declara culpable de un cargo de estupro y retiraremos las otras agresiones".

"¿Qué tipo de pena de prisión espera?".

"Veinte años". Gatrod se volvió gris como el agua de fregar antes de añadir: "Sin libertad condicional".

Getz dijo: "Pero las directrices son de quince a cuarenta".

"Acepte la oferta, o iremos por una condena por delincuencia habitual, y a su cliente le caerá cadena perpetua".

SEGUIMOS a Remin hasta la sala de prensa. Derrick y yo nos pusimos a un lado mientras el sheriff subía al podio. Sonriente, estaba en su elemento, listo para lucirse.

"Buenas tardes, damas y caballeros. Nos complace confirmar que el individuo que aterrorizó a las mujeres de nuestra comunidad ha sido detenido". Remin hizo una pausa y la sala llena de periodistas aplaudió.

"Gracias. Hay una razón por la que Naples es la ciudad más segura de Estados Unidos: las mujeres y hombres trabajadores de nuestro departamento. Trabajan incansablemente en nombre del público.

"Hoy me gustaría reconocer a uno de ellos, el detective Frank Luca, que dirigió la investigación que condujo a la captura de Peter Gatrod.

"Detective Luca, suba aquí".

Un puñado de personas aplaudió. Agarré el codo de Derrick y le susurré: "Tú también vienes".

Remin retrocedió y nos pusimos uno al lado del otro en el podio. Le dije: "Este es el detective Derrick Dickson. Sin sus esfuerzos, hoy no estaríamos aquí.

"Como todos los casos, éste presentaba varios retos, y me gustaría reconocer a otras dos personas cuya ayuda fue clave para identificar al señor Gatrod.

"Estos ciudadanos aportaron información vital. Uno

pidió permanecer en el anonimato. La otra persona era Bruce Noon. La ayuda que nos prestaron fue valiosa. El departamento les da las gracias a ambos y anima al público a colaborar con las fuerzas del orden para que el condado de Collier siga siendo el lugar especial que es".

Nos alejamos del podio entre aplausos.

Derrick susurró: "Gracias. A Lynn le encantará".

"Te lo has ganado".

"Estuvo bien darle las gracias a Noon. Espero que estuviera mirando".

"Oh, estaba mirando. Le llamé".

Se rió entre dientes. "Puede que llame más que antes, pero merece la pena".

El comentario de un periodista hizo que la sonrisa de Derrick desapareciera más rápido que un perro devorando un trozo de carne que se le ha caído. Remin dijo: "Bueno, eso no es una descripción exacta".

El reportero *del Naples Daily News* continuó: "Con el debido respeto, ¿qué parte no tiene sentido? ¿El hecho de que la persona que asesinó a Debbie Holmes sigue libre? ¿O que su departamento esperó demasiado para centrarse en ella cuando desapareció?".

La mirada de Remin era demasiado familiar. Se aclaró la garganta. "Nos tomamos en serio todas las denuncias de personas desaparecidas, especialmente cuando se trata de un menor. Permítanme recordar a la prensa y a la comunidad, que gran parte del trabajo que hacemos aquí se lleva a cabo fuera de la vista".

"Puede que sea cierto, pero la falta de avances es, como mínimo, preocupante".

"De nuevo, le recuerdo que no realizamos nuestras investigaciones en la prensa".

"El público tiene derecho a saber, y cuando un organismo no es transparente, es deber de la prensa sacarlo a la luz".

El rostro de Remin enrojeció. "Este departamento es transparente y se está avanzando en el caso Holmes. Eso es todo por hoy".

El ataque era injusto, pero lo que era realmente injusto era que la rabia de Remin se canalizara hacia mí. Seguimos a Remin a la antesala mientras los periodistas gritaban preguntas.

El sheriff miró su reloj. Se volvió hacia mí. "Tú. Mi oficina en veinte".

Nos retiramos a nuestra oficina. Derrick dijo: "Será mejor que te pongas tu saco".

"Se calmará. Esta gente de la prensa cree que estamos parados".

"Nadie entiende lo duro que es este trabajo".

"Eso pasa con cualquier trabajo. Todos parecen fáciles hasta que tienes que hacerlo".

Sonó el teléfono de mi mesa. "Homicidios. Detective Luca".

"Hola, Frank, soy Sergio".

"¿Qué se cuece?".

"Acaban de pasar la sangre del auto de López por el espectroscopio Raman".

"¿Y?".

"Los resultados lo sitúan entre los cuatro y los siete meses".

"¿Qué tan seguro estás?".

"Tenemos un alto grado de confianza en la prueba. La han hecho dos veces".

Al colgar, dije: "La sangre del auto de López es vieja. El chico decía la verdad".

"Vuelta a empezar".

"Desarrollaremos algo. Cada sospechoso eliminado ayuda a centrar nuestra atención en otras posibilidades".

"Lo sé, pero me gustaría una fácil de vez en cuando".

"A mí también. Mira, necesito llamar a Lisa Ramos antes de ver a Remin".

"¿Quieres presumir?".

¿Estaba presumiendo? "De ninguna manera. Quiero asegurarme de que sepa que, con la declaración de culpabilidad, no tendrá que testificar".

EL DESPACHO de Remin estaba helado. Si llevara manga corta como la mayoría de la gente, no tendría que mantenerla tan baja. Me mostró una silla. "Siéntate. Quiero que me pongas al día sobre el caso Holmes".

"Gracias, señor".

"¿Dónde estás con respecto al novio, el que tenía su auto con sangre?".

No había forma de que revelara que López estaba libre de sospecha. "Sigue siendo una persona de interés, pero estamos ampliando nuestro punto de vista".

Se inclinó hacia delante. "¿Ampliando?".

"Sí, hay incoherencias y pistas que acaban de salir a la luz. Es pronto, pero son prometedoras".

Remin apretó los dedos. "Ya has oído a lo que nos enfrentamos".

"No era necesario. No podemos apresurar una investigación".

"Francamente, esto parece estar tomando una cantidad excesiva de tiempo. ¿Me estoy perdiendo algo?".

¿Dónde había un dispositivo de grabación cuando lo necesitabas? El caso tenía semanas. "No estoy seguro de a

qué te refieres. Puede que hayamos perdido un par de días pensando que era un secuestro...".

"No estoy de humor para excusas. Lo que quiero es que detengas al asesino. ¿Está claro?".

¿Qué otra cosa podía hacer un detective de homicidios? La doctora Bruno había dicho que no era bueno escalar, sin importar quién estuviera equivocado. Era un consejo sólido. "Lo atraparemos. Puedes contar con ello".

El intercambio fue una prueba más de por qué había dejado pasar oportunidades de mudarme arriba. Era otra de las cosas que la doctora Bruno me había enseñado: intenta hacer lo que te haga feliz. Jugar a la política no me hacía feliz.

Al bajar las escaleras, la realidad de la decisión de dar un giro a la conversación con Remin me golpeó. Era política, simple y llanamente.

Era desagradable pero lo enterraría; no tenía sentido darle a Derrick una razón para aceptar un trabajo en otro departamento.

55

Derrick dijo: "¿Cómo te fue con Remin?".

"Bien. Quería saber si teníamos todo lo que necesitábamos".

"¿En serio? ¿No saltó sobre ti?".

Sonriendo, le dije: "No más de lo habitual".

"¿Le contaste lo de la sangre en el auto de López?".

"No. Es inútil echar gasolina al fuego".

"¿No te preocupa que se entere?".

"Para cuando lo haga, tendremos a alguien en el punto de mira". Salió con confianza. Dar una vuelta al asunto se estaba volviendo fácil.

"Supongo que empezaremos con el señor Reedy".

"Tiene que dar algunas explicaciones. Y después de revisar mis notas de anoche, puede que nunca hayamos seguido con Sammi Cava".

"¿Cava? No lo recuerdo".

"Es ella. Jason Reedy dijo algo sobre Debbie y su físico en la escuela".

"No puedo creer que la hayamos perdido".

"Teníamos muchos balones en el aire".

"¿Sabes qué? Yo iré por Cava; tú habla con Reedy".

"Suena bien". Era mejor que bien. Caminar sobre cáscaras de huevo con los sentimientos de Derrick había destrozado mi deseo de utilizar eficientemente nuestros recursos.

El barco y el remolque desaparecieron del lado de la casa de los Reedy. Era planificador y racional. Si se hubiera largado después de nuestra llamada, sería una señal más grande que la caída de la bola en Times Square.

Sabiendo que la gente actúa de forma irracional todo el tiempo, pulsé el timbre. Antes de que el sonido se desvaneciera, la puerta se abrió. Era el señor Reedy. Aunque estaba un escalón por debajo de él, yo era más alto.

"Entra, detective".

"Gracias".

Le seguí. Pasé junto a una mesa auxiliar con una foto de familia. Su hijo era una versión más joven de él.

Reedy cerró un portátil en la encimera de la cocina y nos acomodamos alrededor de la mesa en la que habíamos hablado con su hijo.

"¿A qué se dedica?".

"Soy consultor".

"¿Para qué tipo de negocio?".

"No importa. Soy consultor de procesos".

"¿Se fija en lo que hacen y sugiere mejoras?".

"Exactamente. Hay mucha fruta al alcance de la mano, pero no es fácil convencer a la gente de que cambie lo que lleva años haciendo".

"Dicen que la única constante en la vida es el cambio".

"Tienes que adaptarte al entorno actual o vas a perder".

A Mary Ann le gustaba tomarme el pelo, llamándome dinosaurio de vez en cuando. No me molestaba. Aunque la ciencia forense y la tecnología habían revolucionado las fuerzas del orden, mi trabajo no había cambiado mucho.

Seguíamos teniendo que investigar, buscar pruebas, establecer conexiones e interrogar de forma muy similar a como lo hacíamos hace veinte años.

"Supongo que tiene razón; mire en Borders o en Toys R Us".

"Se lo decía a Jason esta mañana, debes tener un plan, pero cuando las cosas cambian, tienes que alterar el plan o estarás frito".

"Hace que parezca fácil".

"No lo es, pero es factible. Mira, nadie vio a Amazon trastornando el negocio del libro, pero aunque no puedas controlarlo todo, puedes influir en los resultados".

Era un recordatorio de que mi trabajo no consistía en evitar que la gente hiciera daño a los demás, sino en atraparlos a posteriori.

"¿Era eso lo que intentaba hacer con Javier López?".

"¿Qué?".

Sabía cuál era la deducción. "Mintió sobre ver a López la noche que Holmes desapareció".

"No, lo vi en Livingston".

"También afirmó que estaba estacionado en un lote para los lugares de condominio de autos en Livingston".

"Era el mismo auto. Tenía que ser él".

Ya que mintió, era justo hacer lo mismo. "Las cámaras de vigilancia no tienen registro de ningún auto estacionado en sus propiedades esa noche".

"Tuvo que ser esa noche".

"También se equivocó en la fecha de la lesión que sufrió la señorita Holmes. No ocurrió semanas después de su cumpleaños".

"No es así como lo recuerdo. Podría haber tenido una

segunda lesión".

"¿A quién protege?".

"A nadie. ¿Qué te hace creer que estoy tratando de proteger a alguien?".

"Mintió durante el polígrafo".

"No, no lo hice. Esas máquinas no son precisas".

"¿Estaban usted y la señorita Holmes involucrados en una relación inapropiada?".

"Por supuesto que no. Era una niña, por el amor de Dios".

"A veces los niños malinterpretan las cosas y, si están enamorados de un adulto, pueden adelantarse. ¿Es eso lo que pasó?".

"No".

"¿Sucedió algo entre ustedes dos?".

"Absolutamente no".

"¿Qué tienes contra Javier López?".

"Nada".

"Vamos, señor Reedy. Usted trató de incriminarlo".

"Eso es ridículo. No hice nada de eso. Todo lo que quería hacer era ayudar a atrapar a quien mató a Debbie".

"¿Y mantener el foco de atención alejado de usted y de su hijo?".

"¿Mi hijo? ¿Qué tiene que ver Jason con esto?".

Reedy tenía que saber que los más cercanos a la víctima eran probables sospechosos. "Vamos a averiguarlo".

"Genial, intento ayudar a la policía, no les gusta lo que he dicho y van por mi hijo, ¿para vengarse?".

"Señor Reedy, accedió a someterse al polígrafo y mintió durante el mismo. ¿Qué está ocultando?".

"Me estás obligando a repetirme. No estoy ocultando nada. Te he dicho lo que sé".

"No creo que me lo esté contando todo. Se lo está guardando. Si no confiesa, me encargaré de averiguar qué o a quién está protegiendo. Y cuando lo haga, iré por usted por obstrucción".

¿"Obstrucción"? Eso es ridículo. Me acerqué a ti con información...".

"Eso no importa, si desvió la investigación. Es un delito imputable, y nos aseguraremos de que sea perseguido con todo el peso de la ley".

"Esta entrevista ha terminado. Me gustaría que te fueras".

AL CONDUCIR de vuelta a la estación, le di vueltas a quién podría estar intentando proteger Chris Reedy. La respuesta fácil era a sí mismo. ¿Se había pasado de la raya con Holmes? No había pruebas de que Holmes hubiera sido agredida sexualmente. Y no estaba embarazada.

Pero si estaba a punto de revelar que algo había pasado entre ellos, Reedy quedaría arruinado, si no encarcelado. Eso era suficiente motivo.

Reedy lo negó, pero ¿quién no lo haría? Necesitaba una mirada más cercana. Su hijo, Jason, era la otra persona a la que podía estar protegiendo. ¿Qué padre no protegería a su hijo?

El problema con cualquiera de los dos fue que, cuando le preguntaron durante el polígrafo si sabía quién había matado a Holmes, Reedy dijo que no y pareció decir la verdad.

En el estacionamiento de la oficina me detuve a pensar en posibles escenarios, como la posibilidad de que hubiera dos personas implicadas y él no pudiera determinar quién lo hizo, o que hubiera presenciado algo pero no estuviera seguro de cómo terminó. Entré al estacionamiento de la estación.

56

AL SALIR DEL AUTO, ME AGARRÉ LA RODILLA. UN PINCHAZO de dolor me golpeó el costado de la rótula. ¿De dónde diablos había salido?

A cada paso que daba, volvía el dolor. No era agudo, pero me hacía cojear. Al entrar en la estación, Derrick me dijo: "¿Te has hecho daño en la pierna?".

"No que yo sepa. Al salir del auto empezó a doler".

"Te haces viejo, amigo".

"Gracias, amigo, justo lo que necesitaba oír".

Se levantó. "¿Dónde te duele?".

Señalé el interior de mi rodilla. "Justo aquí".

"Probablemente sea tu menisco".

"¿Qué es eso?".

"Un trozo de cartílago que es como un amortiguador. Probablemente tengas un pequeño desgarro o lo hayas agravado".

"¿Se cura solo?".

"La mayoría de las veces, pero si hay un gran desgarro, no".

"No puede ser malo; no he hecho nada para dañarlo".

"Tómatelo con calma. Todo irá bien. ¿Cómo te fue con Reedy?".

Después de informarle, le dije: "Hay algo ahí, pero no va a ceder. Tenemos que pescar a su alrededor. Podemos intentar hablar con su hijo. Si su padre no nos deja llegar a él, entonces podemos asumir que es él quien está siendo protegido".

Derrick se sentó en el borde de mi escritorio. "Dijiste que negó tener una aventura con Holmes. No me estoy metiendo con su reputación, pero ella estaba saliendo con Jason Reedy y con Javier López al mismo tiempo. Quizá era un poco, ya sabes, aventurera".

"Parece una exageración, pero por otra parte, algunas de las porquerías que hemos visto son increíbles".

"Hablaremos con algunos vecinos…".

"Por mucho que me disguste este tipo, tenemos que tener cuidado con lo que decimos. Poner algo así ahí fuera le arruinará".

"Cierto. Pero saber que engañó a su mujer sería mucho".

"¿Le sacaste algo a Sammi Cava?".

"Es una chica dura. No creo que haya nada ahí, pero Cava dijo que también deberíamos hablar con Joey Centro. Aparentemente, este chico era íntimo de Jason y Holmes y estaba enamorado de ella".

Mi móvil vibró. "Déjame contestar. Es Sergio, del laboratorio".

"Hola, Serg, ¿qué pasa?".

"Los federales acaban de enviar por email un informe sobre esas pastillas que incautaste. Las que tenían escritura china".

"¿Y?".

"Es un compuesto casero con varios componentes;

testosterona, dopamina, vitaminas D y E, un poco de L-arginina y trazas de suplementos chinos, como la raíz de jengibre".

"¿Aumentaría esto el apetito sexual de un hombre?".

"El reemplazo de testosterona es un recurso para quienes tienen niveles bajos, pero las píldoras solo contenían un quince por ciento de ella".

"¿Cuál es la L?".

"La L-arginina es un potenciador del flujo sanguíneo y se utiliza para tratar la disfunción eréctil".

¿Estaba en las pastillas que había tomado meses atrás cuando tenía problemas? "¿Sabían los federales qué era esto?".

"No. Se considera no identificado".

"¿Qué te parece?".

"No soy farmacéutico, pero basándome en la testosterona, los medicamentos para el flujo sanguíneo y los suplementos, diría que es alguna poción china casera para aumentar el deseo sexual".

Fue una buena decisión, teniendo en cuenta que Sergio no sabía que Shaw estaba castrado químicamente. Nos habíamos equivocado con Shaw, pero estaba claro que intentaba revertir los efectos del tratamiento que había utilizado para salir de prisión.

Que fuera suficiente para volver a meterlo entre rejas no era decisión mía. Mi obligación era informar de lo que habíamos averiguado y dejar que los fiscales y el tribunal determinaran si violaba las condiciones de su libertad condicional.

HABÍA un par de maneras de averiguar si Chris Reedy era infiel. Preguntando a su mujer quizá no se llegara a la verdad, ya que era demasiado dominante. Entrevistar a los vecinos era otro camino, pero el más fácil era hablar con una de las amigas de la esposa.

Habíamos recogido un par de nombres. Derrick estaba hablando con una tal Charlene Grazi, y yo estaba dos puertas más allá, tocando el timbre donde vivía Gwen Lee. Una mujer de unos cuarenta años abrió la puerta.

"¿Señora Lee?".

"Sí. ¿Puedo ayudarle?".

Mostrando mi placa, se puso la mano en el pecho. "Dios mío, ¿qué ha pasado?".

"Nada, señora. Estamos llevando a cabo entrevistas de rutina en relación con el asesinato de Holmes".

"Que pena. Janet dijo que Jason tiene el corazón roto".

"Usted es amiga cercana de la señora Reedy, ¿verdad?".

"Sí, nos conocimos antes de que se mudara a esta cuadra. Fue gracioso que termináramos en la misma calle".

"Qué bien. ¿Su marido es amigo del señor Reedy?

Hizo una mueca de dolor. "La verdad es que no".

"Qué lástima".

"A decir verdad, Chris es demasiado nervioso para mi marido".

"Todo el mundo es diferente".

"Es gracioso porque ambos son buenos amigos de James. Vive cuatro casas más abajo".

"¿Cuál es su apellido?".

"Fernwood".

"Por cierto, todo lo que hablemos es confidencial".

"Oh, vale".

"Usted mencionó que el señor Reedy es muy nervioso.

Sé lo que quiere decir con eso. No hay duda de quién lleva los pantalones en esa casa". Me reí entre dientes.

"Esa es la verdad".

"¿Cómo está el matrimonio Reedy?".

Su rostro se nubló. "Le doy mucho crédito a Janet. No debe ser fácil vivir con él".

¿Mi mujer había dicho alguna vez eso de mí? "¿Ella confía en usted?".

"No mucho. Es reservada".

"¿Cree que le ha sido infiel?".

"Para ser sincera, no me sorprendería".

¿Por qué se utilizaban las expresiones "ser sincero" y "decir la verdad"? ¿Todo lo dicho anteriormente era mentira? "¿Por qué dice eso?".

"Solo un presentimiento, eso es todo. ¿Por qué hace tantas preguntas sobre él?". Se tapó la boca con la mano. "No me diga que estaba involucrado…".

"Es completamente rutinario. Necesitamos construir perfiles de todos los que conocían a la víctima. Pero ya que lo menciona, ¿cree que es posible?".

"¿Chris? ¿Se refiere a matar a alguien?".

"Sí".

"No lo creo, pero realmente no lo sabría".

Estaba claro que a esta señora no le gustaba ni confiaba en el señor Reedy. "¿Conoce a su hijo, Jason?".

"Por supuesto. ¿Por qué?".

"¿Qué puede decirme de él?".

"Es igual que su padre".

"¿Qué quiere decir con eso?".

"Ambos se creen superiores o algo así. Especialmente, Chris".

57

AL CRUZAR LA CALLE, ME DI CUENTA DE QUE NO ME DOLÍA la rodilla. El dolor no podía ser de un desgarro. Probablemente era una distensión.

La calle estaba bañada por la luz del sol. En los últimos días habían podado todos los árboles de la acera. El verdor había desaparecido, sustituido por ramas rechonchas que en unas semanas serían frondosas.

La casa de James Fernwood tenía un camino de entrada circular y una isla llena de flores rojas. Por encima del gorgoteo de una fuente junto a la puerta principal, oí la voz de un hombre. Estaba al teléfono. ¿Pero quién no lo estaba hoy en día?

La campana sonó como el Big Ben. Con el teléfono a la oreja, la mirada de Fernwood se posó en mi placa. "Tengo que irme. Te llamo luego".

Metiéndose el teléfono en un bolsillo, dijo: "¿Qué puedo hacer por usted?".

"Estamos investigando los antecedentes del homicidio de Holmes y hablando con todos los de la cuadra".

"Qué impresión. La he visto un par de veces, pero nada más".

"¿No notó nada raro?".

"No que yo sepa".

"Es amigo de Chris Reedy, ¿verdad?".

"Sí, es un buen tipo".

"Tengo entendido que es, digamos, ¿intenso?".

Sonrió. "Puede parecerlo, pero eso es solo su personalidad exterior".

"¿Qué quieres decir?".

"Cuando le conocí, no era la persona más cariñosa, pero luego se enteró de que yo tenía problemas con la tensión arterial y ataques de pánico, y me ayudó a controlarlo".

"¿Cómo le ayudó?".

"Me presentó la *biofeedback* y a un tipo llamado Wim Hof. Este hombre es increíble. Puede permanecer en una bañera de hielo durante horas y mantener su temperatura corporal normal".

"Vaya. ¿Pero cómo le ha ayudado eso?".

"Mediante la respiración y otras técnicas controlé mi tensión arterial sin medicamentos. Mi médico no se lo podía creer".

"¿Cómo se escribe ese nombre?".

"W-I-M, H-O-F. Creo que es de Holanda. Es increíble. Debería visitar su página web. Estoy bastante seguro de que tiene un video gratis allí".

¿Tenía Wim una forma de arreglar mi rodilla y ayudarme a perder cinco kilos? "¿Cuánto tiempo tardó en aprender a controlar el ritmo cardíaco y la temperatura corporal?".

"Fue bastante rápido, un par de semanas, pero solo hice lo de los latidos. Chris tomó todas las clases; él es, como, un tipo de alto nivel".

"Suena muy interesante. Debería probarlo".

"Debería. Sabe, Chris dijo que ya nunca se enferma. Todo el programa fortalece tu sistema inmunológico".

¿Qué no podría hacer? "Gracias. Voy a comprobarlo".

"Algunas cosas parecen raras; solo tiene que aguantarlas".

"Lo haré. Oiga, es íntimo de Chris; le habrá contado lo de dejar a su mujer".

"¿Se refiere a tener una aventura?".

"Sí".

"No Chris. No es ese tipo de hombre. Él y Janet tienen algo bueno".

"Gracias por su ayuda, señor".

Nadie entendía la frecuencia con la que recibíamos opiniones contrarias, realizando entrevistas.

Tal vez Reedy no era infiel a su esposa. Pero parecía que tenía el entrenamiento para engañar a un polígrafo. Nuestro experto dijo que estaba engañando. ¿Había mentido cuando le preguntaron si sabía quién mató a Holmes?

Derrick cruzó la calle, subimos de nuevo al SUV y le subió al aire acondicionado. Dijo: "Esta calle tiene cero sombra".

"Por ahora. Ven el mes que viene, volverá a ser una jungla".

"Hay algo en el clima que hace que todo crezca, incluidos mi pelo y mis uñas".

"Así es. Mira, parece que Reedy sabía cómo pasar la prueba del detector de mentiras".

"¿Cómo es eso?".

"Tomó cursos con un holandés llamado Hof, sobre controlar tu cuerpo con la mente".

"¿Es una especie de gurú?".

"Aparentemente. Uno de los vecinos de Reedy dijo que le ayudó a bajar la tensión sin drogas".

"¿Efecto placebo?".

"No lo sé, pero el tipo puede estar en hielo durante horas y su temperatura corporal no baja".

"Eso tiene que ser una estafa".

Puse Wim Hof en el navegador de mi teléfono y, dije: "Tal vez".

"Tiene que ser. Te apuesto a que está promocionando clases…".

"Mira esto". Le pasé mi teléfono a Derrick.

"¡Mierda! Este hombre está escalando el Everest en pantalones cortos y sin camiseta".

Volví a tomar el teléfono y e hice clic en un enlace para contener la respiración. "Esto es una locura. Dice que aguantó la respiración durante seis minutos".

"Es un bicho raro".

"No lo sé, pero si ayudó a Reedy a superar el polígrafo, tenemos que reevaluarlo. Ah, y otra vecina me dejó con la impresión de que Reedy era de los que se iban de vagos a espaldas de su mujer".

"Interesante".

"¿Conseguiste algo?".

"Sí, pero más sobre su hijo, Jason. La mujer dos casas más abajo no tenía ningún amor por Reedy padre, pero esta señora Grazi dijo que la razón principal por la que sacó a su hijo de la preparatoria Baron Collier fue para mantenerlo alejado de Jason Reedy".

"¿Qué pasó?".

"Según ella, su hijo y Jason fueron a un campamento de verano hace tres años, y cuando volvió a casa, había cambiado. Ella sentía que su hijo estaba siendo controlado por Jason".

"¿Cómo es eso?".

"Dijo que pensaba que era algún tipo de hechizo".

Me reí entre dientes. "Tal vez tomó las clases de este tipo Hof también".

"De tal palo, tal astilla".

"¿Cuáles son las posibilidades de que ellos dos la mataran?".

"¿El padre y el hijo?".

"Raro pero no inaudito".

"Entonces tenemos que investigarlos".

"No hemos hecho mucho con Jason Reedy".

"La chica Cava dijo que Joey Centro era su mejor amigo, y que estaba enamorado de Debbie. Deberíamos empezar por ahí".

"Ajá. ¿Alguna vez conseguimos la lista de los chicos que no fueron a la escuela el día después de su desaparición?".

58

AL SUBIR EL ESCALÓN DEL GARAJE, SENTÍ UN DOLOR punzante en la rodilla. Me detuve y me la sobé justo cuando Mary Ann salía de la lavandería con un cesto de ropa limpia.

"¿Qué pasa?".

"Algo le pasa a mi maldita rodilla".

Dejó la ropa en el suelo. "¿Dónde?".

"Toma. Derrick dijo que probablemente sea el menisco".

"Podría ser. Tenemos la férula que usé aquella vez. Deberías ponértela".

¿Sí y telegrafiar al mundo que me estaba haciendo viejo? "No lo sé".

"Podrías llevarlo debajo de los pantalones. Nadie lo sabrá".

Atrapado. "Déjame ver cómo se siente".

Se dirigió al pasillo. "Lo que quieras, Macho Man".

"¿Cuánto tiempo falta para la cena?".

"Alrededor de una hora".

"De acuerdo. Me metí en el estudio y encendí mi laptop.

"¡FRANK!".

"¿Sí?".

"Estamos listos para comer".

Cincuenta minutos habían pasado volando.

Acomodado detrás de un tazón de sopa de lentejas, observé el vapor que salía del plato. Tomé una cucharada y, en lugar de soplar, me pregunté si podría controlar mi cuerpo para no sentir el calor...

Mary Ann preguntó: "¿Frank? ¿Estás bien?".

"Uh, sí. Solo, uh, pensando en algo. ¿Has oído hablar de alguien llamado Wim Hof?".

"No. ¿Es escandinavo?".

"Holandés. De todos modos, es un tipo que escaló el Everest en pantalones cortos y puede permanecer en el hielo durante horas sin que afecte a su temperatura corporal".

"Qué raro. Debe ser algo biológico".

"Hof reivindica la capacidad de controlar su cuerpo con la mente y a través de la respiración. Puede aguantar la respiración eternamente".

"Leí algo hace un tiempo sobre *biofeedback*. Personas en un ensayo clínico fueron capaces de controlar su ritmo cardíaco con solo obtener la información sobre lo que estaba haciendo".

"Este tipo tiene un par de videos gratis. Deberíamos verlos juntos".

"Déjame adivinar; tiene uno que puede afectar el apetito sexual de tu pareja".

"Esa sí que es una clase a la que me apuntaría".

Los dos nos reímos y le dije: "En serio, dice que son capaces de reducir el estrés. Deberíamos probarlo".

———

DERRICK ESTABA DETRÁS de su escritorio. "Buenos días, Frank".

"Buenos días".

"¿Cómo está la rodilla?".

"Más o menos". Bajé la voz. "Llevo una férula. Mary Ann me hizo ponérmela".

"El apoyo es bueno. No quieres empeorarlo".

Asintiendo, dije: "¿Obtuvimos esa lista en la escuela?".

"Déjame revisar mi correo electrónico".

Me acomodé en la silla y encendí la computadora. Derrick dijo: "Ha llegado. ¿Quieres que te envíe una copia?".

"Imprímelo".

Me entregó dos hojas de papel caliente. "Cielos, ¿tantos jovencitos están fuera en un día normal?".

"Estoy bastante seguro de que hay cerca de dos mil estudiantes que van a la preparatoria Barón Collier".

"Debe haber cincuenta chicos en esta lista. Parecen muchos".

"Quién sabe. Tal vez algo anduvo por ahí".

"Tenemos que cotejarlos, ver quién es amigo de Jason Reedy y quién era íntimo de Holmes".

"¿Por qué Holmes?".

"Ninguna razón en particular aparte de que podríamos conseguir algo de información". Pasé el dedo por la página. "Bingo. Jason Reedy estaba fuera ese día".

"Interesante".

Pasando a la segunda página, dije: "Y aquí está el chico que mencionaste, Joseph Centro".

"Tal vez los dos se fueron de pinta".

"No lo sé".

"No olvides que la madre no estaba en casa; estaba en Orlando".

"Cierto". Qué chico no se había aprovechado de la falta de supervisión paterna. "Me gustaría hablar con Centro, pero Reedy y su abogado llegan en menos de una hora".

REEDY Y TOM O'BRIEN ESTABAN APIÑADOS EN LA SALA DE interrogatorios. O'Brien era uno de los abogados defensores más caros del condado. Era duro pero justo. No había alterado la temperatura de la sala y no les haría esperar. Chris Reedy me caía mal, pero no quería que nadie pagara a un abogado un céntimo más de lo necesario.

Pusieron sonrisas cuando entramos. Estaba claro que O'Brien había aconsejado a su cliente. ¿O hizo Reedy los ejercicios de respiración que le recomendó Wim Hof?

Tras las presentaciones y formalidades, dije: "Queremos agradecerle que haya venido hoy".

"Mi cliente está ansioso por aclarar cualquier confusión relacionada con su intento de ayudar a las fuerzas del orden en la investigación de Holmes".

"Señor Reedy, ¿cuándo fue la última vez que vio a Deborah Holmes?".

"Uno o dos días antes de que supiéramos que había desaparecido".

"¿Cómo lo recuerdas?".

"Bueno, fue bastante traumático para nuestro hijo, cuando Debbie desapareció. Jason y ella tuvieron una larga relación, y bueno, uno recuerda estas cosas".

"¿Y en qué fecha fue eso?".

"Hum, déjame ver... Janet fue a ver a su hermana... sí, fue un lunes, y Debbie fue ese sábado".

Parecía ensayado, pero era de esperar. "Ese lunes por la noche, usted dijo que vio a Javier López en Livingston Road por su barrio, cerca de donde vivía la señora Holmes".

"Sí. Eso es lo que vi".

"¿Qué estaba haciendo cuando vio al señor López?".

"¿Yo?".

"Sí".

"Estaba dando un paseo".

"¿Camina todas las noches?".

"No, normalmente no".

"¿Por qué ese lunes por la noche?".

"Mi mujer no estaba en casa y me apetecía salir".

"Entiendo que su esposa se fue esa mañana. Entonces, ¿por qué a esa hora de la noche en particular?".

"Había estado ocupado antes, tenía una llamada con un cliente y quería pensar las cosas. Caminar me ayuda a despejar la cabeza".

"¿Pero no camina con regularidad?".

"Es esporádico, pero salgo una vez a la semana o algo así".

"¿Cuánto duran sus paseos?".

"Una hora más o menos".

"También afirmó ver al señor López estacionado al otro lado de la calle, en un solar de Livingston Road".

"Creo que era él. El auto era el mismo".

"¿Cuándo lo vio? ¿Cuánto tiempo después de verlo por primera vez?".

"Alrededor de media hora, tal vez más".

"Entonces, ¿su paseo fue corto?".

"En realidad no, seguí un rato y me di la vuelta".

"¿Dónde se dio la vuelta?".

"Oh, no lo recuerdo. Probablemente alrededor de Wyndemere".

"¿Salió de su casa a pie, salió de la comunidad, caminó por Livingston hasta algún lugar cerca de Wyndemere, e invirtió el curso?".

"Sí, más o menos".

"Lo que nos parece interesante es que nadie con quien hablamos le vio fuera de su casa esa noche".

O'Brien dijo: "Como se ha dicho, el paseo del señor Reedy tuvo lugar esa misma noche, cuando la gente está en sus casas haciendo cosas como ver la televisión".

"Señor Reedy, ahora es el momento de revisar su declaración. ¿Vio al señor López una, dos o ninguna vez esa noche?".

"Seguro que fue una vez; la segunda, vi el auto y supuse que era él".

"Durante la prueba del polígrafo, el examinador, un experto reconocido, dijo que usted estaba siendo engañoso".

O'Brien dijo: "Por favor, detective, ambos sabemos que la razón por la que estas pruebas son inadmisibles en un tribunal es que no son precisas".

"Nos pareció extraño que su cliente aceptara participar en uno".

"Intentaba ser útil. La familia perdió a alguien a quien apreciaba profundamente".

"No estaba siendo útil. Intentaba desviar la atención hacia el señor López".

"Esa es una acusación seria que vas a tener que respaldar o retractarte".

"Su cliente utilizó técnicas de un curso que tomó de Wim Hof para controlar su corazón, respiración y transpiración. Funcionaron hasta cierto punto, pero no pudo engañar a nuestro hombre".

O'Brien parecía como si Elvis hubiera entrado en la habitación. Reedy dijo: "No sabes de lo que estás hablando. Tomé las clases hace años, para controlar la ansiedad".

Su abogado se aclaró la garganta. "Debatir una instrucción que es muy anterior al incidente en cuestión es irrelevante".

"Lo que es relevante, es la razón por la que su cliente mintió. ¿Por qué intentó inculpar a Javier López? ¿A quién intenta proteger? ¿Le hizo algo a la señorita Holmes, o fue su hijo?".

Reedy se volvió hacia su abogado. "¿Ves? Me acusan de algo. De qué, no lo sé".

El abogado palmeó el antebrazo de su cliente y dijo: "Detectives, con el debido respeto, lanzar acusaciones sin pruebas es, en el mejor de los casos, poco útil. Si tienen algo tangible que discutir, ahora sería el momento de hacerlo".

"El señor Reedy no está siendo sincero. Mintió durante el polígrafo e intentó inculpar a otro hombre del asesinato de Deborah Holmes. Si su cliente no estuvo involucrado en el crimen, ahora sería un buen momento para aclararlo".

"Mi cliente ha negado su implicación en ese crimen atroz. En cuanto a la acusación de incriminación, podría ser un simple caso de identificación errónea. Todos estamos familiarizados con la poca fiabilidad de los testigos oculares".

"Y estamos familiarizados con el tipo de obstrucción que creemos que su cliente está llevando a cabo".

O'Brien dio un codazo a Reedy y se levantó. "A menos que pueda ofrecer pruebas, hemos terminado aquí".

60

DERRICK DIJO: "ESO SALIÓ COMO YO PENSABA. NO tenemos nada".

"No sé nada de eso. O'Brien quería ver lo que teníamos, y no lo demostró, pero le sorprendimos con lo del polígrafo".

"Sí, pero tiene razón; el momento no nos ayuda".

"Eso no significa nada. Si te entrenaste para ser francotirador hace cinco años, aún puedes dar en el blanco. Es una habilidad. El problema de Reedy es que no era tan bueno como pensaba".

"Cierto, pero ¿cómo vamos a usarlo?".

"No estoy seguro. Pero podríamos tener suficiente para conseguir los registros telefónicos de Reedy. Si averiguamos dónde estaba, sabremos con certeza si realmente salió a pasear".

"Pero si no cruzó a otra torre celular al caminar, no sabremos dónde estaba".

"El juez no sabrá de torres. Haz la petición, o puedo hacerla yo, para tratar su localización y datos de llamadas.

Puede que Reedy ni siquiera haya estado en casa, como afirma".

"Eso es importante. Pondré en marcha la petición y la subiré".

"Gracias. Tengo que poner al día a Remin. La entrevista que *WINK* hizo a los padres de Holmes le puso en pie de guerra".

"Buena suerte con eso".

"Todo irá bien. Cuando terminemos, iremos a ver a Centro".

***

Giramos a la derecha en Pine Ridge Road hacia Osceoala Trail. Derrick se saltó el desvío hacia Cougar Road y pasamos por delante de la escuela primaria de Osceoala.

Señalé el patio del colegio y le dije: "Mira eso".

"¿Qué?".

"Hay una madre por ahí limpiando el tobogán con toallitas Clorox".

Haciendo un giro en U, dijo: "Un signo de los tiempos".

"Está empeorando las cosas; si te expones, no puedes crear inmunidades".

Entramos en el estacionamiento y Derrick dijo: "Recuérdame que te hable del sistema inmunitario y el envejecimiento".

¿Envejecimiento? ¿Se refería a mí en particular?

Tras mostrar al director el consentimiento escrito que nos dio la madre de Centro, nos hicieron pasar a una sala de conferencias. Pasaron cinco minutos y la puerta se abrió. El director le dijo a Centro que estaría fuera y que, cuando quisiera, podía irse.

Nos levantamos y nos presentamos. Centro, vestido de

oscuro, se quedó mirando la mesa sin mirarnos a los ojos. Era una de mis manías; la mayoría de los adolescentes actuaban igual.

Centro empezó a crujirse los nudillos.

"Sabemos que tú y Jason Reedy son buenos amigos".

Asintió con la cabeza.

"Conocías a Debbie Holmes también".

"Ajá".

"¿Se llevaban bien los dos?".

"Sí, salían juntos".

"Estabas enamorado de ella".

"Ella salía con Jason".

"Es una pena lo que le pasó".

Frunció el ceño.

"El día después de la desaparición de Debbie, no fuiste a la escuela".

Se puso rígido. "¿No fui?".

"No según los registros de asistencia de la escuela".

"Oh, supongo que no, entonces".

"¿Qué hiciste ese día?".

"No lo sé. Probablemente estaba enfermo".

"Eso es interesante. Jason tampoco fue a la escuela. ¿También estaba enfermo?".

"No me acuerdo".

"¿Adónde fueron?".

"A ninguna parte".

Estaban juntos. "Mira, no voy a decirle nada a tu madre ni a la escuela. Solo estamos obteniendo información para el informe que tenemos que presentar. No creerías todo el papeleo que tenemos que hacer. Solo quiero quitarme esto de encima".

Derrick dijo: "Sí, en la academia no te dicen que el noventa por ciento de las veces no somos más que chupatintas. Este caso va a los archivos fríos, así que si pudieras ayudarnos un poco, podemos seguir adelante. Tenemos un montón de otros casos en los que trabajar".

"Solo pasamos el rato, eso es todo".

"¿Tú y Jason?".

"Sí".

"¿Dónde pasaron el rato?".

"No lo sé, por ahí".

Cuando mi madre me preguntaba adónde iba, le decía que fuera y me iba. "Sería muy útil si pudieras darme un lugar o dos. Sabes, hay una casilla en el informe que tenemos que rellenar. ¿Dónde estaban ustedes dos?".

"Estoy bastante seguro de que estuvimos en casa de Jason. Su madre no estaba; se fue a algún sitio con su abuela".

"¿Estuvieron allí todo el día?".

"Sí".

"¿Estaba el señor Reedy allí?".

"Uh, parte del tiempo".

"¿Estaba Debbie contigo?".

"No".

"¿Así que todo el día estuviste en su casa?".

"Uh, fuimos a casa de su abuela para alimentar al gato".

"¿Estuvieron de fiesta por allí?".

Se encogió de hombros. "No".

"¿Qué hicieron allí?".

"Nada, solo le dimos de comer al estúpido gato".

"¿No te gustan los gatos?".

Se puso de pie. "El señor Hitchens dijo que podía irme si quería y me voy".

"Claro que sí. Gracias, Joe".

Subimos al SUV. Derrick dijo: "El chico estaba

mintiendo. Primero, estaba enfermo, y luego estaba con Jason".

"Sin duda, pero ¿era una evasiva normal de adolescente o algo siniestro?".

"Podrían haber estado bebiendo o drogándose".

"Seguro que sí".

"Tenemos que hablar con Jason".

"Tenemos que pasar por O'Brien. Llámalo ahora, a ver si podemos reunirnos el lunes. Podemos ir a ellos, si es más fácil".

"Me pondré en contacto". Palmeando su móvil, dijo: "Tienes esa boda mañana, ¿verdad?".

"Sí. Te haré saber cómo fue. ¿Tienes planes para el fin de semana?".

"Nada grande, tengo que hacer algunos retoques de pintura".

"Ten cuidado si te subes a una escalera". Sonaba como un anciano.

"Me parece bien. Quería hablarte de un medicamento que investigué. Se llama Rapamicina. Es una droga antien-vejecimiento".

"Suena a BS".

"No, así es como lo llaman, pero he leído un montón sobre ello, y en resumidas cuentas, la forma en que alarga la vida es fortaleciendo tu sistema inmunológico, evitando que las enfermedades relacionadas con la edad te maten".

"Nunca oí hablar de ello".

"Merece la pena investigarlo. La FDA lo aprobó como fármaco antirrechazo para trasplantes. Pero algunos médicos descubrieron que realmente ayudaba al sistema inmunológico. Lo probaron en ratones y les alargó la vida un treinta por ciento".

"El treinta por ciento es enorme". ¿Realmente queríamos un montón de centenarios?

"Sin duda, y se está haciendo un ensayo a gran escala con perros".

"¿Y los humanos?".

"Un puñado de médicos lo están impulsando y lo usan ellos mismos".

"¿Cuáles son los inconvenientes?".

"Realmente no están mal, pero investígalo tú mismo. Estoy buscando la manera de conseguirla".

"Asegúrate de que no venga de China".

61

LA SALA SE CALMÓ CUANDO EL PADRE DE LA NOVIA SE apartó y el doctor Bilotti se acercó al micrófono.

Sacó una gran espada de su vaina y dijo: "Para realzar el brindis por tan magnífica pareja, Fred me pidió que realizara un *sabrage*. Este ritual se remonta a los tiempos de Napoleón Bonaparte, cuando el sable era el arma preferida de su caballería ligera.

"Las espectaculares victorias de Napoleón en toda Europa les dieron muchos motivos de celebración. Y lo hicieron abriendo botellas de champán con sus sables.

"Como bebedor de vino, aprecio la frase de Napoleón: cuando ganaba, bebía champán para celebrarlo, y cuando perdía, lo bebía para consolarse".

Cuando las risas se apagaron, Bilotti dijo: "El sabrage es un acto de celebración y, por tanto, adecuado para conmemorar la hermosa unión que hemos presenciado hoy".

Bilotti recibió una botella de champán sin abrir. Quitó el papel de aluminio y el capuchón de alambre y localizó la costura de la botella. Sosteniendo la botella en un ángulo de treinta grados, sonrió. "Esperemos que esto salga según lo planeado".

El médico colocó el filo de su espada sobre la botella y, en un solo movimiento, la deslizó hacia la parte superior, golpeando el labio de la tapa de la botella.

El tapón de la botella cayó al suelo y la sala estalló en aplausos. Bilotti sostuvo la botella abierta sobre su cabeza. "Lo mejor de la vida y el amor para los recién casados".

Dejé de aplaudir cuando Bilotti tomó asiento a mi lado. "Bien hecho, Doc".

"Siempre es un poco arriesgado hacerlo en público".

"Hiciste que pareciera fácil".

"Puedo enseñarte a hacerlo".

Mary Ann dijo: "Por favor, no. No puede golpear un clavo sin romperse un dedo".

"Hey, no es justo".

Un anciano de pelo blanco recortado, golpeó al médico en la espalda con una mano llena de manchas hepáticas. Los hombres se abrazaron y Bilotti dijo: "Frank, éste es Johnny Coburn. Solía estar en el grupo de cata de vinos".

Nos dimos la mano y Bilotti dijo: "Frank es el detective del que te hablé. Es el mejor detective con el que he trabajado, y he trabajado con muchos buenos".

Coburn dijo: "Eso es mucho decir".

"Está exagerando".

"No, yo no. Frank puede encontrar a cualquiera o cualquier cosa".

"Podría ser". Señalé. "Veo un par de bolsas sobre la mesa. Apuesto a que contienen botellas de gran vino". Coburn hizo un par de preguntas antes de que Mary Ann me apartara. "Tenemos que bailar; es nuestra canción de boda".

Me dolía la rodilla mientras nos dirigíamos a la salida. Mary Ann dijo: "Ha sido un evento precioso".

"Fue divertido, la comida era buena, y el vino... te gustó, ¿verdad?".

"Solo tomé un vaso".

Mientras le daba las llaves del auto, John Coburn se acercó. "¿Me presta a su marido un momento?".

"Claro".

Nos alejamos y Coburn bajó la voz. "Bilotti me habló mucho de ti".

"No te creas ni la mitad".

Sus ojos y mejillas estaban hundidos. "En serio, dijo que se puede confiar en ti".

¿De confianza? Acabamos de conocernos. "Creo que es verdad".

Asintió ligeramente con la cabeza, haciendo una pausa antes de decir: "Es una larga historia, y estaré encantado de contarte lo que sé, pero tengo información sobre algo que ha estado oculto durante mucho tiempo".

"¿Y qué es eso?".

Miró a ambos lados antes de decir: "Una gran suma de dinero".

"¿Y cómo desapareció?".

"Estaba escondido, a propósito".

"Si esto es ilegal, no quiero oír nada más".

"No lo es. Al menos, no técnicamente, eso han dicho los abogados que he consultado".

"¿Y por qué me dices esto?".

"Calibro tu apetito para una búsqueda del tesoro".

Mary Ann dio un paso hacia nosotros. "Vamos, Frank. Somos los últimos aquí".

"Tengo que irme".

"¿Te parece bien que me ponga en contacto contigo para hablar de este asunto?".

"Claro".

"Asumo que mantendrás confidencial esta conversación y cualquiera que tengamos en el futuro".

Me apresuré hacia Mary Ann. "¿Qué quería?".

"Es amigo de Bilotti y tiene un problema".

"No te metas en los asuntos de los demás".

Sí, mamá. "No estoy seguro de lo que es; no entró en materia".

62

———————

"HOLA, DOC, ¿CÓMO ESTÁS?".

"Bien, Frank. Fue una bonita boda, ¿verdad?".

"Sí, la pasamos bien, y gracias por traer el vino. Tomé de más. Han pasado dos días y aún siento los efectos".

Se rió. "Ya no nos recuperamos tan rápido como antes".

"Amén. Sabes, me gustó mucho ese del estado de Washington. ¿Cómo se llamaba?".

"Fuerza Mayor. Es uno de los pocos vinos americanos que sigo comprando".

"Ese Sassicaia también estaba bueno. Puede que sea el vino más caro que he probado".

"Sassicaia es el super toscano original, y ahora cuesta unos trescientos".

"Eso es una locura".

"Lo es. Ya no los compro. Creo que pagué cien, cuando lo compré hace diez años".

"Gracias por compartirlo".

"El placer es mío".

"Oye, quería preguntarte por un medicamento llamado rapamicina. ¿Lo conoces?".

"Es el nuevo fármaco antienvejecimiento, aunque el jurado está deliberando sobre si merece la pena correr los riesgos o no".

"¿Pero funciona?".

"Parece que sí, pero los ensayos en humanos acaban de empezar. Todo lo demás es anecdótico".

¿Escuchó el aire saliendo de mi globo? "Oh".

"Yo recomendaría no tomarlo, en este momento. Si funciona, tienes tiempo de obtener algunos de los beneficios".

"Gracias. Aprecio el consejo, y gracias de nuevo por el vino".

"Cuando quieras. Dime, ¿qué te pareció la forma en que Johnny Coburn describió el vino?".

"Era como leer el *Wine Spectator*".

"Solía tener un increíble paladar cuando era más joven. Es un buen tipo".

"Quería saber si podía confiar en mí. Me pareció raro".

"Johnny se ha vuelto un poco misterioso con el paso de los años. Creo que su cuñado, o quizá su tío, era agente de la DEA".

"¿En serio?".

"Estoy bastante seguro de que trabajó en Miami hace años".

"¿A qué se dedicaba Johnny?".

"Lleva retirado mucho tiempo. Creo que tenía un par de tiendas. ¿Por qué?".

"Solo por curiosidad. ¿Cuántos años tiene?".

"Fue a la fiesta de su octogésimo aniversario hace un par de años".

"Eso me imaginaba".

"Lo siento, Frank, pero tengo que irme. Que te vaya bien".

Al colgar, pensé en la posibilidad de que el dinero del que hablaba Coburn procediera del capital que sacaba de sus negocios minoristas. Habría evitado declarar los ingresos. Era evasión de impuestos e ilegal.

No era raro, pero ¿por qué lo había escondido y por qué me lo había contado? ¿Habría olvidado dónde lo puso? Parecía una posibilidad remota, pero Coburn tenía unos ochenta años. ¿Buscaba a alguien en quien confiar para averiguar dónde lo había escondido?

Al teclear "Johnny Coburn" en el sistema no aparecía ningún antecedente penal. Una grata sorpresa.

La oportunidad de obtener unos ingresos extra era tentadora, pero no quedaba tiempo ni energía suficiente para tener un trabajo extra. El momento de reevaluarlo sería después de resolver el caso Holmes.

DERRICK DIJO: "Verizon envió los registros telefónicos de Reedy. Los estoy imprimiendo". Saltó de su asiento y la impresora zumbó.

Me pasó un documento. "Aquí están los datos de la torre celular".

Había dos secciones: una para el veintitrés de mayo y otra para el día siguiente. "Parece que Reedy nunca abandonó la zona".

"Si tuviera algo de inteligencia, lo habría dejado atrás".

"¿Dónde está el mapa de la cobertura de la torre?".

"Toma".

"Hum. Podría haber dado un paseo. La siguiente torre está pasando el Golden Gate".

"A menos que no se llevara el teléfono, estaba en casa o paseando por la zona".

"Repasemos las llamadas que hizo o recibió".

"Es extraño. No hay constancia de que enviara o recibiera mensaje alguno".

Señalando el informe, le dije: "Ha llamado siete veces a este número, pero no entró. Investiga a quién pertenece".

Tecleó el número en un programa y dijo: "¡Mierda! Es de su hijo".

"Las llamadas se hicieron entre las once y treinta y nueve y las doce y dieciocho. O se había pasado el toque de queda, o algo estaba pasando".

"Investiga el otro número. También llamó cuatro veces".

Tras teclearlo, le di a buscar y dije: "Es un teléfono fijo registrado a nombre de Mildred Fenster".

"Podría ser una novia".

"Tal vez. Déjame ver en la base de datos del Registro de Vehículos".

Una imagen de una mujer canosa, con profundas arrugas, poblaba la pantalla. Derrick dijo: "No puede ser. Es demasiado vieja".

"Tiene que ser una parienta o amiga con la que intentaba contactar".

"Tal vez pensó que ella sabría dónde estaba su hijo".

Tocando el teclado, navegué hasta una búsqueda de registros públicos. Derrick dijo: "¿Qué estás buscando?".

"Esto de aquí. Janet Reedy cambió su nombre de Janet Fenster cuando se casó. Apuesto a que esta es su madre".

"Probablemente. Pero se fue con su hija a…".

"Reedy debió pensar que su hijo estaba en casa de la abuela". Volví a la página del Registro de Vehículos. "Ella vive en 10981 SW Sixty-Sixth Street. Compara los datos de la torre del móvil para llamadas hechas a su hijo contra la dirección".

Derrick pasó un par de páginas. "La torre celular da servicio a la casa de la abuela".

"El padre sabía o sospechaba que su hijo estaba en casa de la abuela. ¿Qué hacía allí tan tarde?".

"Sabía que la casa estaba vacía. Tal vez estaba de fiesta con amigos".

"¿Estaba Debbie Holmes allí? Su celular sonó por última vez desde la misma torre".

"Podría haber sido".

"Encaja".

"Seguro que sí. Puede que haya ido allí voluntariamente".

"Ella no habría dejado su bicicleta atrás".

"Estaba escondida. Tal vez pensó que la recuperaría más tarde".

"Una posibilidad remota, no cabría en el maletero de Jason. Pero, ¿por qué no ir a casa, dejar la bici e ir en el auto?"

"Tal vez sus padres no la habrían dejado ir. Era una noche de escuela".

"Buen punto. Ella pasó por alto a sus padres al igual que Jason y terminó muerta".

"Pudo haber sido asesinada en la casa de la abuela".

La especulación era la moneda de cambio de un detective de homicidios. La cuestión era si estaba bien gastada.

63

Derrick se puso de pie. "Tenemos que preguntarle a Reedy sobre estas llamadas".

"Lo haremos, pero es astuto. Será mejor que hablemos con un par de vecinos de la abuela. Con suerte, conseguiremos algo de información, y si Reedy empieza a mentir, podemos arrinconarlo".

"Tienes razón. Podría ahorrarnos tiempo. Saldré ahora mismo".

Nunca lo dijo, pero la forma en que estaba actuando decía que había rechazado el trabajo de Charlotte. "Iremos juntos".

Al girar por la calle Sesenta y Seis SW, pasamos por delante de la iglesia Center Point Community Church. Derrick dijo: "¿Qué edad tiene esta señora, Fenster?".

"Ochenta y dos".

"¿Qué hace ella aquí? Las casas están demasiado dispersas. Si necesita algo, está en problemas".

Era una buena pregunta. "Tal vez ha vivido aquí mucho tiempo. No es fácil convencer a alguien para que se mude de una casa".

"Dímelo a mí. Les dije a mis padres que redujeran el tamaño, pero nunca venderán su casa".

"Mientras sean capaces, es mejor que tomen ellos mismos la decisión".

"Cierto. Me culparían a mí".

"Más despacio". Señalé hacia adelante. "La amarilla es la casa Fenster".

"Dudo que alguien haya visto algo. No hay postes de luz por aquí".

"Probablemente, pero estamos aquí. Toquemos un par de timbres. Yo haré los dos de cada lado, y tú puedes hacer los dos de enfrente".

Al alejarme de la primera casa, le hice un gesto a Derrick con el pulgar hacia abajo. Atravesé lo que parecía césped y me dirigí hacia una casa azul de una planta con tejado metálico.

A tres metros de la puerta principal, un par de perros empezaron a ladrar como si hubiera yo entrado.

Un hombre con aspecto de duende y coleta abrió el timbre. Le enseñé mi placa mientras espantaba a los perros. "¡Macy! ¡Garmin! ¡Alto!".

"Lo siento. Una vez que te conozcan, no podrás evitar que te laman".

"Parecen gemelos".

"Hermanos. Los tengo desde la camada".

"Son lindos".

"Somos inseparables. ¿En qué puedo ayudarte?".

"Me gustaría ver si viste algo en la casa de los Fenster".

"¿Le pasó algo a Mildred?".

"No, ella está bien. Pero hace un par de semanas estuvo fuera, y nos interesa cualquier actividad en la casa durante ese tiempo. Los días en cuestión son lunes y martes, veintitrés y veinticuatro de mayo".

"¿Fue un robo?".

"No. ¿Recuerdas haber visto algo?".

"Sabes, sí. Estaba paseando a los chicos, mis perros, y era justo antes de medianoche; salimos todas las noches a esa hora".

Otra razón para no tener perro. "¿Qué viste?".

"Bueno, había un auto en la entrada que no estaba cuando salimos sobre las cinco. Pasamos por delante de la casa, pero supuse que tenía visita; su familia vive en la zona".

"¿Qué tipo de auto?".

"Era blanco, es todo lo que sé".

Reedy conducía un Honda blanco.

"¿Estaban encendidas las luces de la casa?".

"Un par sí. Pero cuando dimos la vuelta, bajamos hacia el canal, apareció otro auto y giró en la entrada. Un chico joven se bajó, y cuando llegamos a la casa, estaba volviendo a su auto y se marchó".

"¿Crees que fue una entrega de comida?".

"Tal vez. Llevaba una bolsa cuando volvió al auto".

"¿Llevaba algo cuando llegó allí?".

"No puedo decirlo. Los chicos y yo estábamos demasiado abajo".

"¿Cuánto tiempo crees que estuvo en la casa?".

"¿Cinco, diez minutos?".

"¿Viste a una joven de unos diecisiete años?".

"No".

"¿Y estás seguro de la hora?".

"Ah-huh. Los chicos tienen su rutina. Si no los llevo a tiempo, se ponen inquietos".

"Gracias. ¿Puedo tener tu número en caso de que tenga una pregunta?".

De vuelta en el coche, Derrick me dijo: "Totalmente fuera de combate. ¿Cómo te fue?".

Le puse al corriente. Dijo: "Parece que Jason estuvo aquí. El otro joven podría haber estado haciendo una entrega".

Se apartó de la acera mientras un camión giraba hacia la calle. Dije: "Tenemos que asumir que Jason Reedy estuvo aquí. No hay otra explicación para que el padre llamara a la casa".

"De acuerdo".

El camión pasó retumbando. Le dije: "Date la vuelta".

"¿Qué?".

"Es un jardinero. Quizá vio algo al día siguiente; hoy es martes".

"¿Durante el día?".

"Nunca se sabe".

El camión de Paradise Landscaping se detuvo delante de una casa a la que había ido Derrick. Nos pusimos detrás del camión, bajamos mientras un hombre resbalaba una podadora por una rampa. Otro hombre estaba tirando de una cuerda en un Weedwacker.

"¡Disculpe! ¿Podemos hablar un momento?".

El hombre de la podadora la apagó. "¿Qué pasa?".

"¿Cortas este césped todos los martes?".

"Sí, ¿por qué? ¿Hicimos algo?".

"No, no. Hace un par de martes, el veinticuatro de mayo, ¿viste algo en esa casa?". Señalé la casa de Fenster.

"Creo que una anciana vive allí, ¿verdad?".

"Sí. ¿Recuerdas haber visto algo?".

Empezó a hablar en español con el otro hombre, y luego dijo: "Eso fue hace como, ¿seis semanas?".

"Sí".

"No estamos seguros, pero creemos que pudo ser el día en que había un barco enganchado".

"¿Viste un barco tirado por un auto?".

"Sí".

"¿Qué tipo de auto?".

"Oh, no lo sé. Creo que era un blanco, uno extranjero".

"¿Seguro?".

Volvió a hablar en español antes de decir: "Luis cree que era plateado, quizá un Ford".

Aquí vamos con los testigos oculares. "Vale. Pero, el barco, ¿ambos están seguros de que lo vieron en la entrada de esa casa?".

"Sí, eso dijimos. Estaba metido en la entrada de vehículos hasta el garaje".

"¿Qué hora era?".

"Como ahorita, venimos a la misma hora".

Eran poco antes de las cuatro de la tarde. "Gracias".

Volvimos al auto. "Parece que al día siguiente, Reedy o su hijo volvieron a la casa".

"Tal vez el viejo había salido a pescar y de regreso se detuvo a buscar a su hijo".

"No me lo creo. Habría venido a primera hora de la mañana si el chico no hubiera vuelto a casa".

"Tal vez lo hizo y regresó".

"Podría ser, pero apuesto a que no es el caso".

64

Bajé los escalones de dos en dos, salí a nuestro piso y entré trotando en la oficina. "Tenemos suficiente para una orden de cateo de la casa de la abuela".

"Pensé que iban a rechazarlo".

"Este caso ha traído mucha presión. Creía que teníamos poco, pero nos dan luz verde".

"¿Qué dice el sheriff?".

"Se lo dijo a Wilner. Entre las cosas que dijo es que el novio fue una de las últimas, si no *la* última persona que la vio, y el hecho de que el teléfono de Debbie sonara por última vez desde la misma zona de la casa, pues que ya era bastante".

"Un juez que es útil. ¿Quién lo hubiera pensado?".

"Es interesante".

"Creo que el padre y el chico están juntos en esto. ¿Por qué si no iba a seguir llamándole cada dos por tres?".

El hijo de Derrick era demasiado pequeño para que entendiera que cuando tu hijo se iba de casa, un padre no podía descansar, especialmente si estabas fuera de contacto.

"Tal vez, pero también es posible que solo estuviera preocupado por dónde estaba su hijo".

"¿Entonces por qué mintió sobre López, y la rodilla de Holmes?".

"Él y el hijo son los primeros de la lista. Vamos a pulir esta solicitud y que la firmen".

Sonó mi teléfono. Era Mary Ann. "Hola, pensé en ver cómo estabas".

Estaba aburrida. "Estoy bien. Vamos por una orden de cateo para una casa que creemos que está relacionada con el caso Holmes".

"Suena emocionante".

Debía de haber olvidado todo el papeleo que tenía que presentar cuando estaba en el cuerpo de policía. "Ya veremos. ¿Qué estás haciendo?".

"Nada".

"¿Hiciste tus vueltas?".

"Sí".

"Sabes, estaba pensando que tal vez deberíamos hacer un viaje a Savannah. Siempre dijiste que querías ir".

"Eso sería divertido, pero ¿cuándo?".

"Tan pronto como este caso termine".

"Oh".

"Pero, ¿por qué no investigas un poco, buscas un hotel y cosas que hacer durante un fin de semana largo?".

"¿Quieres quedarte en la ciudad en sí?".

"Donde quieras".

"Debería haber grabado eso".

Me reí. "Lo negaré, sobre todo si es caro. Hasta luego".

Guardé mi teléfono y en eso me di cuenta de un texto. Era de Johnny Coburn. Quería que nos viéramos. Lo ignoré.

ADEMÁS DE NOTIFICAR a alguien la muerte de un ser querido, involucrar a una persona inocente en un caso del que no tenía ningún conocimiento era inquietante.

"Todo el mundo tiene que relajarse. Es una señora mayor, una espectadora inocente".

"Tú nos dices cuándo tomar el control".

"Lo haré, y por favor sean amables. Hagan su trabajo, pero no quiero que revuelvan esta casa. ¿Está claro?".

"No hay problema, Luca".

Con la camisa pegada a la espalda, toqué el timbre y me alejé de la puerta. Dispuesto a tocarlo de nuevo, la puerta se abrió. Mildred Fenster tenía una sonrisa agradable y una postura erguida. "Hola. ¿Puedo ayudarle, joven?".

¿Joven? Era imposible que no te cayera bien. "Siento molestarla, señora, pero somos de la oficina del sheriff".

"¿La oficina del sheriff?".

Le tendí la orden. "Sí, vamos a tener que registrar su casa".

"¿Por qué diablos harías eso?".

"¿Un juez cree que puede haber pruebas dentro de su casa?".

"¿Pruebas? ¿De qué? Debe de haberse equivocado de dirección. Vivo aquí desde hace casi treinta y dos años".

"Lo siento, señora. Esta es la casa correcta. Tenemos que pedirle que salga. Hace calor fuera; puede que quiera esperar en uno de nuestros autos".

"¿No entiendo qué está pasando? ¿Puedo llamar a mi hija?".

"Sí, pero tendrás que hacerlo fuera".

Derrick dijo: "Venga conmigo, señora Fenster. Mi auto es cómodo. Puede esperar allí y hacer sus llamadas".

Hice una seña al equipo de búsqueda y los cinco se acercaron. "Tomen todo lo que encuentren, pero con cuidado".

Siempre era incómodo al entrar en casa de un extraño, entrar en el dormitorio de Fenster era doloroso. Era un retroceso a los años setenta. Debatiéndome entre abrir o no los cajones de su mesita de noche color café, supe que no ocultaba nada.

En un compromiso, saqué el cajón superior y lo cerré. Si hubiera habido algo, habría sido la mayor sorpresa de mi carrera.

Cerré la puerta del dormitorio y entré en la sala de estar. Un técnico forense estaba de rodillas recogiendo fibras y pelos de la alfombra, mientras otro examinaba el sofá.

Derrick entró en la casa desde el garaje. Me hizo señas. "Por aquí. Creen que hay sangre en el garaje".

Dos técnicos estaban arrodillados cerca de la parte trasera del auto de Fenster. "¿Qué tienes?".

"Rociamos luminol y esta zona se iluminó".

Era una mancha con forma de hígado. "Es café. Tiene que ser vieja".

"Podría ser, pero ha sido fregado y los detergentes lo decolorarían".

"Necesitamos una muestra para un análisis de ADN. ¿Puedes hacerlo?".

"Es complicado, pero ya lo hemos hecho antes".

"¿Cómo lo haces?".

"La mejor manera es cortar una sección del concreto".

"¿Qué más puedes hacer?".

"Usar una cinta adhesiva, y la apoyaremos raspando parte del material".

"¿Será preciso?".

"Sí".

"A por ello".

Me volví hacia Derrick. "¿Revisaste el resto del garaje?".

"Sí, nada más que un montón de cosas mohosas. La mitad de la basura que hay aquí debería tirarse".

"Conoces a la gente y sus *cosas*".

"Tiene más herramientas que yo".

"Probablemente se aferró a ellas cuando su marido falleció".

"¿Qué valor sentimental tiene un taladro?".

Tenía razón. "Mary Ann está buscando algo que hacer. Tal vez pueda ayudarla a vender algunas de estas cosas en eBay".

"¿Quién lo querría?".

"Te sorprendería lo que compra la gente".

"¿Mary Ann está deseando volver al trabajo?".

"Sabe que no es bueno para ella. Necesita encontrar algo con lo que mantenerse ocupada. Hablemos con Fenster sobre la sangre. Es una buena mujer, así que sé amable. No quiero que se enfade más de lo que ya está".

"Me siento mal por ella, sobre todo si resulta que su yerno o su nieto participaron en el asesinato de Holmes".

65

DERRICK VOLVIÓ A LA ESTACIÓN. "EL VECINO CON LOS perros dijo que cree que el joven que vio entrar en el auto era Joe Centro".

"Sabíamos que Centro mentía, pero ¿sobre qué?".

"El vecino mantuvo su versión; no creía que Centro hubiera entrado en la casa".

"¿Por qué estaba allí, entonces?".

"Jason Reedy estaba allí. Quizá su padre llamó a Centro y le pidió que viera cómo estaba su hijo".

"No hubo llamadas del teléfono del padre a Centro".

"Sí. Entonces Jason llamó a Centro".

"¿Y si no entró en la casa? ¿Jason cambió de opinión?".

"Centro pudo saber que estaba allí y se preocupó por lo que pasaba con Holmes".

"Voy a llamar al laboratorio. Deberían poder decirnos si alguno de los pelos recogidos coincide con el de Holmes. Podemos esperar al ADN, pero el color debería ser un buen indicador. No creo que Fenster tenga muchas visitas".

"Pregúntales sobre la sangre".

"Un análisis de ADN lleva su tiempo".

"¿No puede Remin empujarlos?".

"Lo pedí, pero ya sabes lo que dicen de los saltos de línea".

"¿Crees a la anciana diciendo que no sabía nada de la sangre?".

"Yo sí. Fenster tiene más de ochenta años. Cuando entra en el garaje, se concentra en no golpear nada. Luego entra en casa. No va a dar vueltas por el garaje".

"Y cuando saca la compra de la cajuela. No estaba mal, pero yo lo notaría".

Cogí el teléfono que sonaba. "Mira, si está involucrada en un encubrimiento, o algo peor, entregaré mi placa".

"Detective Luca, Homicidios. Oh, hola. De acuerdo. Sí, comprendo. Adiós, abogado".

Colgué y dije: "Era O'Brien. Su bufete representa a Jason Reedy y a Fenster".

¿"Fenster"? ¿Por qué iba a necesitar un abogado si no estaba involucrada?".

Buena observación. "Puede que intenten limitar el acceso; no quieren que diga algo que perjudique a los Reedy".

"Bienvenido a América, donde todo el mundo tiene un portavoz".

"No está eso muy lejos de la verdad". Tomé el teléfono. "Llamaré al laboratorio".

"Serge, soy Luca".

"Hola, Frank. Estaba a punto de llamarte. Tenemos los resultados de la sangre".

"¿Y?".

"No es humana".

"¿Qué quieres decir?".

"Es sangre de animal. Posiblemente un roedor o una zarigüeya".

"¿Estás seguro de eso?".

"Sí. Las proporciones del tipo de célula no son humanas".

"Maldita sea".

"Lo siento, pero hay buenas noticias".

"¿Qué? Dímelo".

"Cuatro de los cabellos recogidos en la residencia Fenster coinciden materialmente con la muestra conocida".

"¿Coinciden con los de Debbie Holmes?".

"Sí".

"Has dicho *materialmente*. ¿Qué significa eso?".

"El pelo examinado presenta las mismas características microscópicas que la muestra de pelo de Holmes. Es consistente con provenir de la misma fuente".

"Entonces, ¿es el pelo de Debbie Holmes?".

"Creemos que sí".

"¿Les estás haciendo una prueba de ADN?".

"No".

"¿Por qué no?".

"No había folículos en los pelos recuperados. Se cayeron de forma natural".

"Gracias, Serge".

Derrick estaba de pie frente a mi escritorio. "¿Es el pelo de Holmes?".

"Sí".

"Ella estaba en la casa. ¿Y la sangre?".

"Es de un animal".

"Hombre, pensaba…".

"Tenemos que traer a Jason Reedy".

Derrick cogió el teléfono. "Voy a llamar a O'Brien".

"Espera".

"¿Por qué?".

"Estoy pensando que tal vez deberíamos hablar con Centro primero. A ver qué dice".

"¿En serio?".

"No tenemos nada que perder, y podríamos conseguir algo que usar con Reedy".

"¿Quieres hacerlo aquí?".

"No. No queremos alarmarlo en este momento. Conseguiría un abogado".

Nos hicieron pasar a la misma sala de conferencias en la que habíamos estado. Cinco minutos después entró Joey Centro. Vestido de negro otra vez, pensé en la película *El día de la marmota*.

Con los ojos de nuevo en la mesa, cambió de postura cuando le dije: "Tenemos un par de preguntas más".

"Yo no he hecho nada".

"No hemos dicho que lo hicieras. Estamos interesados en tu amigo Jason Reedy. Siéntate".

Echó una silla hacia atrás y se dejó caer en ella. "¿Recuerdas nuestra pequeña charla de hace unos días?".

Asintió con la cabeza.

"Bueno, parece que no nos estabas diciendo la verdad".

Se retorció como un niño de cinco años. "Te conté todo, todo lo que recordaba".

Ah, el cerco apareció pronto. "Ya que has tenido tiempo de pensarlo, podemos aclarar las cosas".

Derrick dijo: "Mentir a un agente de policía se llama obstrucción, y podrías ir a la cárcel por ello".

Los hombros del chico se desplomaron.

Se hundió más en la silla cuando le dije: "Tiene razón. No te conviene meterte en el sistema de justicia penal; lo llevarás contigo toda la vida. Ahora, la noche en que se denunció la desaparición de Debbie Holmes, el veintitrés de mayo, para ser exactos. ¿Qué hiciste?".

"Nada. Estaba en casa".

"¿No acabas de oír al detective Dickson decir que mentir es un delito penado con cárcel? ¿Adónde fuiste esa noche?".

"Creo que a ninguna parte".

"Te voy a dar una ayudita: sabemos que fuiste a casa de la abuela de Jason Reedy".

Sus ojos se abrieron de par en par. "Oh sí, lo había olvidado".

"¿Por qué fuiste allí?".

"Jason me llamó y me pidió que fuera".

"Era tarde".

Se encogió de hombros.

"¿Qué hiciste allí?".

"Nada. Solo pasamos el rato".

"Debbie Holmes estaba allí, ¿no?".

"Uh, no lo sé. No la vi".

Sabíamos que no había entrado en la casa. "¿Estabas por ahí y no viste a Debbie?".

"No la vi".

"¿Cuánto tiempo estuviste allí?".

"No mucho".

"¿Cinco minutos? ¿Una hora?".

"Fue solo, como, una visita rápida, ¿sabes?".

"Tenemos un testigo que te vio allí".

Se le fue el color de la cara.

"¿Qué llevabas?".

"Nada".

"Tenías una bolsa".

"Uh, mi mochila".

"¿Qué contenía?".

"Nada".

"Entonces, ¿por qué llevarla?".

"Yo, uh, tenía cerveza dentro".

"¿Por qué no la bebiste con Jason?".

"Dijo que tenía que irse, así que me fui".

"¿Y nunca viste a Debbie Holmes cuando estuviste allí?".

"No".

"¿Oíste su voz?".

Sacudió la cabeza.

"¿Estás seguro?".

Asintió con la cabeza.

"Muy bien, gracias por cooperar. Vuelve a clase".

Derrick dijo: "Me sorprende que hayas terminado tan pronto".

"Tengo una idea que podría funcionar".

66

Mary Ann puso una cápsula en la cafetera. "¿Vas a llevarte almuerzo hoy?".

"No lo sé. Va a estar bastante ocupado".

"Llévate un yogur".

Eso no era almuerzo. ¿Tenían siquiera yogurt cuando yo crecía? "Tal vez".

"¿Qué tienes hoy?".

"Traeremos a Jason Reedy y a su amigo al mismo tiempo. Los separaremos y veremos a dónde nos llevan las grietas de sus historias".

"Recuerda que lo hicimos una vez. Con los hermanos Freeport, ¿recuerdas?".

"Eso fue cuando nos emparejaron por primera vez".

"Y no confiaste en mí para nada".

"Eso no es verdad".

Mary Ann enarcó las cejas. "¿En serio?".

Ella tenía razón. "Tenía que mantenerte alerta".

Olí su aliento a café cuando se acercó a mí. "Me llevó un tiempo ablandarte. Me gusta más esta versión de ti".

Le besé la mejilla. "Supongo que he envejecido bien, entonces. ¿Qué vas a hacer hoy?".

"Voy a almorzar con Brittany, y voy a seguir hurgando sobre esos secuestradores de perros. Tengo una corazonada sobre ellos".

"¿Qué?".

"Te haré saber si es prometedor".

"Echas de menos el trabajo, ¿verdad?".

"Algo de eso. Estaría bien hacerlo dos días a la semana".

"Quizá podamos reabrir la consulta privada cuando me retire".

* * *

MIRANDO por encima de su monitor, Derrick dijo: "Buenos días, Frank".

"Buenos días. Va a ser un buen día".

"Hubiera sido mejor si Chris Reedy también estuviera en una habitación".

"O'Brien es demasiado listo para dejar que eso ocurra. Si mantenemos la presión, averiguaremos cuál fue su implicación".

"Parece que Centro viene con su madre. Creo que el chico no tiene nada que ver".

"Mintió repetidamente…".

"Está protegiendo a un amigo".

"Dudo que solo esté siendo leal".

"Probablemente tengas razón".

"Dejando a un lado la delincuencia, estaría bien que la gente se defendiera de vez en cuando".

"Sigue soñando".

Al ver el video, me pregunté si la familia Centro era

daltónica. Su madre llevaba un bastón negro y vestía un vestido negro largo. Su hijo llevaba vaqueros y camisa de vestir, ambos negros.

Derrick dijo: "Si tuviera canas, podría ser Morticia de *La familia Adams*".

"¿Tal vez gótica?" Llamé y abrí la puerta. "¿Necesitan algo? ¿Un agua?".

"No, gracias".

"Disculpen el retraso, estaremos con ustedes en un rato".

Doblamos la esquina hacia la sala 5. O'Brien y Jason Reedy charlaban amigablemente. El chico Reedy sonreía como si estuviera con un colega en una pizzería. No creíamos que Reedy y Centro hubieran hablado antes de entrar.

Dije: "Hagámoslo".

"¿Te estás ablandando conmigo?".

"¿De qué estás hablando?".

"No hiciste monerías con la temperatura ambiente".

"O'Brien está bien, y no está bien incomodar a la madre. Ella tiene un bastón…".

Sonrió. "Sí, claro". Llamó a la puerta y la abrió de golpe.

Derrick les informó que la entrevista estaba siendo grabada e indicó los asistentes y la hora.

O'Brien dijo: "Estamos ansiosos por cooperar y poner fin a la implicación de mi cliente".

Le dije: "Pongámonos en marcha, entonces. Jason. ¿Puedo llamarte Jason para evitar cualquier confusión en el registro con tu padre?".

"Ese es mi nombre".

Mientras recordaba lo que solía decir mi padre, sobre borrar la sonrisa burlona de la cara de alguien, Derrick dijo:

"Nos gustaría empezar por la noche del veintitrés de mayo de este año, el día en que Deborah Holmes fue vista con vida por última vez".

Le dije: "¿Qué hiciste esa noche?".

"Nada especial. Estaba en casa, si no recuerdo mal".

"¿Toda la noche?".

"Sí".

"¿Entonces por qué tu padre no paraba de llamarte al móvil?".

"¿Cómo podría saberlo? Si respondiera, estaría especulando".

¿Este chico estaba tomando clases de derecho? "Te estaba buscando. ¿No es por eso?".

"Tal vez".

"¿Por qué iba a hacer eso si estabas en casa?".

"De nuevo, no puedo responder a eso".

"Estabas en casa de tu abuela. ¿Verdad?".

O'Brien se dio cuenta de que lo sabíamos y susurró al oído de Jason. El chico dijo: "Lo había olvidado por completo. Mi abuela estaba fuera con mi madre y su gato, Félix, necesitaba que le dieran de comer".

"¿Con quién fuiste a casa de tu abuela?".

"Fui solo".

"¿Tu novia, Deborah Holmes, no estaba contigo?".

"No".

"Es interesante, porque durante el registro de su casa recogimos cuatro de sus cabellos".

O'Brien dijo: "Mi cliente y la fallecida fueron pareja durante más de un año. Ella había estado en casa de la abuela en varias ocasiones. Los pelos podrían haberse desprendido en cualquier momento durante el tiempo que estuvieron juntos".

"Tenemos un testigo que dijo que estuvo allí".

Jason se inclinó hacia delante. "¿Quién dijo eso?".

"Tu amigo Joseph Centro. Dijo que lo llamaste para que viniera".

Un destello de ira recorrió su rostro. "Nunca le llamé, pero Debbie estaba allí".

"¿Por qué lo escondías?".

"Por múltiples razones: una, sus padres se enfadarían si supieran que había salido en contra de sus deseos, y después de lo ocurrido, me arrojaría como sospechoso".

"Dijiste, 'después de lo que pasó'. Cuéntanos qué pasó".

"Nada. Estábamos tonteando y... quería irse a casa y se fue".

"¿Por qué no la llevaste a casa?".

"Había estado bebiendo, probablemente me tomé seis cervezas. Por doloroso que sea pensar que las cosas serían diferentes si la hubiera llevado a casa, no estaba en condiciones de conducir".

"¿La dejaste caminar a casa?".

"Me doy cuenta de que parece una locura después de lo que pasó, pero el barrio es seguro. O solía serlo".

"¿Por qué no le pides a tu amigo que la llevara a casa?".

"Ella no quería irse cuando él vino".

"¿Le llamaste para que viniera y, sin embargo, se marchó tras una breve visita?".

"No le llamé. Sabía que estaba allí y apareció. Había estado bebiendo y, antes de que llegara, Deb empezó a insinuarse y empezamos a tontear. Entonces llegó Joey. Le conté lo que pasaba y se fue".

"¿Cuándo se fue Debbie?".

"Poco después. Joey rompió el estado de ánimo, y quería irse".

"¿Qué crees que ha pasado?".

"No soy quien para especular, pero es posible, y odio

decirlo, probable que Joey la viera y la agarrara. Siempre ha estado enamorado de ella, y le ha hecho varias insinuaciones no solicitadas a Debbie".

"¿Crees que tu amigo tuvo algo que ver con su muerte?".

"Es ciertamente posible. ¿Qué otra cosa podría haber ocurrido?".

"En vez de hacerte volver, ¿puedes esperar aquí quince o veinte minutos?".

Jason puso los ojos en blanco, pero sabía que O'Brien, a seiscientos por hora, no se quejaría. "Está bien. Que alguien nos traiga agua".

67

AL ENTRAR EN LA HABITACIÓN CON DOS BOTELLAS DE agua, le dije: "Lamentamos haberle hecho esperar".

Les di a la señora Centro y a su hijo una botella de agua. La señora Centro hizo un gesto de dolor y se removió en la silla. "¿Tiene una silla más cómoda? Tengo estenosis espinal".

"Lo siento, señora. No tenemos otra, pero si estar de pie es más cómodo…".

Sacudió la cabeza y se reacomodó en el asiento mientras Derrick encendía el dispositivo de grabación y recitaba las formalidades.

Le dije: "Señor Centro, vamos a ser muy directos, y te ruego que hagas lo mismo. Tu amigo Jason Reedy y su abogado están en otra habitación al final del pasillo".

La señora Centro dijo: "Dios mío. ¿Jason mató a esa pobre chica?".

"Estamos llevando a cabo una investigación, y su hijo puede tener información que aclare el papel de varios individuos".

"Joey, ayuda a la policía. Es tu deber".

Derrick dijo: "Esta vez no hay rodeos. Si has partici-pado en este crimen, dínoslo ahora. Si cooperas, haremos todo lo posible para ayudarte".

"El detective Dickson tiene razón. Lo que haya pasado, ha pasado. No podemos cambiar el pasado, pero si eres sincero con nosotros, podemos hacerte la vida más fácil".

"Dios mío. Joey, ¿hiciste algo?".

"No, mamá. No te preocupes".

"Cuéntanos qué pasó la noche del veintitrés de mayo".

"Ya te lo dije. Jason me llamó, y fui allí…".

"¿La noche del asesinato?".

"Señora, tiene derecho a estar aquí, pero por favor, sin interrupciones".

"Vale, lo siento".

"Fuiste a la casa de la abuela de Jason Reedy".

"Sí".

"¿Y qué hiciste allí?".

"Nada. Me fui enseguida".

"¿Por qué?".

"Solo me fui".

"¿Viste a Deborah Holmes?".

"No".

"¿Estabas enamorado de ella?".

"La verdad es que no".

"¿La viste salir?".

"No, ya te lo he dicho".

"Tu amigo Jason dijo que Debbie salió de la casa alre-dedor de la hora que tú lo hiciste. Dijo que iba caminando a casa y que tú la agarraste y la mataste".

"¿Qué carajo?".

"¡Joey! Cuida tu lenguaje".

"¡Mamá! Jason está mintiendo".

"Cuéntanos lo que pasó realmente".

"¿Me voy a meter en problemas?".

"¿Lastimaste a la señorita Holmes?".

"No".

"¿La detuviste?".

"No".

"Entonces no tienes nada de qué preocuparte. Si eres sincero con nosotros, olvidaremos tus esfuerzos obstruccionistas".

"Joey es un buen chico. No le haría daño a nadie".

"A su hijo le conviene decirnos la verdad, todo lo que sabe".

"Adelante, Joey. Dilo".

Centro suspiró. "Me siento mal, pero si está tratando de inculparme, entonces tengo que decir lo que tengo que decir".

"Adelante".

"Me llamó y me pidió que fuera a casa de su abuela. Yo estaba cansado y no quería ir. Me decía que tenía que ir, que necesitaba ayuda. Le pregunté con qué, pero me dijo que me lo diría cuando llegara".

La señora Centro dijo: "Tienes que dejar de escucharle. Tú tienes tu propia mente; si no quieres hacer algo, no lo hagas. ¿Ves adónde te ha llevado?".

Tenía razón, e interrumpirla podría mermar la lección que intentaba impartir.

"Vamos, mamá".

Derrick dijo: "Continúa. Jason Reedy te llamó y dijo que necesitaba ayuda. ¿Entonces qué?".

"Salí y conduje hasta casa de su abuela".

"¿Qué pasó cuando llegaste?".

"Me llamó de camino, estaba como a cinco minutos. Estaba muy nervioso, me dijo que no hiciera ruido cuando llegara".

"¿Te dijo por qué?".

"No".

"Por favor, continúa".

"Bueno, llegué y toqué el timbre. J abrió la puerta y parecía estresado. Di un paso para entrar, pero me dijo: 'No, quédate ahí', y cerró la puerta. Un minuto después, abrió la puerta y dijo: "Coge esto y tíralo. No quiero que nadie lo encuentre. Tenía que ir al baño pero no me dejó entrar. Fue raro, solo me dijo que fuera y me deshiciera de la bolsa lo más rápido posible".

"¿Qué te dio?".

"Una bolsa de plástico".

"¿Qué contenía?".

"No lo sé. No he mirado".

"¿Qué hiciste?".

"Dije, ¿qué hay dentro? Y J dijo: "No es asunto tuyo, y será mejor que no mires dentro".

"¿Seguro que no viste lo que había en la bolsa? Yo lo habría hecho".

"No. No conoces a Jason; se enojaría mucho si lo hiciera".

"¿Cómo iba a saberlo? Te dijo que lo tiraras".

"Créeme, lo habría sabido".

"De acuerdo. ¿Qué tipo de bolsa?".

"Era negra, como las que se usan para las bolsas de basura".

"¿Podrías decirme qué contiene?".

"En realidad no, ¿quizá ropa?".

"¿Dónde está la bolsa?".

Centro frunció el ceño. "Me deshice de ella".

"¿Cómo?".

"La tiré al agua".

"¿Dónde?".

"Por el puente hacia Marco".

"¿Lo tiraste a la bahía?".

"Sí".

"¿Se hundió?".

"Sí, puse la cosa del neumático de hierro, de nuestro auto, dentro".

La madre no había dejado de mover la cabeza. El dolor de su cara no era de espalda.

"Y cuando colocaste la llave de cruz, ¿no viste lo que había dentro?".

"Estaba oscuro. Tal vez había una camisa o algo así".

"¿Recuerdas en qué parte del puente lo pusiste en el agua?".

"Sí, un poco al principio. Tenía miedo y quería salir de allí".

"Puede que necesitemos que nos muestres dónde. ¿Puedes hacerlo?".

"Sí, yo sé dónde".

"Cuéntanos esto otra vez. Recibiste una llamada de Jason Reedy, pidiéndote que fueras a casa de su abuela".

"Así es y fui. Pero cuando llegué, no me dejó entrar. Me dijo que esperara, y luego me dio una bolsa y me dijo que me deshiciera de ella".

"¿Esas fueron sus palabras exactas?".

"Sí".

"Cuando ibas en auto de tu casa a la de su abuela, ¿pasó algo?".

"¿Qué quieres decir?".

"¿Paraste en algún sitio? ¿Viste a alguien?".

"No, fui directamente allí, pero J me llamó y me dijo que estuviera tranquilo cuando llegara".

"Vale. Te da esta bolsa y ¿luego qué?".

"Me largué. Estaba nervioso e intentaba pensar dónde

deshacerme de ella. Iba a quemarla, pero no se me ocurría dónde, y alguien podía ver el fuego".

"Cuando te fuiste, ¿viste a alguien?".

"Había un tipo paseando un perro, dos perros. Pasaba por delante de la casa".

"¿Hablaste con él?".

"No. Me metí en el auto y salí por el otro lado".

"¿Otro lado?".

"Bajé por la calle de Golden Gate pero retrocedí para no tener que adelantarle".

"¿Por qué fuiste tan cuidadoso evitando a la gente si no hiciste nada malo?".

"No lo sé. Sentí como si Jason hubiera hecho algo malo".

"¿Qué te dio esa sensación?".

Se encogió de hombros.

"Está bien que nos lo digas. No te meterás en problemas".

"Solo por la manera en que estaba J".

"¿Le dijiste a Jason Reedy lo que hiciste con la bolsa?".

"Sí, me preguntó y se lo dije".

"¿Qué ha dicho?".

"Nada, solo gracias por ayudarle y que no lo olvidaría".

Liberamos a Centro y a su madre y nos dirigimos a la sala de interrogatorios donde se encontraban Jason Reedy y su abogado. Dije: "Espera un segundo".

Derrick dijo: "¿Qué está pasando?".

"Tenemos que incautar el barco de Reedy. Si lo usó para trasladar el cuerpo de Holmes, se asustará e intentará limpiar cualquier prueba".

"Por supuesto. En cuanto terminemos, redactaremos una orden".

"Me temo que no podemos esperar, o tendrá ventaja. Va a tomar varias horas en el mejor de los casos para conseguir que se apruebe el decomiso".

"Tú termina la entrevista; yo escribiré la petición y la subiré".

"Gracias, amigo".

Nos separamos y entré en la sala de entrevistas. "Siento haberles hecho esperar. Ha surgido algo".

O'Brien dijo: "Entendemos. ¿Tienes algo más para nosotros?".

"Sí. Nos gustaría saber qué le dio su cliente a Joseph

Centro, la noche del veintitrés de mayo, mientras estaba en casa de su abuela".

Los ojos del chico se abrieron de par en par. "No le he dado nada".

"Eso no es lo que dijo el señor Centro. Dijo que usted le dio una bolsa de plástico, dándole instrucciones para deshacerse de ella".

"Oh, eso. Era basura. Le pedí que la tirara".

"¿Y no querías que nadie lo supiera?".

O'Brien dijo: "Por favor, aclara la pregunta".

"Cuando le entregaste la bolsa al señor Centro, le dijiste que guardara silencio, que no mirara en la bolsa ni se lo contara a nadie".

"Era un montón de latas de cerveza vacías. Además, había vomitado dentro. Olía fatal".

"¿Por qué no la tiraste?".

"Estaba en la puerta. La abuela guarda los botes al lado de la casa, no llevaba zapatos".

Este chico tenía una respuesta para todo. Si eran ciertas era la única pregunta que no podíamos hacerle.

"No fuiste a la escuela al día siguiente".

"No me sentía bien por haber bebido demasiado".

"Sin embargo, volviste a casa de tu abuela al día siguiente. ¿Por qué?".

"Félix necesita ser alimentado todos los días".

"¿Por qué llevaste el barco?".

"Salí a dar una vuelta después de alimentar a Félix".

"¿A dónde fuiste?".

"De pesca".

"¿Cogiste algo?".

"No picaban, y estar en el agua me daba náuseas".

"¿Lavaste el barco cuando volviste?".

"Siempre lo hago. Tienes que estar en ello, o la mugre se convierte en cemento".

"El día después de la desaparición de tu novia, ¿te vas a pescar?".

"Llamé a Deb pero no contestó".

"¿Fuiste a buscarla?".

"Un poco. Revisé el área alrededor de la casa de mi abuela".

"No te desviaste de tu camino, ¿verdad?".

O'Brien dijo: "Eso es innecesario, detective. Si no recuerdo mal, cuando se denunció la desaparición de la señorita Holmes, todo el mundo, incluidas las fuerzas del orden, creyó que había huido".

"Me parece justo, abogado. ¿Hiciste algo más para intentar localizar a la señorita Holmes?".

"Consulté con amigos para ver si alguien sabía algo, pero como la policía estaba implicada, pensamos que la encontrarían".

Conté hasta tres. "Y todo el tiempo estuvo en Marco Bay".

Frunció el ceño.

"Puedes estar seguro de que vamos a encontrar a quien la puso allí".

Derrick golpeaba el teclado. "¿Cómo fue el resto de la entrevista?".

Le informé y le dije: "¿Dónde están los registros telefónicos de Jason Reedy?".

"En el libro de asesinatos, en escritorio".

Recogiéndolo, le dije: "¿Ya casi has terminado con el pedido?".

"Ya está arriba. Estoy escribiendo el informe sobre la entrevista de Centro".

"Gracias. Sabes, Jason no llamó a Centro desde su móvil. ¿Crees que él lo llamó, o Centro está más metido de lo que creemos?".

"Ambos han mentido. Tal vez están jugando con nosotros, juntos".

"Centro dijo que fue al puente a tirar la bolsa. Tal vez arrojó el cuerpo desde allí".

"Podría haberlo hecho".

"Tenemos que encontrar esa bolsa. Lo que hay en ella podría ayudar mucho a ver quién dice la verdad".

"Eso va a requerir un montón de recursos. Marco Bay es enorme".

"Remin se nos echará encima si recuperamos la bolsa y resulta que está llena de vómito".

Derrick se rió entre dientes. "Puedo verlo ahora en *WINK News*: 'El departamento de torpeza pesca vómito'".

"Sabes, si lo encontramos y Centro no hizo un nudo apretado, quién sabe lo que encontraremos. Por loco que parezca, recuerdo estar en un barco de fiesta en Sheepshead Bay, Brooklyn. El mar estaba agitado y un par de chicos se enfermaron. Empezaron a vomitar por la borda. Tío, tendrías que haber visto a los peces salir a la superficie para comérselos".

"Eso es asqueroso".

"Casi me hace perder el almuerzo".

"Bueno, me has quitado el apetito".

Riendo, marqué un número. "Sophia Livoti".

"Hola, Sophia, soy Frank Luca".

"¿Cómo estás?".

"Bien. Quería verificar cómo está Lisa Ramos".

"A Lisa le queda camino por recorrer, pero está mucho mejor".

"Me alegro de oírlo. Salúdala de mi parte".

"Lo haré. Gracias por preguntar".

"Gracias por todo lo que haces por ella y por todos los demás con los que trabajas".

"Gracias, Frank".

EL OLOR A ROMERO flotaba en el aire. Besé a Mary Ann en la mejilla. "¿Estás haciendo papas rojas?".

"No, estoy haciendo filete de branzino como te gusta en La Pescheria".

"¿Al Forno?".

"Sí, con cebollas rojas y papas en rodajas".

"¿Aceitunas?".

"Sí, espero que salga bien".

"Saldrá, y será muchísimo más barato".

"Tuviste suerte. Pasé por Wynn's Market y recordé que tenían branzino en oferta".

Me acerqué por detrás. "¿Planeas aprovecharte de mí más tarde?".

"No tienes tanta suerte".

"Hey, no es justo".

"Ya veremos. ¿Cómo fueron esos interrogatorios?".

"Bastante bien. Conseguí que el chico Reedy admitiera que Holmes estuvo allí esa noche, y señaló a su amigo".

"Cuando empiezan a volverse unos contra otros, el final está a la vista".

"Eso espero. ¿Qué has hecho?".

"¿Recuerdas que te hablé de esa gente que vende perros en Craigslist?".

"¿Sí?".

"He investigado y creo que podrían estar detrás de esto. Pedí fotos de esta Yorkie. Era tan linda…".

"No necesitamos un perro".

"Lo sé, pero te la enseñaré más tarde; es adorable. Pero de todas formas, en una de las fotos, en la habitación donde el tipo estaba haciendo la foto, había un espejo, y se parece a uno de los ladrones de ese video *de WINK*. ¿Recuerdas, los dos tipos?".

"Sí".

"Uno de ellos se parece al vendedor de perros. Voy a pedir más fotos y a comprobar si *WINK* tiene el video en su página web".

Manteniendo viva la posibilidad de hacer el amor, le dije: "Sigues teniendo buenos instintos".

69

ME ACERCABA AL PUENTE JUDGE JOLLEY RUMBO HACIA
Marco Island cuando sonó mi móvil. "Hola, sargento, ¿qué
pasa?".

"Quería hacerle saber, el bote Reedy está asegurado y
va en camino".

"Genial. Agradezco el aviso".

"No hay problema. Hey, buena suerte con la búsqueda
de esa bolsa".

Mi mirada se desvió hacia la amplia extensión de la
bahía de Marco Este. "Vamos a necesitarla; hay un montón
de territorio que cubrir".

Al colgar, dije: "Tienen el bote. Está de camino al laboratorio".

"Bien".

Reduje la velocidad hasta detenerme a mitad de camino
hacia el punto más alto. Derrick dijo: "Mira, ahí están".
Señaló cuatro barcos con la bandera del sheriff.

"Esperemos que el tipo de la Universidad de la Costa
del Golfo acierte con la corriente para esa noche".

Los barcos se alejaron unos de otros y aminoraron la marcha. "Los buzos se están preparando".

Derrick dijo: "Me siento afortunado". Hizo clic en la radio de mano. "Este es el detective Dickson. Tómense su tiempo y tengan cuidado. Apéguense a la cuadrícula lo mejor que puedan".

Llegó una respuesta crepitante: "Tenemos un barco en el lugar del objetivo, y los otros están trabajando desde la mitad del puente hasta la playa".

Mientras un buzo caía por la borda, dije: "Olvidé mi sombrero".

"El sol está fuerte".

"Esto es tranquilo. Pero cada vez que cruce este puente, pensaré en esta pobre chica".

"Salgamos del sol un rato. Si encuentran algo, llamarán por radio".

Al subir al auto, Derrick dijo: "Mira a ese tipo en la tabla de paddle. Tiene un perro con él".

"Eso es una locura".

"Está ahí sentado, tan bien educado".

"Por cierto, Mary Ann tiene una pista de quién podría estar detrás del secuestro de perros".

"¿Qué tiene?".

La radio se activó. "Uno de los buzos acaba de traer algo. Parece que lo encontramos".

"Estamos en camino. Nos vemos en Bear Point".

Nos detuvimos en una zona arenosa, salimos y nos pusimos guantes. La flotilla echó anclas a seis metros de la costa.

Derrick y yo nos acercamos a la orilla mientras un buzo bajaba del barco. Le entregaron una bolsa de plástico negra. Con la bolsa hasta la cintura, la levantó y vadeó hacia nosotros.

Unas gotas de agua brillaban sobre el plástico. "Lo encontramos más rápido de lo esperado".

Mi mirada se centró en la parte superior mientras se la entregaba a mi compañero. "Bien hecho. Gracias".

Derrick dijo: "Parece un nudo bastante apretado".

"Así es, pero el agua encuentra su camino en todas partes".

Palpé el fondo de la bolsa. "No hay mucha agua, si es que hay alguna".

Abrimos la puerta trasera del SUV y dejamos la bolsa en el suelo. Se me revolvió el estómago. "Esto podría ser una bolsa llena de vómito o el boleto para resolver el caso Holmes".

Derrick dijo: "Crucemos los dedos".

Tirando suavemente del nudo, se aflojó lentamente. "Aquí vamos".

Abrí la parte de arriba arrugada y olfateé. "No está tan mal".

Con las cabezas a un palmo de distancia, miramos dentro. Derrick dijo: "¿Qué es eso? ¿Una sábana?".

"Una funda de almohada. Probablemente la que usaron para asfixiarla".

"Hagamos fotos antes de mover nada".

Hicimos cinco fotos. Lentamente, metí la mano en la bolsa. Manoseando la tela, sentí algo duro. "El teléfono de Holmes".

"Probablemente, tenía un iPhone".

¿Qué jovencito no tenía uno? Al sacar la funda de la almohada, se hizo visible una correa de cuero. "Aquí está su cartera". Le entregué la ropa de cama a Derrick y saqué el pequeño monedero. Estaba mojado.

"Es una de esas bolsas de cinturón".

"Empezó la noche en bicicleta".

Sujetando los bordes de la funda de almohada, la desplegó. Señaló. "Mira esto: es pintalabios".

Sentí como si alguien se sentara en mi pecho. "Suena loco decirlo, pero es probable que sea el arma homicida. Ten cuidado, lo que sea que haya ahí, tenemos que preservarlo".

"Lo estoy embolsando".

Teñidos de marrón, aparté a un lado un montón de pañuelos de papel, dejando al descubierto latas de cerveza aplastadas, dos envoltorios morados de dulces y la barra de hierro.

Separando los objetos, los embolsé por separado antes de centrarme en lo que creíamos que era la cartera de Holmes.

Desabroché el bolso y saqué su carné escolar. Holmes tenía una sonrisa radiante. Sacudiendo la cabeza, tendí el resto del contenido: dos paquetes de chicles, un espejo compacto, una barra de labios y una llave.

"Había latas de cerveza y vómito, como dijo Jason Reedy".

"Sí, solo olvidó decirnos lo de la funda de almohada y el teléfono y el bolso de Holmes".

"¿Crees que su viejo estaba involucrado?".

"Nos llevó por mal camino. ¿Por qué?".

"Lo averiguaremos".

"Llevemos esto a los forenses".

Derrick estaba al volante y dijo: "¿Crees que los forenses pueden sacar ADN de la funda de almohada?".

"Sí. Deberían poder obtener el ADN de Holmes del pintalabios".

"Es increíble lo que se puede hacer hoy en día".

"Necesitamos ver si había fibras de eso en la garganta de Holmes".

"Eso debería haber estado en la autopsia, pero no lo recuerdo".

Se sabía que la quimio afectaba intermitentemente a la capacidad de recordar. "Yo tampoco. Pero parece que tenemos lo que se usó para matarla. Lo que necesitamos es relacionar a Reedy con ello".

"Sacaremos su ADN de la funda de almohada también".

"Entregó la bolsa a Centro, le indicó que la tirara y admitió que Holmes estaba con él en casa de la abuela".

"Yo diría que es hora de descorchar el champán".

Un video de Bilotti usando una espada para abrir la botella en la boda pasó por mi cabeza. "No estamos celebrando. Una joven ha sido asesinada. Lo que estamos haciendo es limpiar".

"Lo sé, hombre, pero esto ha sido difícil".

"Todavía tenemos que llevarlo al final".

"Ahora depende del laboratorio".

"Hasta cierto punto, pero nunca dejes tu destino en manos de otro".

"¿Poniéndote filosófico?".

Emocional era más exacto. "No, tal vez solo cansado de toda esta escena. No es exactamente edificante".

"Aguanta, amigo".

"Sí, claro. Mira, odio hacerlo, pero tenemos que apresurar otra orden en la casa de la abuela. Tenemos que hacer coincidir la funda de almohada y de donde vino la bolsa de basura para relacionarlo con el chico Reedy".

70

Colgando el teléfono, dije: "Remin me quiere en la rueda de prensa semanal".

"¿Otra vez? ¿Qué pasa con eso?".

"No lo sé. Quizá sabe que odio hacer medios y quiere torturarme".

"Le gustas. Tú no lo crees, pero le gustas".

"No se trata de gustar; me encuentra útil, a veces. Hasta luego".

"Voy a dar una vuelta por el garaje forense, a ver qué pasa con el barco".

Esperaba que encontraran algo que relacionara a Reedy padre con el asesinato, pero sabía cómo sonaría eso. "Hazme saber qué está pasando".

Remin llevaba un traje gris claro. Tenía un aspecto extraño. Era difícil no especular cuál era el cálculo, ¿desviarse del azul oscuro?

Subió al podio. "Me alegro de verles a todos. Me gustaría empezar por el tráfico. En un esfuerzo por reducir el exceso de velocidad, que contribuyó a una muerte la semana pasada, vamos a aumentar la aplicación de la ley.

No nos gusta multar a los residentes o visitantes, pero no tenemos otra opción.

"A partir del lunes, las principales arterias de todo el condado serán patrulladas por vehículos marcados y no marcados.

"Una redada en Golden Gate a finales de la semana pasada dio lugar a ocho acusaciones. Creemos que esa banda de narcotraficantes era responsable de una cuarta parte de la metanfetamina del condado.

"Además, nos complace anunciar que se ha detenido a los miembros de una banda de ladrones que asaltaba viviendas de residentes a tiempo parcial. En esta operación, que hasta ahora no se había hecho pública, han participado una docena de agentes y se ha descubierto una conexión con una banda de Miami. En colaboración con nuestros homólogos de Miami-Dade, creemos haberlos detenido por completo.

"Eso es todo por hoy. ¿Preguntas? Empecemos con Cynthia".

El reportero *del Naples Daily News* se puso en pie. "Sheriff, ¿podemos tener una actualización sobre el asesinato de Deborah Holmes? El departamento incautó un bote, y varios artículos fueron recuperados de Marco Bay".

"La investigación continúa y confío en que cerraremos pronto este caso".

"¿Es inminente un arresto?".

"No puedo decirlo en este momento".

"El barco que incautaron pertenece a un tal Christopher Reedy. Su hijo, Jason, tenía una relación con Debbie Holmes. ¿Son sospechosos?".

"Personas de interés, es todo lo que puedo decir".

"¿En qué momento se puede asegurar a la comunidad que el asesino está fuera de las calles?".

"En unos días esperamos hacer un anuncio".

"¿Por qué tarda tanto?".

"Hacer justicia, lleva tiempo".

Estaría bien regurgitar esa frase sobre Remin la próxima vez que me presionara.

Remin señaló a una reportera *de WINK*: "¿Melissa?".

"Gracias, sheriff. Me doy cuenta de que es reacio a nombrar a la familia Reedy como sospechosos, pero aparte de ellos, ¿hay algún otro sospechoso?".

"El detective Luca y su equipo dirigen la investigación. Frank, ¿quieres decir algo?".

Y sin más, Remin me lanzó la granada. ¿Decir que no era una opción?

"Como mencionó el sheriff Remin, estamos cerca de concluir este caso. Puede que haya llevado más tiempo del que todos querían, pero tenemos un sistema de justicia y necesitamos hacerlo bien".

"¿Y crees que lo has hecho bien?".

"Sí, señora. Solo necesitamos un poco de tiempo para que los forenses aporten pruebas adicionales".

"Suenas confiado en que acabarás con esto en breve".

"Sí, señora".

"¿Tienes a la familia Reedy bajo vigilancia?".

"No comentamos si una operación está viva".

Remin dijo: "Vamos a tener que dejarlo ahí por hoy. Les avisaremos cuando estemos listos para hacer un anuncio".

Seguí al sheriff hasta la antesala, sabiendo que la prensa quería algo interesante que contar. Dijo: "Les dimos todo lo que pudimos. Ellos completarán el resto".

"En cuanto termine el laboratorio, puede anunciar el arresto, señor".

"Ayer autoricé cuarenta horas extra. Deberían tener los resultados mañana, como muy tarde".

"Gracias".

De vuelta a la estación, recibí un mensaje de Derrick en el móvil. A pocos pasos, lo metí de nuevo en el bolsillo.

En cuanto entré en la oficina, Derrick me dijo: "¿Cómo te ha ido?".

"En realidad, bastante bien. Saben que es un Reedy, pero no les dimos nada".

"Bien, porque el barco no tenía nada".

"¿En serio?".

"Sí. También lo rocié con luminol, y nada".

"Eso es raro. El Luminol capta una parte entre un millón. Pescan; tuvo que haber algo de sangre".

"Reedy debe haberse vuelto loco limpiándolo".

"Deberíamos preguntar a sus vecinos, a ver si le vieron lavarlo".

"No lo necesitaremos".

"No lo necesitamos ahora, pero los fiscales lo querrán para construir una narrativa en el tribunal".

El teléfono de mi escritorio sonó. "Homicidios".

"Frank, soy Sergio".

"Podemos confirmar que la bolsa de plástico coincide con el rollo de bolsas de la casa de la abuela".

"Excelente. ¿Cómo te diste cuenta?".

"El calibre y la coloración son idénticos y la cuchilla de la fábrica de bolsas utilizada para serrar los bordes coincide".

"Son los mejores".

"Sí, ya lo sabemos".

"Consígueme el ADN de la funda de almohada y te invito a comer".

"Almorzar contigo es Wendy's".

"¿No te gusta su rosbif?".

"Adiós, tacaño".

Colgué, se lo dije a Derrick y me dijo: "Tenemos al chico".

"Sí, pero no se siente bien. Adolescentes matando adolescentes; ¿a dónde ha llegado el mundo?".

"No quieres una respuesta, ¿verdad?".

"No. Vamos a hacer el papeleo para el arresto".

"Voy a mear y luego empiezo".

Mi móvil zumbó. Era Mary Ann. "Hola, Mare, ¿qué pasa?".

"Estás teniendo un buen día".

"¿Por qué dices eso?".

"Vi las noticias. Dijeron que estaban a punto de arrestar a Jason Reedy".

"Estamos a un pelo. De hecho, acabamos de empezar con la orden de detención".

"Felicidades".

"No sé si eso está en orden". Bajé la voz: "Quizá me estoy haciendo demasiado viejo para esto, pero encerrar a un chico por matar a otro chico, ya no me parece bien".

"Sé que es duro, pero estás haciendo tu trabajo, y es importante".

El teléfono de mi escritorio volvió a sonar. "Hola, tengo que irme. Te veo luego".

"Homi...".

"Frank, soy Sergio".

"¿Qué tienes para mí?".

"Un problema, uno grande".

71

Jadeé como si Mike Tyson me hubiera dado un puñetazo en las tripas. "¿Qué quieres decir con que la funda de la almohada no coincide?".

"Hicimos comparaciones de fibras en la funda de almohada extraída de Marco Bay, contra las incautadas en la residencia Fenster. No son iguales; los colores son incluso ligeramente diferentes".

"¿Y el ADN?".

"Estamos probándolo. Deberíamos tener algo pronto".

"De acuerdo. ¿Pero estás seguro sobre las fundas de almohada?".

"Al cien por ciento".

"De acuerdo. Cerré de golpe el teléfono mientras Derrick volvía.

"¿Qué pasa?".

"Serge dijo que la funda de almohada no coincide con ninguna de la casa de la abuela".

"¿En serio?".

"Sí".

"Tal vez el chico la trajo con él".

"Eso significaría que fue premeditado. No creo que lo fuera, si no, ¿por qué llevarla a casa de tu abuela?".

"No había nadie en casa".

"El chico es demasiado listo para eso".

"Tal vez fue una funda única, la última de un par. Era vieja".

"Sí. Y la habitación de invitados tenía una cama individual".

"Podría ser". Se deslizó en su silla. "Sí, tiene que ser".

"Podría haberle preguntado a su padre. No, eso es una locura".

"¿Y Centro? Podría haber traído una".

"Eso es inverosímil. Probablemente salió de la habitación de invitados. Pensó que ella nunca la echaría de menos, o que cuando lo hiciera, estaría olvidado desde hace tiempo".

"Sí, seguro que la anciana tiene problemas de memoria, y no va a mejorar con el paso del tiempo".

Era fácil ser arrogante con el envejecimiento cuando se tenían cuarenta y pocos años. En otra década, se daría cuenta de que el Padre Tiempo también venía por él.

Hojeé una carpeta. "Tengo el resumen que envió Bilotti, pero ¿dónde está el informe completo de la autopsia?".

"Debería estar en el libro de asesinatos".

"No está".

"Espero no haberlo extraviado".

"No te preocupes, llamaré a Bilotti y conseguiré otra copia".

El médico contestó al segundo timbrazo: "Médico Forense Bilotti".

"Hola, Doc. Soy Frank".

"¿Cómo estás?".

"Vale. Odio decirlo, pero parece que archivamos mal la autopsia de Holmes. ¿Puedes enviarme una copia por email?".

"Hay una primera vez para todo. Lo enviaré enseguida".

No había necesidad de admitir que no podía recordar algo del informe. "Gracias, eres un salvavidas".

Se rió entre dientes. "En realidad, entro cuando ya no hay vida".

"No es muy diferente de lo que hacemos aquí". Bajé la voz. "¿Alguna vez te afecta?".

"No es fácil, sobre todo con víctimas jóvenes. Un poco demasiado cerca de casa".

Había perdido una hija, y me arrepentí de haber sacado el tema. "Amén". ¿Cómo está tu amigo Coburn? Me llamó, pero no he tenido oportunidad de devolverle la llamada".

"Debe haber sido hace un par de días porque tuvo un derrame cerebral masivo".

"Oh, no. ¿Cómo está?".

"Con el cerebro, nunca se sabe, pero no tiene buena pinta".

"Lo siento, Doc".

"En la boda, me dijo que no se encontraba bien, que se sentía un poco desequilibrado. Le dije que fuera al médico, pero no creí que sufriera un derrame cerebral".

Era natural ignorar los dolores y las molestias. Pero esta vez tuvo graves consecuencias. "Cuando es tu hora, es tu hora".

"No sé nada de eso. Hay muchas formas de aumentar las probabilidades de una vida larga".

Fue una desconsideración por mi parte. "Lo sé. Tengo que ponerme en marcha. Envía el informe cuando puedas".

"Está en camino".

"Lo envió Bilotti". Abrí el archivo adjunto y hojeé las cinco primeras páginas. La información estaba en la página seis. "Aquí está: 'Partículas minúsculas de una fibra de algodón estaban alojadas profundamente en la laringe y en la tráquea superior. Los filamentos probablemente procedían del material utilizado para asfixiar a la víctima'".

"No me sorprende. La chica estaba luchando por su vida".

El recordatorio no era necesario. "Solo tratando de alinear las cosas para los fiscales".

"¿Cuál es la prisa?".

"Me gustaría tomarme un tiempo libre cuando termine éste".

"¿Te vas de viaje a algún sitio?".

"No, solo unas vacaciones".

"La nueva palabra para quedarse en casa. Solo asegúrese de relajarse y no hacer un montón de trabajos extraños alrededor de la casa".

Tenía razón. "Soy todo pulgares de todos modos. Algo más que un tornillo flojo, y Mary Ann no me dejará acercarme".

Se rió.

"No tiene gracia. ¿Recuerdas el desastre que hice retocando la pintura?". Ponía un bote de pintura en la escalera y, cuando la movía, se caía".

"Ahora, eso fue algo salido de una comedia de payasadas".

Excepto que era real, y me quedé allí tan conmocionado que tardé unos minutos en empezar a limpiarlo. Antes de que pudiera darle la razón a Derrick, sonó el teléfono.

"Homicidios, detective Luca".

"Frank, soy Sergio".

"Hola. ¿Qué tienes para mí?".

Escuché un momento. Lo que dijo hizo retumbar mi cuerpo. ¿Era diarrea o vómito? Le dije: "Ya te llamaré". Salí hacia el baño, sin saber si llegaría a tiempo.

72

Después de enjuagarme la boca, me eché agua fría en la cara. La niebla mental empezó a disiparse. Volví a la oficina.

Derrick me recibió en la puerta. "¿Estás bien? Estás blanco como un fantasma".

"El ADN de los cuatro está en la funda de almohada".

"¿Qué cuatro? ¿Qué ha pasado?".

"El laboratorio encontró ADN de Holmes, de Reedy y de Centro".

"Eso es una locura. Tiene que ser Jason. Tiene que haber una razón".

"Podría ser una transferencia secundaria de ADN".

"Tiene que ser. Centro dijo que no miró en la bolsa, pero tuvo que hacerlo".

"Puso la barra de hierro. La transferencia podría haber ocurrido entonces".

"Eso es, entonces".

"Pero eso no explica el ADN de Reedy padre en la funda de almohada".

"Es la casa de su madre. Tal vez durmió en esa almohada recientemente".

"No encontraron ningún pelo en ella. Y si no estaba lavada, habría células de piel por todas partes".

"¿Y si los tres estaban juntos? Eso lo explicaría".

"Es posible, pero las conspiraciones son difíciles de callar".

"El viejo es un maniático del control. Tal vez él está tirando de las cuerdas".

Me vino a la mente la imagen de la portada de *El Padrino*, de Mario Puzo. "Tiene un hijo adolescente; sabe lo difícil que es controlar lo que hacen".

"¿Por qué no los traemos, a ver qué dicen?".

"Espera". Marqué un número. "Serge, soy Luca. Vamos a necesitar que recuperes el ADN de cada objeto de la bolsa y de la bolsa misma. Así como la cantidad de ADN encontrado".

"Podemos hacerlo".

"¿Cuánto tiempo va a llevar?".

"Normalmente, diría una semana mínimo, pero el sheriff nos dio un bloque de OT. Odio usarlo en un caso".

"Tienes que hacerlo; una joven fue asesinada".

"Nos pondremos a ello".

Derrick dijo: "¿Podemos obtener ese nivel de detalle para darle sentido?".

"No tengo ni idea, pero lo que consigamos tiene que ayudar o estamos muertos en el agua".

"¿No es como la vida? Tenemos una gran herramienta como el ADN, y ahora los kits de recogida son tan sensibles que lo captan todo".

"La única constante es el cambio. Voy a llamar a Bilotti; fue a una conferencia forense en Tampa hace un mes. Esto de la transferencia secundaria se está convirtiendo en un problema para todo el mundo; tenían que haber hablado de ello".

Contestó al primer timbrazo. "Hola, Doc, ¿tienes un minuto?".

"Cuando quieras, Frank. ¿Qué tienes en mente?".

"El caso Holmes. Tenemos la funda de almohada usada para asfixiarla; coincide con las fibras encontradas en su garganta".

"Recuerdo extraer filamentos".

"Bueno, los forenses descubrieron el ADN de tres personas de interés en la funda de almohada".

"¿Crees que todos participaron en el asesinato?".

"Es una posibilidad, pero me pregunto sobre las posibilidades de que uno o dos de los ADN llegaran allí en una situación de transferencia secundaria".

"¿Los objetos manipulados por los otros entraron en contacto con la funda de almohada?".

"Estaban en la misma bolsa. ¿Qué sabes sobre la diferencia entre transferencia primaria y secundaria?".

"Es un área de creciente interés. Con la mayor sensibilidad de los kits de ADN, la ausencia o presencia de ADN no basta para determinar si el ADN encontrado es primario o secundario. Por lo tanto, los resultados de ADN deben describirse con mayor precisión, en términos de cantidad y calidad, para destacar características que ayuden a discriminar las actividades".

"Doc, tengo los ojos vidriosos. ¿Puedes simplificar esto?".

"Esencialmente, el objetivo es examinar trazas de ADN y determinar si pueden clasificarse como secundarias".

"¿Cómo lo hacen?".

"La cantidad es un factor. Pero eso dependería de dónde se encuentre el ADN. Como se puede imaginar, si un objeto entra en contacto con una prenda de tela, la transferencia es más fácil que si fuera un trozo de plástico".

"Se trata de una funda de almohada. Los otros objetos eran latas de cerveza, una barra de hierro, pañuelos y envoltorios de caramelos".

"Interesante. En la conferencia hicieron referencia a un estudio exhaustivo para ayudar a los técnicos a hacer determinaciones".

"¿Qué han dicho?".

"Dame algo de tiempo. Sacaré el material. Recuerdo que tenían un par de gráficos que lo harán más fácil de entender".

"Gracias, Doc".

Extendí las fotos que había tomado cuando se recuperó la bolsa de plástico e intenté imaginar cómo podrían producirse las transferencias de ADN. Exhalé. "Sin saber si Centro manoseó la bolsa, o qué pasó cuando la tiró al agua, es imposible especular".

"Puede que tengamos que confiar en ver si uno de ellos cede. Si están juntos en esto, uno de ellos podría picar si le ofrecemos un trato".

"Tal vez". Mi móvil zumbó. Era la esposa. "Hola, Mary Ann, ¿qué pasa?".

"¿Estás ocupado?".

No, sentado aquí, bebiendo una copa de Chianti. "¿Qué pasa?".

"Estuve haciendo un seguimiento con ese hombre que dice ser criador. El cachorro que le dije que me interesaba, ya no está. Cuando le dije que tenía mi corazón puesto en él, me dijo que no me preocupara, que conseguiría otro en un par de días".

"De acuerdo".

"¿No lo ves? Están robando por encargo".

"Puede ser, pero no puedo investigarlo ahora mismo. Estoy hasta el cuello con el caso Holmes. Dame un par de días y lo indagaremos".

"De acuerdo".

"Oye, tengo que irme. El doctor Bilotti acaba de entrar".

Me puse de pie. "No tenías que bajar. Habría ido a verte".

"He tenido una reunión con Recursos Humanos. No consigo averiguar qué nuevo plan de salud debemos contratar".

Era tranquilizador que un médico no supiera desenvolverse en las complejidades de los planes de salud. "Cogimos el que tenía la prima más baja".

Derrick dijo: "Nosotros también".

"Los dos son un par de años más jóvenes que nosotros, y la señora toma dos medicamentos caros. Parece que ningún plan cubre ambos, lo que parece una locura. Es uno u otro".

Derrick era mucho más joven, pero yo había tenido cáncer de vejiga. "Buena suerte con eso".

"Gracias". Puso una carpeta sobre mi escritorio. "Esto es lo que quería enseñarte. Creo que será útil".

73

Encorvados sobre mi escritorio, examinamos los datos del informe forense. Señalé. "Mira, estos dos lugares tienen la mayor concentración de ADN".

"Es una extensión más amplia de lo que pensarías, si estuvieras sosteniendo una almohada sobre su boca".

"Holmes no tenía nada en su organismo; se habría defendido. Quien la asfixió tuvo que mantener la presión de seis a diez minutos mientras ella intentaba liberarse".

"Cierto".

"Y el gráfico que Bilotti compartió decía que aplicar presión a la tela transfería tanto ADN como la fricción. Es una prueba de asfixia. Podemos usarlo para obtener una confesión".

"Su abogado lo rebatirá como una ciencia inexacta, y con este descubrimiento, sabrán que otras dos personas de interés también estaban en la funda de almohada".

"Eso es para la sala del tribunal. Remin dijo que lo consultó con los fiscales, y ellos dijeron que las cantidades limitadas dejadas por los otros, sugieren fuertemente transferencias secundarias".

"Espero que sea suficiente".

"Remin dijo que habían considerado las pruebas que habíamos desarrollado. Les parecieron suficientes y le dieron luz verde".

Colgué el teléfono de golpe. "Era O'Brien. Dijo que está en camino con Jason Reedy, pero Reedy padre no viene. Dijo que ya no lo representa. Dijo que es un conflicto de intereses".

"Estábamos esperándolo. Pero, ¿por qué retirarlo en el último momento?".

"O'Brien es bueno. Sabe que nos despistará".

"Probablemente".

"Ni siquiera hemos empezado, y el plan se está viniendo abajo".

Derrick se puso de pie. "Todo irá bien. Voy a tomar un café. ¿Quieres uno?".

"No, gracias".

La visualización era una práctica que intentaba poner en práctica. La cantidad de personas de éxito que utilizaban esta técnica me impulsó a intentarlo.

Cerré los ojos. Corriendo a través de una entrevista óptima, el teléfono de mi escritorio tintineó. "Homicidios, detective Luca".

"Hola, Frank, soy Marjorie. El sheriff quiere verte".

"¿Ahora?".

"Sí. Dijo que inmediatamente".

"Tengo entrevistas que empiezan en minutos".

"Ese es el tema que quiere discutir".

Le escribí una nota a Derrick y me apresuré a subir.

Marjorie sonrió cuando entré en la oficina del sheriff.

"Señor, ¿me necesitaba?".

"Toma asiento".

"Tenemos entrevistas que realizar…".

Asintió y me senté. "Los fiscales han expresado su preocupación por ir a un tribunal con las pruebas de ADN".

"No lo entiendo; le dieron luz verde".

"Has estado por aquí; sabes que los abogados cambian de tono cuando se les pasa la bravuconería".

O una vez que firmaron un cliente. "¿Cuál es la preocupación?".

"La realidad de juzgar el caso, dependiente de una ciencia en desarrollo".

Me moví en la silla y volvió a dolerme la rodilla. "Le tenemos en la escena del crimen la noche en que fue asesinada. Su ADN está por toda el arma homicida. ¿Qué más necesitamos?".

"Quieren una confesión para eliminar el tema de la transferencia secundaria. De lo contrario, creen que planteará dudas razonables".

Y así como así, hubo otro problema, y la presión aumentó.

En cuanto llegué a la puerta, Derrick me dijo: "¿Adónde has ido?".

Le conté lo que dijo Remin. "Eso es una tontería. Nos hemos partido el alma para conseguir lo que tenemos. ¿Qué quieren que hagamos, que también llevemos el caso?".

Una buena pregunta. Barriendo tres expedientes de mi escritorio, dije: "Vamos a ponernos en marcha".

Caminando por el pasillo, dije: "¿Me molesta que el joven esté aquí y no el viejo? Nunca pondría a mi hijo por delante de mí".

"Probablemente oculta algo. Otra vez".

"Y se va en el último minuto. Cada vez que descuento

que el viejo orquestó el asesinato o lo ocultó, se levanta una bandera".

"O'Brien es el mejor del condado. El viejo sabe que el chico necesita la ayuda más que él".

———————

O'BRIEN LLEVABA un corte de pelo nuevo. Su camisa blanca sobresalía del traje lo mismo en cada manga. Jason, bombeando la pierna como un martillo neumático, llevaba una corbata quince centímetros demasiado larga.

Derrick les dio las gracias por venir.

Le dije: "Abogado, ¿por qué abandonó la representación del padre de Jason?".

"Conflicto de intereses".

"¿Crees que los dos están enfrentados?".

"Mis creencias son irrelevantes. El hecho es que ningún abogado representará a dos individuos en el mismo caso".

"Entendido, pero ¿por qué no representar al señor Reedy? ¿Qué hubo detrás de la decisión?".

"No estoy aquí para responder preguntas sobre mi práctica. Muévete, detective".

Asintiendo, dije: "Tu cliente, Jason Reedy, nos engañó anteriormente. Le sugiero encarecidamente que confiese durante esta entrevista".

"Estamos aquí para aclarar los malentendidos que quedan".

"Su cliente estuvo con la fallecida la última noche de su vida…".

"Eso no se sabe. La hora de la muerte nunca es definitiva".

"El rango alrededor de la hora de la muerte lo pone con ella".

"Si esto llega a los tribunales, haremos que nuestros expertos examinen el argumento".

"Vale, Jason, déjame recordarte que sabemos que le entregaste una bolsa a tu amigo de confianza, Joey Centro, dándole instrucciones para que se deshiciera de ella inmediatamente".

"Te dije que había bebido demasiado y vomitado. Cuando me limpié, metí los pañuelos en una bolsa que guardaba para las latas de cerveza".

"¿Cuál era la urgencia para que el señor Centro se deshiciera de la bolsa?".

"Solo le pedí que lo pusiera en los cubos de basura".

"¿Cenaste en casa de tu abuela?".

"Llevé un par de barritas energéticas".

"¿Te las comiste?".

"Sí".

"¿Qué hiciste con los envoltorios?".

"Los eché en la bolsa".

"Intentabas eliminar cualquier prueba de que estuviste en casa de tu abuela".

"No quería que supiera que estábamos saliendo, eso es todo".

"Tu abuela no estaba y te llevaste a tu novia allí, con alcohol, debo añadir, y eliminaste pruebas para que nadie supiera que estabas allí".

"Supongo que sí".

"Deborah Holmes no bebió esa noche, ¿verdad?".

"No, ella no quería".

"Así que te tomaste, ¿qué, cinco, seis cervezas?".

"Algo así".

"Tenías una buena borrachera".

"No estaba borracho".

"¿Entonces por qué nos dijiste que estabas demasiado borracho para llevar a la señorita Holmes a casa?".

Se encogió de hombros. "No quería arriesgarme".

"Al pasar la noche, estabas creando más pruebas de que estuviste allí".

Otro encogimiento de hombros.

"Así que estás borracho y buscando tener sexo con la señorita Holmes".

"No fue así".

"Le dijiste a tu amigo que se fuera porque estabas en medio de 'tontear' con la señorita Holmes".

"¿Y? Eso no va contra la ley".

"No, pero forzarla sin consentimiento es violación".

"¡Yo no violé a nadie!".

"Detective, no hay pruebas de que la señorita Holmes fuera agredida sexualmente".

"Cierto, pero creemos que su cliente se frustró, posiblemente bajo la amenaza de que la señorita Holmes revelara que trató de forzarla. Las cosas se le fueron de las manos, y asfixió a la señorita Holmes".

"Yo no hice nada. ¡Nunca le haría daño a Deb!".

"Detective, entiendo su necesidad de exista una narración, pero ¿dónde están las pruebas?".

"Me alegro de que pregunte, abogado. Dentro de la bolsa que su cliente admite haber entregado al señor Centro, con instrucciones específicas de deshacerse de ella, estaba la funda de almohada utilizada para asfixiar a la señorita Holmes".

"Si eso es cierto, no significa nada. El señor Centro podría haberlo puesto en la bolsa".

"La funda de almohada tenía ADN de Jason Reedy".

"Yo no lo hice".

"Entonces dinos, ¿quién lo hizo?".

74

Derrick y yo estrechamos la mano regordeta de Bill Hartman y nos deshicimos de las formalidades.

El botón de la camisa del abogado defensor estaba a punto de saltar con el siguiente sorbo de agua. Contratado para defender a Centro, Hartman no estaba en la misma liga que el abogado de Reedy. Probablemente era doscientos por hora más barato, pero la madre de Centro no estaba en condiciones de gastar más.

Centro se mordisqueó la uña del pulgar. Quizá fuera la luz fluorescente, pero tenía el tono de piel de un cadáver.

"Señor Centro, estuviste en la misma casa que Deborah Holmes la última noche de su vida".

"Sí, ya te dije que fui allí".

"Lo hiciste. Sin embargo, dijiste que Jason Reedy te convocó con una llamada telefónica".

"Así es".

"Una búsqueda en sus registros telefónicos no pudo verificar su afirmación".

"Eso no es verdad. Él me llamó".

"También dijiste que Jason Reedy te llamó mientras

ibas de camino a casa de su abuela. Pero fuiste tú quien hizo la llamada".

"Me dijo que llamara".

"A su llegada, dijo que Jason Reedy no le dejaba entrar en la casa".

"Así es. Estaba actuando raro".

"Te dio una bolsa de basura y te pidió que la pusieras en el cubo del lado de la casa".

"No. Me dijo que me deshiciera de ella para que nadie pudiera encontrarla".

"¿Qué había dentro de la bolsa?".

"No lo sé. No la abrí".

"¿Qué hiciste después de que te diera la bolsa?".

"Ya sabes; te llevé allí, al puente Marco, donde la tiré a la bahía".

"¿No la abriste?".

"No".

"Pero pusiste el hierro del neumático de tu auto dentro para hacerla pesada".

"Ah, sí. Se me olvidó. Lo puse ahí, sí".

"¿Por qué sentiste la necesidad de poner algo dentro para mantenerla bajo el agua? ¿Para que no la encontraran?".

"Sí. Jason estaba actuando raro y dijo que la escondiera. Pensé que debía hacerlo. Realmente no estaba pensando en ello".

"Mi cliente le llevó al lugar donde se deshizo de la bolsa. Si le preocupara que alguien la descubriera, te habría llevado a otro sitio".

Eso tenía sentido. "Señor Centro, ¿qué más pusiste ahí?".

"Nada".

"¿Estás seguro?".

"Ajá".

"La cartera y el teléfono de la señorita Holmes estaban dentro de la bolsa".

"Te repito que no sabía lo que contenía".

"¿Sabes qué es extraño? Si la señorita Holmes estaba dentro de la casa cuando te fuiste, ¿por qué iba a estar su cartera en la bolsa?".

"Detective, creo que eso señala claramente a Jason Reedy, no a mi cliente".

"Espere, abogado". Miré a Centro a los ojos. "Joey, ¿sabes qué más hemos encontrado?".

Sacudió la cabeza.

"Encontramos una funda de almohada dentro de la bolsa".

La barriga de Hartman golpeó la mesa. "Mi cliente ha declarado repetidamente que no vio el contenido de la bolsa. Colocar una barra de hierro no significa que mirara dentro. Simplemente la metió, cerró la bolsa y se deshizo de ella".

"Una explicación razonable, excepto que la funda de almohada tenía ADN del señor Centro".

"Vamos, Detective. Usted sabe que las transferencias de ADN de naturaleza secundaria ocurren todo el tiempo. El ADN del señor Centro estaba en la barra de hierro, y simplemente se transfirió a la funda de almohada".

"Eso no lo explica".

"¿Explicar qué?".

"La funda de almohada tenía dos fuertes concentraciones de ADN de su cliente. Coinciden con la posición de las manos al asfixiar a alguien".

"Eso es especulación desenfrenada".

"No, está respaldado por la ciencia. La transferencia de

ADN es muy alta cuando se aplica presión y fricción, especialmente sobre tela".

"Presentaremos a nuestros propios expertos para rebatir sus afirmaciones".

Levanté una mano. "Vamos a hacer una oferta única; si el señor Centro confiesa haber asfixiado a la señorita Holmes, le garantizamos que no pediremos la pena de muerte".

Centro se tapó la cara con las manos.

"Un momento. No tienes pruebas…".

"En este momento, el vehículo propiedad de la señora Centro y conducido por su cliente esa noche, está siendo incautado, y se está llevando a cabo un registro en el domicilio de Centro".

Centro gimió: "¡No! ¡No! Mi madre no ha hecho nada. Lo que pasó fue un accidente. No quería hacerle daño".

DERRICK ME CHOCÓ EL PUÑO. "Finalmente tenemos todas las piezas del rompecabezas".

No había nada por lo que alegrarse. "Si Centro no tuviera que hacer del baño, Holmes estaría sentada en un aula".

"O un millón de otros si, como si Reedy no bebiera, o…".

Sacudí la cabeza. "Que Holmes tuviera miedo de llamar a sus padres para que la recogieran es lo que me llega".

"Lo sé, pero al final del día, Centro era una bomba de tiempo esperando explotar. Holmes rechaza su avance, ella amenaza con decírselo a Jason, ¿y él la mata?, es una locura, eso es lo que es".

"Eso es quedarse corto. La sociedad tiene que averiguar

cómo hacer que los chicos manejen las emociones del rechazo. Esto no es un maldito videojuego".

"Amén". Oye, ¿qué hay de Reedy padre? ¿Crees que estaba tratando de interferir por su hijo?".

"Probablemente. La gente hace todo tipo de estupideces cuando intenta proteger a su familia. No me veo haciendo algo así, pero puedo ver el enigma".

Derrick sonrió. "Buena elección de palabras".

El teléfono de mi escritorio sonó. "Homicidios, detective Luca".

"Detective Luca, atrapó al asesino".

"Hola, Bruce. ¿Cómo estás?".

"¿Dime cómo conseguiste al asesino?".

"¿Qué tal si te cuento lo que pueda, cuando hagamos el recorrido?".

"¿Cuándo?".

"¿Qué tal mañana?".

"¡Oh, hombre! Eso es genial".

"Te veré por la mañana. Digamos, ¿a las diez?".

"Estaré listo".

Derrick dijo: "¿Era Noon?".

"Sí. Se puso nervioso por el paseo".

"Espero que no te hayas metido en algo de lo que te arrepientas".

"No, será bueno para los dos". Recogí nuestro informe sobre la confesión firmada: "Voy a llevar esto arriba".

En lugar de ir a ver al fiscal, entré en el estacionamiento y marqué un número en mi móvil. "Jessie, soy papá".

"Hola, papá. ¿Cómo te va?".

"Bien. ¿Qué tal? ¿Estás ocupada?".

"Estoy bien. Me dirijo al centro de estudiantes. ¿Pasa algo?".

"No, todo está bien".

"¿Y mamá?".

"Ella está estupenda. Solo llamé para decirte algo".

"¿Qué?".

"Que pase lo que pase, si tienes problemas o no, si necesitas algo o que te lleve a algún sitio, si algo te incomoda, me llames".

"¿De dónde viene esto?".

"De ninguna parte. Solo quiero que sepas que puedes contar conmigo. Lo prometo, sin preguntas ni juicios. Solo quiero que estés a salvo".

"Lo estoy, papá".

"Lo sé, pero recuerda, puedes llamarme para cualquier cosa, y me refiero a *cualquier cosa*, y estoy allí, sin preguntas".

"Gracias, papá. Lo sé, pero no tienes que preocuparte por mí".

"Di lo que quieras, pero mamá y yo siempre nos vamos a preocupar. Usa la cabeza, y si estás en un aprieto, no intentes resolverlo, llámame".

"Vale, papá. Te escucho. Tengo que irme, te quiero".

"Yo también te quiero".

Cerrando los ojos, giré la cara y tomé un minuto de sol antes de subir corriendo.

75

A LA MAÑANA SIGUIENTE, DERRICK Y YO SALIMOS DE UNA reunión con los fiscales. Dije, "Así que, eso es todo; hemos terminado con el caso Holmes. Pero los padres vivirán con ello para siempre".

"Sí, eso apesta. Pero hicimos lo que pudimos. ¿Ahora qué nos va a quitar el tiempo?".

"Voy a dar una vuelta por el este".

"¿Qué está pasando?".

"La red de secuestro de perros. Mary Ann dijo que hay un criador en Immokalee que no se alinea".

"¿En qué sentido?".

"Una pareja. Los documentos de formación de empresas tenían dos meses, y están vendiendo los perros en Craigslist. Ella se hizo pasar como una compradora en ese sitio. Tenían diferentes nombres de cuenta, pero eran el mismo vendedor. Además, los precios eran demasiado bajos en comparación con otros criadores. Me sorprendió lo que descubrió".

"Era detective".

"A veces, lo olvido. Me gustaría que vinieras, pero si aparecemos dos, es probable que sospechen".

"No hay problema".

Me detuve frente a una casa amarilla. Un SUV Kia y una vieja camioneta estaban estacionados a la derecha.

Con el crujido de la grava bajo los pies, me acerqué a la puerta principal de la casa de bloques de hormigón. El timbre fue ahogado por un coro de ladridos.

"¡Silencio! ¡Silencio!".

Abrió la puerta un hombre con una gorra de béisbol roja sin logotipo. Le dije: "Soy Peter, mi mujer, Maureen, llamó por el terrier".

"Oh sí, entra. Se enamoró de ella".

Por encima de los ladridos, dije: "Quería venir, pero está en silla de ruedas y es todo un proyecto".

"Me lo dijo. Déjame buscar a Missy".

Desapareció por un pasillo y yo examiné la sala de estar. Un sofá doble reclinable frente a un televisor del tamaño de una sábana.

"Aquí está".

Me entregó un cachorro gris. "Vaya, es mona. ¿Cómo estás, pequeña?" El terrier me lamió el dedo como si fuera una paleta. "¿Cuánto quieres por ella?".

"Mil quinientos. Solo en efectivo".

"El dinero no es un problema". Sostuve al perro frente a mi cara. "Ella merece la pena". Se la devolví. "¿Puedo ver sus papeles de pedigrí?".

"¿Quieres sostenerla mientras los busco?".

"No, está bien".

Un minuto después, regresó. "Aquí están".

Examiné el certificado de pedigrí. Parecía reciente. En el linaje figuraba un semental llamado Kokopelli Cup of Joe, y la madre era Maggie Mae Stewart. "Se ve bien".

"Por mucho que odie dejarla ir, tienes el dinero, es tuya".

"Sabes, hemos tenido malteses antes y son fáciles". Saqué mi teléfono. "Maureen dijo que tienes este también. ¿Puedo verlo?".

"Claro. Los machos también son más fáciles, como en la vida real". Sonrió, mostrando un diente que le faltaba.

Me reí con él mientras se iba por el cachorro.

"Aquí está el señor Sam".

"Oh, eres guapo, Sam". La bola blanca de pelo temblaba. "No pasa nada". Le froté la barriga. "¿Cuánto?".

"Mil novecientos".

"¿Puedo ver sus papeles?".

"Claro".

Cambié el maltés por otro certificado de pedigrí. "¿De dónde viene?".

"Un criador nuestro en Ohio".

El padre del perro figuraba como Sexy Rod Java y la madre como Hot Legs Jane. Yo no era un gran fan de la música, pero la conexión con Rod Stewart era imposible de pasar por alto. Se los devolví. "Aunque sea más dinero, prefiero tener al pequeño, pero tengo que asegurarme de que Maureen está de acuerdo. Ya sabes lo que dicen, esposa feliz, casa feliz".

"Vale, hombre. Solo quiero que sepas que hay más gente interesada, así que date prisa".

Volví al auto y me alejé. A media milla de distancia, me detuve y llamé a Gesso. "Sargento, pasé a ver a los tipos que Mary Ann descubrió, de los que le hablé".

"¿Los secuestradores de perros en Immokalee?".

"Sí, estoy seguro de que son ellos. Los documentos son falsos".

"Pondré algunos autos en marcha y les cerraremos el negocio".

Al pasar por Oil Well Road, estaba a punto de llamar a Mary Ann cuando sonó mi móvil. No reconocí el número, pero tenía un prefijo 239, y contesté: "Detective Luca".

"Hola. No me conoce, pero soy una enfermera que cuida al señor Coburn. Insistió en que te llamara".

"¿Sobre qué?".

Bajó la voz. "Creo que se está volviendo loco; dijo que te dijera que investigaras a un agente de la DEA llamado Withers".

El nombre me sonaba. Los detalles estaban borrosos. "¿Dijo algo más?".

"Eso fue todo. Dijo que sería suficiente".

Usando el comando de voz, llamé a Mary Ann. "Hey, todavía lo tienes, chica".

"¿Qué ha pasado?".

"La documentación estaba un poco mal; el logotipo del AKC no era correcto y el linaje era inventado. Estos tipos necesitan un curso de creatividad".

"Lo sabía".

"Buen trabajo. Se lo pasé a Gesso, y los va a quitar hoy".

"¿Y los cachorros?".

Se me encogió el corazón. No había pensado en ellos. "Me aseguraré de que involucren a Control de Animales hasta que puedan identificar a los dueños legítimos".

"Eran lindos, ¿verdad?".

"Especialmente ese terrier. Oye, ¿tienes tu iPad a mano?".

"Sí. ¿Qué necesitas?".

"¿Recuerdas al agente Withers de la DEA?".

"La verdad es que no".

"Podría haber sido antes de tu tiempo. A ver qué sale de él".

Se alejó con un clic. "Oh, cielos. Se suicidó".

Vale. "¿Qué más?".

"Estaba trabajando en un gran caso en el que desaparecieron cien millones en efectivo".

"Olvidé que era tanto. ¿Alguna vez encontraron el dinero?".

"No lo parece. Aquí dice que el dinero nunca se recuperó. ¿Por qué preguntas por él?".

"El amigo de un amigo me lo mencionó y no recordaba la historia".

"Cien millones. Vaya. Me pregunto dónde estará ese dinero".

Buena pregunta. "¿Quién sabe? Los traficantes de drogas probablemente lo agarraron".

"Sería bueno encontrarlo, ¿no?".

"Tendrías que devolvérsela a los propietarios".

"No en Florida. No recuerdo exactamente, pero hay una ley de buscadores, tenía que ver con la búsqueda de tesoros hundidos de la época de los piratas".

"No lo sabía". Era un giro interesante. Pero, ¿estaba yo a la altura de una cacería?

EL PRÓXIMO LIBRO de esta serie (inglés) es Asesinato, dinero y caos (Un misterio de Luca, libro 16).

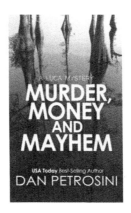

LIBROS DE DAN PETROSINI

Serie Los misterios de Luca

Am I the Killer

Vanished

The Serenity Murder

Third Chances

A Cold, Hard Case

Cop or Killer?

Silencing Salter

A Killer Missteps

Uncertain Stakes

The Grandpa Killer

Dangerous Revenge

Where Are They

Buried at the Lake

The Preserve Killer

No One is Safe

Murder, Money and Mayhem

Suspenseful Secrets

Cory's Dilemma

Cory's Flight

Cory's Shift

OTRAS OBRAS DE DAN PETROSINI

The Final Enemy

Complicit Witness

Push Back

Ambition Cliff

Puede mantenerse al día de mis escritos y acceder a libros sin descuento suscribiéndose a mi boletín. Normalmente sale una vez al mes y también contiene notas sobre autoestima, piezas de motivación y artículos sobre el vino.

Es gratis. Consulte la parte inferior de mi sitio web: www. danpetrosini.com

SOBRE EL AUTOR

Dan es un autor de grandes ventas de USA Today y Amazon que escribió su primer cuento a los diez años y disfruta contando una historia o un chiste.

Dan obtiene sus ideas explorando la pregunta: ¿Qué pasaría si...?

En casi todas las situaciones en las que se encuentra, Dan explora qué pasaría si ocurriera esto o aquello. ¿Y si esta persona muriera o hiciera algo inusual o ilegal?

La incesante actividad mental de Dan le proporciona abundante material para tejer interesantes historias.

Fan de los libros y las películas con giros y difíciles de predecir, Dan elabora sus historias para impedir que los lectores adivinen correctamente. Escribe todos los días, forzando las palabras cuando es necesario, y hasta la fecha ha escrito más de veinticinco novelas.

No es cuestión de querer escribir, Dan simplemente tiene que hacerlo.

Dan cree fervientemente que la gente puede hacer realidad sus sueños si se concentra y actúa, y eso es precisamente lo que él fomenta.

Su refrán favorito es: "El precio de la disciplina es siempre menor que el costo del arrepentimiento".

Dan recuerda a la gente que debe eliminar la negatividad de su vida. Cree que es contagiosa y aconseja alejarse de las personas negativas. Sabe que tener una mentalidad verdadera y positiva hace que parezca que la vida está amañada a tu favor. Cuando se despista, se dice a sí mismo: "No puedes tener un buen día con una mala actitud".

Casado, con dos hijas y un necesitado maltés, Dan vive en el suroeste de Florida. Nacido en Nueva York, Dan ha enseñado en universidades locales, escribe novelas y toca el saxofón tenor en varias bandas de jazz. También bebe demasiado vino y nunca se toma a sí mismo demasiado en serio.

Publica dos veces al mes un boletín con artículos, textos suyos y ofertas especiales.

Inscríbase en www.danpetrosini.com

Made in United States
Orlando, FL
07 March 2025

59251707R00252